徐 达 ◎ 著

人間佛教與近代居士運動

馮興成 題

宗教文化出版社

图书在版编目（CIP）数据

人间佛教与近代居士运动 / 徐达著 . -- 北京：宗教文化出版社，

2022.11

ISBN　978-7-5188-1328-5

Ⅰ . ①人… Ⅱ . ①徐… Ⅲ . ①居士－佛教－研究－中国－近代 Ⅳ .

① B948

中国版本图书馆 CIP 数据核字 (2022) 第 206253 号

人间佛教与近代居士运动

徐 达　著

出版发行：宗教文化出版社

地　　址：北京市西城区后海北沿 44 号　（100009）

电　　话：64095215（发行部）　64095201（编辑部）

责任编辑：张秀秀

版式设计：武俊东

印　　刷：河北信瑞彩印刷有限公司

版权专有　侵仅必究

版本记录：880 毫米 ×1230 毫米　32 开　8 印张　250 千字

　　　　　　2022 年 11 月第 1 版　2022 年 11 月第 1 次印刷

书　　号：ISBN　978-7-5188-1328-5

定　　价：108.00 元

序

锡兰（今斯里兰卡）"摩诃菩提会"创立者达摩波罗居士，在1893年参加芝加哥世界宗教大会时，结识了美国传教士李提摩太。在返国途中，经李提摩太介绍，从南京请杨文会到上海与达摩波罗会面。这是两位东方佛教居士，对近代中国佛教复兴产生重要影响的一次历史性的会见。李提摩太在杨文会支持下，把《大乘起信论》翻译成英文，把佛教介绍到了西方。被称为斯里兰卡佛教复兴之父的达摩波罗，当时只有29岁，他怀着要把在佛教的祖国——古代印度——已经灭亡的佛教，重新恢复起来的心愿，呼吁中国佛教徒一起到印度把佛法发扬光大，并把佛法传播到西方。当时，中国的国运和佛教都处于极其衰微的境地，中国佛教徒也在感叹中国佛教会不会重蹈印度覆辙。在自己的事情还没有做好的时候，东方佛教界的有识之士就已经具有世界性的胸襟和眼光。

杨文会有志于复兴佛教的契机，可以回溯到1866年。在太平天国覆灭后的南京城一片废墟中，杨文会看到了令他震撼的现象：基督教传教士已经站在十字街头传播福音。太平天国对佛教造成全面摧残，但相比基督教的传教活动，并没看到有多少出家人在传播佛教。所以，杨文会以不忍圣教衰的悲愿，毅然承担起如来使的使命，毁家护教，创办金陵刻经处，编选刊刻佛教藏经。为筹备经费，他放下不与清朝合作的初衷，追随曾国藩的儿子曾纪泽出使英法等欧洲国家，接触到当时刚刚兴起的宗教学研究方法，会见宗教学的创始人麦克斯·缪勒。在与追随缪勒读博士的日本僧人南条文雄交往中，看到中国与日本所存在的巨大差距，并通过南条文雄搜集引进在中国已经失佚的近 300 部佛经。

杨文会被称为中国近代佛教的复兴之父，从一开始就把中国佛教的复兴，置于世界宗教对话互动的视域。杨文会敏锐地看到宗教必须建立在社会大众之上，摆脱政治的控制和盘剥。综观东西各国大势，杨文会在《支那佛教振兴策》中指出："泰西各国振兴之法，约有两端：一曰通商，二曰传教。通商以损益有无，传教以联合声气。我国推行商业者，渐有其人，而流传宗教者，独付缺如。"杨文会于 1907 年创办祇洹精舍，开佛学现代教育和研究之先河。祇洹精舍虽办学时间不长，却也培养出一大批人才，特别是从其门下走出太虚和欧阳渐这两位引领近代佛教潮流的领袖型人物。

20 世纪中国佛教的各种难题，几乎都聚焦在以杨文会为代表的佛教居士面前：一、以"庙产兴学"为标志，如何在处理政教关系中坚持佛教的合法地位；二、面对近代宗教学研究对传统佛学的一系列质难，如何在吸取学术研究成果时，平衡信仰与学术的关系；三、佛教以往所面对的儒释道三教关系，已经扩展为面对强势的基督教和西学，佛教如何进行现代化转型以面临新的文化挑战；四、在全新的宗教生态中，如何在佛教内部善巧处理僧俗关系，以构建四众和合的统一教团；五、在批评传统佛教的迷信落伍等弊端的同时，如何协调精英佛教与大众佛教的关系，既有质的提升，又有量的扩展；六、在进入国际化视野中，如何吸收世界先进成果以重建中国佛学，同时又能坚持中国佛学的神圣性和主体性。

　　面临上述错综复杂的教内外矛盾关系，中国佛教界有识之士皆试图从根源上寻找为佛教振衰起弊的良方。但是，在试图解决上述问题过程中，又触发出一系列新的问题。20世纪中国佛教最重大的事件，莫过于在新的宗教生态中，佛教知识分子对中国传统佛教的反省和批评。这种反省和批评，或侧重于转"机"，或侧重于诘"理"，由此产生了"人间佛教"和"批判佛学"这两种最主要的佛学思潮或曰佛教运动。"批判佛学"这一术语虽来自80年代日本学术界，但作为一种反传统的思潮，可以追溯到20世纪初的中国佛教界。以太虚大师为代表的教理、教制、教产三大革命，在不否定中国传统佛教真常唯心系教理的基础上，侧重于转"机"，即提升弘法者自身素质和革新教团制度。而以欧阳渐居士为代表的支那内学院系统，则从诘"理"的高度，对中国佛教的主流如来藏本觉思想进行否定性批判，并在教团体制上对"僧主俗从"的格局提出质疑。

　　进入21世纪后，我们依然要面对这些积重难返的问题，在杨文会、欧阳渐等先驱所开创的道路上继续努力。人间佛教是当今佛教研究的重要领域，居士在人间佛教开展中的地位和作用，亦日益引起学术界重视。徐达博士撰写的《人间佛教与近代居士运动》，基于强烈的问题意识：在印度创立的佛教为何会灭亡，近代中国佛教如何在思想和实践层面上解决危机，以避免重蹈印度佛教的覆辙？作者从经典梳理和史实考证入手，探讨居士在佛教社会化和组织化进程中的意义，以期使人间佛教夯实在更广阔的社会基础上。可以说，这个选题，对人间佛教和居士运动在当代的发展，有重要的理论意义和实践参考价值。

　　作者首先从大乘经典考察菩萨观念与居士运动的紧密关系，并概述佛教传入中国后居士佛教开展的特点，认为在各个历史时期中始终贯穿着神圣化与世俗化的张力。本书重点聚焦在近代以杨仁山、释太虚、欧阳渐、释印顺等人所关注和争论的问题，分别置于僧俗关系、政教关系和儒佛关系的视域来阐述。面对僧主俗从的传统格局，分析欧阳渐"居士可以住持正法"和太虚的驳议，评述太虚"志在整兴佛教僧会"和印顺建设在家佛教的重要意义。论及政教关系，则从道安"不依国主则法事难立"一直论到太虚"议政而不干治"。全书特点皆以问题为纲，力图还原历史事件，从政治、经济、文化、信仰各个维度分析其思想根源，章节条理相当清楚。

佛教在文化品位上远高于其他宗教，在信仰素质上尚有待提高，在组织规模上则远不如其他宗教。所以我曾提出"塑造主体，改善环境；收缩核心，扩展外延"的建议，使佛教在信仰、社会、文化三层圈中处于有序运转；使佛教的信仰素质、组织规模和文化品位三大指标得到均衡发展。既然佛教的组织规模是薄弱环节，那就必须使僧人、居士和向道人士这三类人员，处于一种有序化的结构组织中，否则就无法与其他宗教相抗衡，也无法真正提高佛教的信仰素质和文化品位。

2002 年 7 月，我在参观美国旧金山华人基督教会时，看到一幅世界宗教传播的地图，在中国各地密密麻麻地插上基督教传播的小旗子。在一份年鉴上，标上中国佛教徒的人数为 3600 万，远不如中国基督徒人数。我问他们：何以佛教徒人数只有 3600 万？他们回答：统计佛教徒的标准是皈依证，犹如定义基督徒的标准是受洗。那么，没有履行皈依仪式者，从烧香拜佛到自行研究佛学的广大人群，就成为宗教学术研究和宗教事务管理的模糊地带。如果不从理论和实践上解决这个问题，现今宗教生态严重失衡的状况，只会是越演越烈。

本书从历史上的法社、义邑、同善会，到近代人间佛教和居士运动的社会活动及组织形式，皆追根溯源，分析其历史流变和得失。在讨论僧俗关系和政教关系的基础上，进而置于历史上的儒佛关系和近代中西文化和宗教的相互关系中分析。如此论述，建立在扎实的史实基础上，也有相当的理论深度，对人间佛教和居士运动在当代的发展，颇具参考意义。

由于种种主客观原因，涉及当代居士佛教建设的一些敏感议题，诸如"佛商概念的变革及藉佛敛财的逆流""慈善、医疗、环保等社会关怀活动""书院等新型佛教教育机构的崛起""网络时代的佛教文化传播"，作者或许是学力不逮，或许是心存顾虑，只是点到为止，并未展开深入详细的论述。这也说明居士佛教这一课题，纠结着大量理论和现实难题，值得更多的有志之士，在更开放的研究环境中，进行更具体而微的研究。

1992 年农历四月十五日（佛吉祥日），在九华山举行中国佛教协会汉传佛教重点寺院第一期执事进修班结业和第二期开学典礼之后，这个进修班的副班主任圣辉法师（班主任为仁德长老），驱车近百里送我到贵池码头。坐船沿江而下，次日抵达南京，参访金陵刻经处。管恩琨主任赠送我一套《欧阳竟无先生内外学》线装书，据管主任说此书共印 400 套，连送带卖不到 100 套。我本人研究天台思想，欧阳渐对天台宗的质难，我并不认同。对欧阳渐"居士可以住持正法"的谠论，亦持保留意见。但对欧阳渐的宗教情操和护教热忱，非常钦佩！欧阳渐在教理教制等方面提出的问题，是后人无法回避的跨世纪课题。后来我据此书及《内学》年刊等资料，编选《欧阳渐文选》，上海远东出版社初版五千册，一个月即售罄。

管主任曾询及金陵刻经处发展思路，我当时提了三条建议：①筹办《佛教图书评论》，作为最早的佛教出版机构，理应对当时鱼龙混杂的佛书出版现状，进行激浊扬清的评论；②在教内外共同努力下，争取在十年后恢复支那内学院；③与中国佛教文化研究所合作，编校《藏要》后三辑。现在看来，也只是书生空谈而已。1996年，参加金陵刻经处130周年纪念会，我提交了论文《将终极托付给历史》，刊登在《闻思》上。《闻思》，即原来拟议中的《佛教图书评论》，仅出版了一辑。在这期《闻思》中，重刊了杨仁山《支那佛教振兴策》二篇，我代写一篇编者按，即上面提及的《"通商"与"传教"》。

金陵刻经处作为中国近代佛教复兴的策源地，是我一直推荐学生参学的场所。2015年4月中旬，我带领几位博士生游学金陵诸地，主题定为："缅怀近代佛教复兴先驱，亲近中华禅教律寺重镇。"此行拟参访六个佛教重要道场：南京金陵刻经处、鸡鸣寺、宝华山隆昌寺，扬州高旻寺、大明寺，镇江金山寺，故为团队横幅撰如下对联："宝华深柳闻鸡鸣，金山高旻焕大明。"在肖永明副主任陪同我们凭吊深柳堂时，见到由肖永明撰联、宗家顺主任手书的楹联："仁山渐秋逸，渐行渐远；讲学以刻经，以久以新。"凡了解中国佛教现状者，颇能看出其中一丝苍凉无奈的气息。当时，与肖永明相视一笑，默然神伤。

杨文会（仁山）、欧阳渐（竟无）、吕澂（秋逸）这三位杰出人物，将中国佛学带出笼统颟顸的古代形态。虽说依然是风雨如晦，毕竟已经是鸡鸣不已。我曾在《欧阳渐文选序》中写道："20世纪末叶，有着太多的浮躁和无奈，各类横空出世的'大师'，各种五花八门的体系，匆匆来去，各领几年乃至几月的风骚。为本已喧嚣的世间，平添几多噪音。自古英雄多寂寞，从杨、欧、吕三代大师非凡的事业中，我们可以深切地感受到那种道义相托、薪尽火传的精神。"

那天在白天参访鸡鸣寺和金陵刻经处之后，晚上在居士创办的禅茶院，缅怀深柳堂主人杨仁山居士复兴中国佛教的历史功绩，讨论居士佛教的特点与走向。清末杨仁山运用民间力量举办金陵刻经处，奠定了中国近代佛教复兴的基础。欧阳渐继承杨仁山事业，倡导"讲学以刻经"，为这一类型的教育模式作了精辟总结："予，士也。予之所事，承先待后之事也。释迦以至道救世，承其后者事乃在于流通。迦叶、阿难，结集流通；龙树、无著，阐发流通；罗什、玄奘，翻译流通。自宋开宝雕版于益州，至予师杨仁山先生刻藏于金陵，为刊刻流通。"

士的责任和使命，即欧阳渐居士所说的"承先待后之事"。作为知识分子，我们只能做自己愿做的，做自己能做的，尽人事以俟天命而已。徐达君嘱我写序，拉拉杂杂赘上数语。也希望在时节因缘俱足的情况下，能不忘初心，继续探讨这个重要的课题。

王雷泉

2022 年 2 月 19 日

目 录

第一章　绪论

佛法从印度传入以来，居士作为佛教"四众弟子"之一，一直扮演着重要的角色。但由于受到在家人身份的限制，在修学、弘法等方面有诸多不便。长期以来，在家众与出家众的地位和从属问题也一直争论不休。人间佛教思想的提出，为在家居士修行，指明了一条康庄大道。人间佛教作为"20 世纪中国佛教最可宝贵的智慧结晶"①，已获得了当今佛教界和世俗社会的广泛认可。在家众可以用出世的精神，做入世的事业，不经声闻乘、缘觉二乘，而由人天乘直达菩萨乘。同时，出家人也可以在世俗生活中弘法利生，在成就众生的过程中实践自身的解脱。正如太虚指出："我认为中国佛教衰败的原因固然很多，而最大的病源则为空谈大乘，不重实行，行为与教理完全脱离关系。所以革兴中国佛教，要洗除教徒好尚空谈的习惯，使理论浸入实验的民众化。以现社会实在的情形和需要来说，今后我国的佛教徒，要从大乘佛教的理论上，向国家民族、世界人类实际地去体验修学。这大乘理论的实践行动，即所谓'菩萨行'。而这菩萨行要能够适应今时今地今人的实际需要，故也可名为'今菩萨行'。以鉴别向来只唱高调，名不符

---

① 邓子美：《二十世纪中国佛教智慧的结晶》,《法音》,1998 年第 7 期。

实的'菩萨行'。"①

可以说，人间佛教理论为近现代居士佛教的兴起，提供了重要的理论基础，也对当代居士佛教有着直接而深远的影响。为此，研究人间佛教思想和近代居士运动，梳理其中的脉络，寻找更深层次的原因，对于研究当代中国佛教的发展走向有重要价值。

第一节　佛教在印度灭亡的社会原因

一、佛教创立的社会背景

在世界宗教史上，佛教是最早取得世界性形态的宗教。一般认为，它是在公元前6至5世纪创立。古代印度分为婆罗门、刹帝利、吠舍和首陀罗四个种姓。婆罗门教利用吠陀天启、祭祀万能、婆罗门至上这三大基本教义来维持婆罗门祭祀贵族在印度社会结构中的特权地位。而婆罗门教的教义，贬低了刹帝利和吠舍，基本断绝了首陀罗的解脱之路②。公元6世纪前后，以武士贵族为代表的新兴的刹帝利阶层掀起了对婆罗门的不满，希望有一种新的宗

---

①　释太虚：《从巴利语系佛教说到今菩萨行》，《海潮音》，第二十七卷第七号。

②　"按照婆罗门教的教义，一个人的灵魂（我）只有断绝生死轮回，与'梵'融为一体，才能得到最后的解脱，其基本途径则是向神贡献祭品，遵守宗教禁忌，举行宗教仪式，实行宗教修行。但是，它却说，只有婆罗门祭司才能完成复杂的祭仪而得到解脱。刹帝利和吠舍则需要在婆罗门祭司的指导下，进行艰苦的修行，甚至还要经历长期的轮回，才有可能在最后达到我与梵的合一。至于首陀罗，虽然可以多做善事以期来世得到较好的报应，但其灵魂是永远不能获得解脱的，注定要在生死流转的苦海中不断地轮回下去。"吕大吉：《宗教学通论新编》，北京：中国社会科学出版社，2004年版。

教来替代。与此同时，吠舍和首陀罗阶层也希望在宗教上追求平等的地位。在这一社会背景下，众多的沙门思潮在恒河流域形成，而其中影响力最大的就是佛教。

佛教继承了婆罗门教关于因果报应、轮回等思想，但提出了世人不分种姓，只要皈依佛教并经过修行，都可以获得解脱。这种众生平等的观念在当时一经传播，立刻受到了婆罗门以外各色人等的欢迎，在王公大臣等统治阶层中迅速流行开来，而后蔓延到周边各个城邦国家，最终成为一种主流宗教。

二、佛教的发展和传播

通常把佛教从初创到公元后 11 世纪的 1500 年间，"区分为六个阶段：一、原始佛学；二、部派佛学；三、初期大乘佛学；四、小乘佛学；五、中期大乘佛学；六、晚期大乘佛学"[③]。中国学术界一般则"将其区分为原始佛教、部派佛教、大乘佛教三大阶段"[④]。印顺法师则合并为"三期"说，即分为三个阶段：一、佛法；二、大乘佛法；三、秘密大乘佛法[⑤]。

原始佛教是指佛陀在世时期到入灭后第一个百年间，佛教创教及佛陀的第一代弟子相继传承时期的佛教，大约持续 200 年左右。这个时期，佛教以弘扬原始的经和律为主要传播内容，宣讲的法主要集中在苦集灭道的"四谛法门""十二因缘"和"三法印"等。

---

③　吕澂：《印度佛学源流略讲》，上海：上海世纪出版集团 上海人民出版社，2005 年版。

④　王雷泉、刘仲宇、葛壮：《二十世纪中国社会科学 – 宗教学卷》，上海：上海人民出版社，2005 年版。

⑤　释印顺：《契理契机之人间佛教之五"佛教思想的判摄准则"》，《人间佛教论集》，北京：中华书局，2012 年版。

在释迦牟尼弘法的 50 多年间，佛法陆续传至中印度范围中的 7 个国家，覆盖区域达到近 13 万平方公里。

佛陀入灭后，源于对其制定的戒律和宣扬的教理的理解不同，形成了大大小小几十个派别。这些派别之间的矛盾日益激化，在佛入灭约 100 年之后，佛教发生了第一次大分裂，史称"根本分裂"①。从公元前 4 世纪之后的 500 年间，又产生了众多小的分裂，即"枝末分裂"。据《异部宗轮论》记述，教团一共分裂为 18 个部派，这个数目并非确切，但其中最主要部派都是"大众部"和"上座部"。这一时期的佛教被称为"部派佛教"，以弘传小乘佛法为主，大乘思想"若存若亡，未能光显焉"②。

公元 1 世纪后，相继出现了以《般若经》《维摩诘经》《妙法莲华经》为代表的大乘经典，这标志着佛教的新阶段——大乘佛学的开始。随后，龙树的《中论》《大智度论》《十住毗婆沙论》等著作问世，开创了大乘中观学派，形成了大乘佛教的性空唯名系。这一时期大约持续到公元 400 年，是大乘佛教的初期阶段。公元 5、

---

① 关于这次分裂的直接原因的说法有两种，分别是"十事说"和"五事说"。"十事说"是指在释迦牟尼入灭百年后，东印度毗舍离的比丘违犯了原始佛教的戒律，出现了向人收取钱币的现象。当时，西印度的耶舍长老来到毗舍离，见到这种情况，并就此与毗舍离的比丘发生了争执。以此为契机，耶舍长老在毗舍离举行了七百比丘参加的佛教集会，召集僧众就原始佛教的戒律进行讨论，并判定毗舍离比丘提出的十条戒律为非法。对于这次结集的决定，毗舍离比丘很不信服，于是他们举行了约有万人参加的集结，并判定上述十事为合法。自此，认同"十事"的毗舍离比丘组成了大众部，而反对"十事"的耶舍长老等组成了上座部。"五事说"认为根本分裂是因为佛教徒对一位叫大天的比丘所提出的"五事"看法不同才产生的，其中赞成大天观点的僧徒形成了大众部，而反对大天观点的长老形成了上座部。

② 释太虚：《佛学概论》，长春：吉林人民出版社，2013 年版。

6世纪间，无著、世亲以《唯识三十颂》等论著开创了大乘佛教唯识思想，即印顺所称虚妄唯识系，其代表经典是《解深密经》。随后，《如来藏经》《不增不减经》《胜鬘经》《大般涅槃经》等经典的出现，代表大乘佛教如来藏思想的开创，即印顺所称的真常唯心系。这是大乘佛教的中期阶段。公元7世纪至10世纪，中观和唯识学义理渐趋烦琐，大乘佛教被包摄到秘密佛教中，逐步转向"祈祷佛教"，这是大乘佛教的后期阶段。

公元7世纪中叶，印度教初创，这是婆罗门教与其他宗教派别融合的结果。其后，在印度的西南部和德干高原范围内，部分佛教徒借鉴了印度教的修行方式，创立了密宗，并向印度南部和东北部传播。印度教的兴起挤压了佛教的活动空间，同时因为内部的争斗，佛教日渐衰微。公元13世纪，伊斯兰教军团侵入印度，烧毁那烂陀寺，摧毁佛教僧团，标志着印度教最终取代佛教，成为主流宗教。

三、佛教向外传播和在印度灭亡的社会原因

佛教产生于印度，最终广泛传播到亚洲大陆和各大洲，成为一种世界性的宗教，有多方面的原因。一是从宗教本身的性质看，佛教具有完全不同于原始时代氏族宗教和古代国家宗教的特殊性，它具有普世性。二是佛教的基本教义迎合了既得利益者，从而得到了统治阶级的支持。三是佛教排他性小，宽容度高，能方便地与本土宗教融合，从而赢得群众的信仰[①]。

在世界各地尤其是在中国开枝散叶的佛教，却在其发源地灭亡了，其中有着多重的原因。教义烦琐，戒律不一，派系分裂是

①　吕大吉:《宗教学通论新编》，北京:中国社会科学出版社，2004年版。

其中的一个自身原因；密教盛行是直接原因；印度教作为新兴宗教，成为佛教强劲的对手，并直接导致了佛教在印度的灭亡；伊斯兰教徒征服东印度，毁灭了佛教的大寺院，教团受到破坏。

"密教多特色，承固有之倾向而流于极端者有之，融摄外道者有之"①。密教化的佛教，崇尚鬼神，极端迷信师长，违背了佛教最基本的"依法不依人"，对人群的社会生活漠视，从而失去了群众基础。

"佛教在印度灭亡的理由，是由于佛教丧失主体性，并藉由密教而印度化；但是在印度独立后于孟买地方兴起的新佛教徒，对抗种姓制度的不合理而改宗佛教，似乎可以理解为是自觉到佛教本来立场的行动"②。

第二节　近代中国佛教的危机及人间佛教思潮的兴起

20世纪的中国佛教，延续自明清以来的发展态势，如同这个国家的命运，在风雨飘摇中步履蹒跚，似乎随时都有可能倒下，就此一蹶不振。佛教所面临的危机，不仅仅是国内政权与外来宗教的挤压与胁迫，更重要的是文化主体地位的丧失，教理、教义发展的停滞不前，以及僧团自身的封建腐化。

---

① 释印顺：《印度之佛教》，北京：中华书局，2011年版。
② ［日］平川彰著，显如法师、李凤媚、庄昆木译：《印度佛教史》，贵阳：贵州大学出版社，2013年版。

一、文化主体地位的建立与丧失

（一）佛教传入与主体地位的建立

一个民族的文化，源于斯，深植于斯，往往反映着大多数民众的共同选择与价值取向，带有一定的顽固性，即使受到外来文化的冲击、压迫而发生某些改变，也不至于完全放弃固有的特性，覆灭本有精神，所以文化移植始终伴随不可避免地文化冲突。相对的，外来文化要适应本地人文环境，也必须与固有文化产生调适①。佛教作为一种外来文化，在文化移植过程中，一直面临与本土文明的冲突与调适。佛教文化与本土文化的接触，作用是相互的，结果是双方的。一方面，佛教文化将对本土以儒家为主，道家为辅，多种思想并存的文化格局产生影响；另一方面，佛教文化要在完全异于印度的汉地生存下来，就必须适应本土的文化环境。因而，印度佛教从进入汉地的那一刻起，无时无刻不受到儒、道、民间信仰等的影响，产生思想的变异、演化。当然，中印两个在同时代都相当发达的文化，一者被另一者完全取代的可能性虽然存在，但比较小。不断冲突与融合，然后实现共存——求同存异，成为了儒释道三教关系在汉地的写照。

汤用彤先生将文化移植的过程概括为冲突与调和两个方面。大致来说，冲突是源于两种文化思想有所差异，价值取向有所不同；调和是因为二者具有一定的共性，可供通约。发现彼此的同与异，进而引发冲突与调和，是一个由浅入深、循序渐进的过程，通常经历三个阶段："（一）因为看见表面的相通而调和；（二）

---

① 刘梦溪主编：《中国现代学术经典·汤用彤卷》，石家庄：河北教育出版社，1996年版。

因为看见不同而冲突；（三）因再发见真实的相合而调和"①。

溯及佛教的发展脉络，一般认为，佛教自两汉之际传入中国，及至魏晋南北朝时期，透过与儒释二教的冲突与融合，逐步摆脱对儒道的完全依附，充分吸收两家思想，并通过对经典的诠释与思想的重新阐发，得到了较大范围的传播，进而向大众的思想需求与文化心理靠近。东晋以前，佛教一直附随主流思想，寻求自身的生存。具体来说，汉代，佛教依附于神仙方术，世人也将其视为其中的一种，兼用占卜、预测吉凶等数术。魏晋时期玄学盛行，借助玄学之路，格义佛教深入展开。东晋至南北朝时期，借着前期依附之势，褪去格义佛教的束缚与理论偏差，佛教在思想上为精英阶层所熟识，信仰上为普通大众所接受，社会影响力取得较大发展。同时，伴随自我、自主、本位意识的复苏，佛教与儒道文化的差异性日趋清晰，其结果是，三教之间相互冲突、抗衡，争夺思想地盘变得越来越激烈，成为这个时期三教关系的基调。隋唐以降，儒释道意识到自身的理论特质，发现彼此理论的不足，进而相互从对方身上吸取有利于自身的因素，三教融合的趋势十分明显②。就佛教而言，隐于印度佛教思想脉络中的如来藏，以其适应传统思想和大众文化心理的独有一面，在印度中观与唯识学两大思潮之外独树一帜，成为中国佛教的主流。基于如来藏思想上的中国佛教，演化出特有中国化宗派，如华严、天台、禅宗、净土等。部分学者甚至认为，中国化的佛教宗派，是在融合儒、道思想的基础上，结合佛教自身的义学理论特质形成的，即佛性

---

① 刘梦溪主编：《中国现代学术经典·汤用彤卷》，石家庄：河北教育出版社，1996年版。

② 彭自强：《佛教与儒道的冲突与融合》，成都：巴蜀书社，2000年版。

心性化的产物。换而言之，这些宗派的形成，正是隋唐时期三教融合思潮下自觉运动的产物。这一时期的三教互动，受益最大的无疑是佛教，成为汉传佛教的发展史上的最高峰，八宗并弘，宇内共举。言及儒家，成效虽不及前者，但亦有不少可圈点处。例如，受到佛教传承世系——"法统"说的刺激与启发，韩愈援佛入儒，率先在《原道》中提出"道统"说，以区别于佛道两家，确定儒家学说的正统性和合法性。

（二）文化主体地位的丧失

如果说，隋唐时期的三教融汇中佛教身先士卒，占据主动优势，充分吸纳各种有利于自身的要素，成为中国佛教发展高峰。那么隋唐之后，佛教则经历了数次劫难，渐有衰微之势。会昌年间，唐武宗在道士赵归真和李德裕的劝谏下，实施毁佛运动，其结果，"天下所拆寺四千六百余所，还俗僧尼二十六万五百人，收充两税户，拆招提、兰若四万余，所收膏腴上田数千万顷，收奴婢为两税户十五万人"[①]。相对于北魏太武帝和北周武帝的局部政权发起的灭佛运动，唐代作为一个高度中央集权的政治王朝，对佛教的毁灭性影响远胜于前。佛教寺庵大量被拆，本土僧尼普遍被迫还俗，部分外国僧人遭到遣返。流落世俗的僧尼，因缺乏谋生技能和对社会的适应，成为流民、流寇，为祸一方。日本遣唐僧人圆仁在《入唐求法巡礼行记》中提道："唐国僧尼本来贫，天下僧尼，尽令还俗。乍作俗形，无衣可着，无物可吃，艰穷至甚。冻饿不彻，便入乡村，劫夺人物，触处甚多。州县捉获者，皆是

---

① 　《旧唐书·武宗纪》。

还俗僧"①。

传统寺院赖以维持生计的庄园经济遭受严重破坏，主持佛法传播的僧尼"落草为寇"，丧失国家政权的扶持与支持之后，宗派佛教赖以成型的根基——高度发达的经院式教学体制分崩瓦解，加之佛法典籍散佚，学术氛围丧失，佛教宗派失去了繁荣发展的主客观条件。

进入五代十国时期，整个中华大地政权更迭频繁。北方诸朝战乱不息，当政者多是军阀出身，对于经济、文化的建设乏善可陈。连年的战乱导致佛教寺院破坏严重，大量民众不堪忍受沉重赋税而出家为僧尼。这一避税举措对于急需补充兵源和增强财力的政权来说，无疑是绝不能放任自流的。因此，历代北方政权普遍采取限制度僧名额，禁止私造寺院、私自剃度等举措。及至后周世宗，出现了又一次毁佛运动。"诸道州县镇村坊，应有敕额寺院，一切仍旧，其无敕额者，并抑停废"②。世宗规定，各州县内，有封敕和匾额的寺院保留；没有敕额的州县，僧尼各留一所，若无尼众，则只留僧寺。除此，其余寺院一律毁去，总共废除寺院30336所，仅存2694所。严格控制出家人数，沙汰大量僧尼，在籍者仅剩61200人。

相较于北方的动荡不安和毁佛运动，南方整体上稍显安定，趁机吸收了大量北方移民发展经济，取代北方成为经济中心。但是，稳定只是相对的，南北政权、南朝诸国之间互有交战、攻伐。战争一方面加速了人口的流动，刺激了南北、东西佛教的交流、交融，另一方面也造成了大量佛教寺院被毁，僧尼流离失所，佛典注疏

---

① 《入唐求法巡礼行记》，《大正藏》，第18卷，第112页。

② 《旧五代书·周世宗本纪》。

遗失。如果以某一宗派来审视这一时期佛教的发展，当以天台为镜。

　　受法于光州大苏山慧思的智者大师，南陈光大年间应邀在金陵瓦官寺开讲《法华经》，此后以"五时八教"判释经教，破斥南北，自此法门广开，教观总持，开宗立义。天台宗的建立，首当归功于智者大师个人的知见与修证，其次陈隋二朝四位皇帝的支持也不可或缺。此后，历经灌顶、智威、慧威、玄朗，至湛然发挥天台三大部，力抗华严、法相、禅宗等，中兴天台。此后，天台逐渐没落，不复智者大师当年盛况。尤其到五代时期的高论清竦，因吴越国钱氏的护持，国清寺才得以免受兵火之灾，勉强维持天台一系法脉不至断绝。清竦传法义寂的时候，立为天台宗根本的典籍注疏基本已经遗失殆尽。

　　《宋高僧传》中，有关义寂的传记部分就曾提道："智者教迹，远则安史兵残，近则会昌焚毁，零编断简，本折枝摧，传者何凭，端正其学。寂思鸠集也。适金华古藏中，得《净名疏》而已。"①

　　历经安史之乱、会昌法难和五代十国战乱，天台注疏只剩下断简残篇，传法者基本没有合适的经典依据以正其学，"当时硕德但握半珠，隐而不曜"②。包括义寂在内的天台宗人，首要任务便是尽力搜集教典，为天台宗的传承修复基础。幸而有赖国师德韶的举荐和吴越忠懿王钱俶帮助，才得以从高丽、日本求得遗逸。

　　中兴或者灭亡，不仅仅是天台宗，几乎是所有隋唐时期繁荣发展的教下诸派于唐末五代后的命运抉择。总体而言，受唐末五代影响，教下诸门势力大大削弱，虽在宋明时期迎来了一定的宗派复兴和义学思想的争鸣，但整体上已远远不复中古盛世，这也

---

①　《宋高僧传》，《大正藏》，第 50 卷，第 752 页。
②　《释门正统》，《大正藏》，第 75 卷，第 278 页。

为佛教在宋明元清的发展埋下了伏笔。

事有例外，禅和净土二宗修持方法简便易行，遵奉经典较少，因而受到的冲击最小，借势一跃成为中国佛教的大宗。此后中国佛教的展开，始终围绕二宗展开。

自五代始，宗派思想融合成为佛教发展的主旋律。就佛教内部而言，是禅教的汇通，以及各宗与净土思想的融合。

受宗密法师"融禅于教"思想的影响，五代时期的文益禅师熟谙华严圆教理论，倡导禅教一致，反对脱离经教的空谈枯坐，认为"理在顿明，事须渐证"，"理事不二，贵在圆融"①。其本人也将华严思想融入禅法中，以"三界唯心""六相义"实践接引门人。作为文益传人、法眼宗三祖的永明延寿禅师，深入发展了其师的禅教融合思想。他"举一心为宗，照万法如镜"②，以心宗衡准三论、天台、华严、法相、净土、密教等宗，融摄于禅，辑成百卷《宗镜录》。其理论根基是将惠能的南宗顿悟思想与华严的圆修思想结合，参禅与研习经典并重，旨在以禅契教，依教印心，深契如来藏一心。自宋以来，倡导禅教融合的高僧始终不绝。北宋有圆悟克勤，南宋有大慧宗杲，元代有中峰明本，明代有紫柏真可、憨山德清等。

另一方面，佛教各宗派与净土思想的融合同样十分流行。永明延寿不仅倡导禅教融合，作为净土宗第六祖，而且积极提倡禅宗与净土思想的结合。其所著《万善同归集》，全面阐释了禅净双修思想。基于禅宗一贯立场，延寿认为妙明真心乃是万法的本源，万行归心，若能了之一切诸佛皆唯心量，必能速证极乐世界。

---

① 《宗门十规论》，《大正藏》，第 63 卷，第 37 页。
② 《宗镜录》，《大正藏》，第 48 卷，第 415 页。

但是法门有自力他力之分，自力不足者，仍需称名念佛，仰仗阿弥陀佛的愿力，内外相资，往生净土。因而"唯心净土"与"弥陀净土"不是立此废彼，而是各有其特定的受法对象。

与禅宗相似，有相关史料记载以来，历代天台祖师对净土信仰均表现出浓厚兴趣，慧思在《立誓愿文》中期望弥勒下生，转秽土为净土。依据《隋天台智者大师别传》，智者大师临终之际，"胁西向而卧"，称念西方三圣名号，并受到观音菩萨的接引。湛然、明旷等祈愿往生弥陀净土，听闻正法。如果说宋以前，天台祖师的净土信仰（弥勒、弥陀）更倾向于答疑解惑、利乐众生的话，那么始自宋代的台净合一，则是将阿弥陀佛净土厘定为最终归宿。宋代中兴天台的山家派代表人物，四明知礼于《妙宗钞》，以天台心具诠解观佛法门，强调"斋戒念佛，功成事办，必得超往安养净土"①，结集僧俗千人，共同念佛。同时代的慈云遵式专修忏法，撰《晨朝十念法》，益建精舍，率众修念佛三昧②。

自延寿以禅宗法嗣身份大力调和禅宗与净土，汇通西方净土与唯心净土，有宋以来，历代高僧均不遗余力地弘扬禅净双修，如宋代天衣义怀，元代中峰明本、天如惟则、楚石梵琦等。禅宗内部在先后经历文字禅、看话禅、默照禅之后，念佛禅几乎席卷整个佛教。明末四大高僧云栖祩宏、紫柏真可、憨山德清、蕅益智旭在此基础上进一步淡化佛教宗派立场，倡导禅净双修③。禅宗之外，华严、天台等传统义学宗教也纷纷跟进，会归净土成为汉

---

① 《四明尊者教行录》，《大正藏》，第 46 卷，第 859 页。

② 《佛祖统纪》，《大正藏》，第 49 卷，第 207 页。

③ 方立天：《论文字禅、看话禅、默照禅与念佛禅》，《中国禅学》，北京：中华书局，2002 年版。

地佛教的共识。

对应于佛教历经战乱、法难带来的思想建构的贫乏，入宋以来，儒学发展迅速，先后形成了以张载为代表的气学、以邵雍为代表的数学、程朱理学和陆王心学。宋明理学的出现，一方面归因于魏晋玄学之后，儒学发展停滞不前，促使内部推陈出新。另一方面，隋唐时期佛、道二教的高速发展，无论是在上层社会还是普通大众层面，都对儒学的生存空间造成了严重挤压，正统地位不断受到挑战。内忧外患之下的儒教，充分借鉴、吸收和融合佛道二教思想，重新诠释儒家经典，一改隋唐的颓势，成为三教关系的主导者、规范者。

如果分期而论，从佛教传入的汉代开始，到魏晋南北朝，是三教关系的第一期。这一时期，佛教从依附逐渐走向冲突、抗衡，力争成为文化的主体。隋唐则是发展的第二阶段，三者在思想理论上彼此流通、融合，佛教在保留印度佛教本位的基础上，完成了本土化进程。佛教虽然没有取代儒家成为统治思想，但却是三教的中心，影响力有过之而无不及①。此后的宋元明清，是三教关系史的第三期，迎来了真正的"三教合一"②。

自宋代开始，外有统治者基于正统意识的大力提倡、扶持，内有理学的繁荣兴盛，以儒为主、佛道为辅的思想格局彻底巩固、定型。宋明新儒学的博兴，佛道教进一步衰落。面对儒家文人士大夫时有的反佛动作，佛教高僧为求得生存空间，主动迎合统治

---

① 当然，也有部分学者认为唐代儒家是三教的中心，如严耀中先生的《论"三教"到"三教合一"》。但笔者此处是融佛教思想所展现实际影响力来判断，并非单纯的从统治者层面。

② 关于"三教合一"的思想流变，本书第四章将详细论述。

者和主流文化的三教合一思想。赞宁明确主张"三教是一家之物，万乘是一家之君"①。云栖袾宏强调"三教一家""理无二致"②。智旭认为"三教皆从此心施设"③，注解《周易》《四书》等。虽然历代高僧在阐释三教合一时，仍不断强调佛教的独特性与本位性，但元明清以来，思想的依附性已愈发明显。居于社会统治意识的儒学，没有再给佛教任何翻盘的机会，佛教彻底沦为三教中配角，社会影响力大大降低。失去文化主体地位，缺乏思想更迭的中国佛教，为近代佛教的危机埋下了深重的历史根源。

二、近代佛教自身的腐朽

基于唐末五代的国家分裂原因的反思，宋以来的统治者不断强化中央集权制度，映射于思想领域，则是进一步巩固儒学的正统地位，加强对佛道二教的管理。在国家管理模式之下，三教关系的版图中，佛教的生存空间受到严重挤压。历经法难、战乱的洗礼，佛教思想活力日渐消失，人才凋零。教义学说在融合思潮的影响下，自身仅仅留下禅宗和净土支撑门面。整个僧团体制在封建制度的侵蚀下，自身的封建腐化日趋显现，戒律废驰，僧尼地位应声而下。

（一）近代中国佛教的腐朽，义学的衰落是明显的表征

义学的衰微对于近代中国佛教的打击是致命的。富于思辨色彩的佛教宗派，诸如天台、华严、唯识、三论等，自唐末五代后逐步衰微，此后历代的教理研究多集中于唐人思想的某些枝末细

---

① 《大宋僧史略》，《大正藏》，第 54 卷，第 255 页。
② 《云栖法汇》，《大正藏》，第 33 卷，第 77 页。
③ 《灵峰蕅益大师宗论》，《大正藏》，第 36 卷，第 386 页。

节，鲜有重大的教义发展，对文人士大夫的吸引力明显降低，理论高度与争鸣不足，未能逃脱几近消亡的命运。宋代开始以儒家为主导者的儒、释、道三教合一，一方面佛教自身理论水平不足以和儒家学说一争高下，未能赢得知识精英阶层的认可；另一方面，无论是汉人政权还是少数民族入主为政，均积极推动儒学思想的建设，以之为统一社会思潮的基本工具。内忧外患之下的佛教界，一改过去与儒道抗衡的做法，不得不主动向儒道融合，积极倡导三教一致。"天下同归而殊途，一致而百虑"，这种思维模式主导下的佛教义学发展，无疑明示着整体水平的衰退。

甚者，经过太平天国一役，大量重要的相关传统义学研究宗派注疏和佛教经论近乎亡佚，更谈不上它们对近代佛教思想的复兴与发展做出多大的贡献。

清朝末期，杨文会居士曾通过驻日使馆的内弟苏少坡，托请日本净土真宗僧人、佛教学者南条文雄搜集中国已经散佚，但日本可能存有的佛教典籍。杨文会前后四次列出购书清单，多达221种。经过南条文雄多方努力，搜集到其中的145种，另外，南条氏和其他日本友人额外赠送了部分经典注疏，共计283种。南条文雄在《卍新纂续藏经序》回忆道："明治二十四年以后，余与道友相议，所赠居士和汉内典凡二百八十三部。"①

这批从日本求得的典籍，涵盖诸多宗派的重要论典、注疏，例如唯识宗窥基的《成唯识论述记》《成唯识论枢要》《因明入正理论疏》，慧沼的《成唯识论了义灯》，圆测的《解深密经疏》等；净土宗慧远的《观经义疏》，善导的《观无量寿佛经疏》，蕅益智旭的《阅藏知津》等；三论宗嘉祥吉藏的《中观论疏》《十二

---

① 　南条文雄：《卍新纂续藏经序》。

门论疏》《百论疏》《大乘玄论》《三论玄义》等；华严宗法藏的《华严探玄记》《华严一乘教义分齐章》，智俨的《华严经搜玄记》等；天台宗智者的《三观义》《禅门章》《维摩经广疏》《维摩经略疏》，荆溪湛然的《止观搜要记》，四明知礼的《十义疏》等①。

纵观佛教史，传承自印度而又富有哲学思辨色彩的佛教宗派——三论宗、唯识宗在唐代便早早衰微，罕有僧人研习传承。即使是本土化的佛教宗派——天台宗、华严宗等，虽在宋明有过不同程度的中兴，至清代也已传承不明，空留下八宗之一的名头。杨文会托请南条文雄在日本广为搜集各种宗派的经论注疏，无不反映着义学的衰败与没落。

近代中国佛教，唯有禅宗和净土稍具影响力，延续着佛教的卑微命运。然后，仅剩的这一部分僧人整体学识、修养偏低，不足以在动荡的近代社会转型中推动佛教教义的发展，跟上近代西方知识的爆发式增长和传播，以支撑佛教的发展和转型。尤其是禅宗在近代亦日益衰落，经由禅净融通和禅净双修趋念佛禅一门，"于教律扫地之日，尚一味教人废学绝思"②，诃斥经律，专务死坐，唯以"念佛是谁"为参究，推崇老实坐香、念佛。然则，净土法门也早已远离实相念佛、观想念佛，只剩口诵"南无阿弥陀佛"六字洪名。历经时代洗礼后，禅宗、净土二门根基不再牢固，加之传统义学宗门的不振与衰败。对内，近代中国佛教的修持出现了脱离正轨的偏向；对外，则难以在竞争激烈的文化市场中，

---

① 详细数目参见陈继东：《清末日本传来佛教典籍考》，《杨仁山全集》，黄山书社，2000年版，第639-678页；肖平：《近代中国佛教的复兴》第四章《佛经刻印事业的振兴与中日学人的交往》附录部分，广东人民出版社，2003年版，第131-145页。

② 释太虚：《震旦佛教衰落之原因》，《海潮音》，第二卷第三期。

丰富自身内涵以吸引文化阶层的关注①。

面对近代佛教的衰落，太虚大师痛心疾首，在总结佛学思想历史发展脉络的基础之上，将"义丧"概为六因之一。感叹"自唐武宗灭法，教典荡失，义学尽绝"②，虽经宋明诸师努力，及至清末、民初，流弊丛生，屈指可数。作为杨文会的弟子，近代佛教的另一大家欧阳渐1922年在南京支那内学院开讲《成唯识论》前，曾以十义抉择唯识要义，期待用之对治佛教之时弊。欧阳渐总结认为当时佛法之弊，可以概括为五个方面：第一，禅宗盲修者，专务口头禅和野狐禅，荒废经教；第二，思想笼统，欠缺精密教理观察，凭私见妄事创作；第三，天台、贤首等得少为足，畛域自珍，佛法之光愈晦；第四，不知抉择最为精当的唐人经典注疏，致使义解常错；第五，全无研究方法，望门投止，空尚玄谈③。

不可否认，欧阳渐是站在提倡唯识学的立场来发表这番言论，认为唯识、法相，"道理究竟，方便善巧"，因而是对治五弊的一剂良方。但是，他对近代佛教义学发展中所出现的种种问题的深刻洞见，无一不是针砭时弊，切中要害。作为佛教立教之本，生存与发展的根基，佛教义学危机根源自其历史境遇，时至近代，终于迎来了爆发式的膨胀，为佛教近代化带来了严峻的考验。

近代工业革命的兴起，资本主义生产方式得到确立，带来了前所未有的物质财富，以此为核心的现代社会进程不可避免地成为全球趋势。反映在思想文化领域，文艺复兴突破了"黑暗的中世纪"的神权统治，18世纪的启蒙运动，高扬理性、科学的大旗，

---

① 　陈兵：《佛法在世间》，北京：中国时代经济出版社，2008年版。

② 　释太虚：《震旦佛教衰落之原因》，《海潮音》，第二卷第三期。

③ 　王雷泉编选：《欧阳渐文选》，上海：上海远东出版社，2011年版。

世俗化和个体主义越来越得到认同。19 世纪，鸦片战争的爆发，将中国人从东方巨龙的美梦中惊醒。改革落后的生产方式，寻求富民强国成为人们的迫切愿望。畸重出世的传统佛教，义学理论始终围绕这一目标展开，本土化进程中，与封建制度结合紧密，成为封建文化的重要组成部分。在时人眼中，佛教代表的是落后的文化观念，忽视对现实社会的关怀、建设，逃避社会责任，更遑论革新社会制度，促进生产方式的变革。1919 年，五四新文化运动爆发，高举民主、科学两大旗帜，掀起反帝反封建的高潮。一方面，佛教被视为封建迷信，与科学进步不相容，受到猛烈抨击。另一方面，帝国主义假借传教的需要，纷纷派驻传教士从事间谍活动，招致国人的反对，同为宗教的佛教难免被殃及。1922 年，北京率先在全国成立"反宗教同盟"，如北京高师等，其后全国各地纷纷效仿，数量多达六十几个。一些学术界人物如蔡元培、胡适、陈启天等撰写文章，发表言论揭露宗教与科学、社会进步不相容的地方。

宋以降，佛教义学不断衰败，不复隋唐时期引领中国文化思潮的风采，至清末民初，更难以在西方文明的传入过程中，具备与其对话，向世人阐述自身的能力。藉此，任人曲解、宰割的命运也就可想而知了。

（二）僧团的封建腐化，蚕食了佛教的活力

大约在公元前 700 年到公元前 500 年，婆罗门教进入奥义书时代，智者们着力发挥对四大吠陀经典终极意义的理解，形成吠檀多哲学。奥义书时代的兴起，一方面可以归因为随着时代的进步，祭祀万能、祭祀至上已经不能满足智者的需求。另一方面，婆罗门阶层凭借主持宗教祭祀的权利，大肆谋求个人利益，引起了社

会的反感。大约在同时代的公元前 6 世纪，印度兴起了一股与婆罗门教相对立的沙门思潮，思想层面主要反对梵天创世，吠陀天启的权威和婆罗门教的精神统治。社会生活层面反对不平等的种姓制度和血腥的祭祀行为。

作为沙门思潮中的一种，佛教反对当时的极端苦行主义和享乐主义，主张不苦不乐的出家修行实践。生活方面禁止蓄存金钱、食物等物资，采取托钵乞食、游行野宿的方式。中后期随着国王、刹帝利贵族和富有商人的支持与资助，逐渐建立起僧院，形成稳定的寺庙体制；另外，仍有一部分僧人过着栖居山林的修道生活。佛教传入汉地后，因为地理环境、气候特征与印度的迥异，一开始便启用定居式的寺院制度。又因为以儒家为代表的本土固有主流文化对托钵乞食这种行为的鄙夷和非议，封建庄园式的经济模式应运而生，并逐步占据统治地位，"衍化出了具有封建社会性质的寺院等级阶层"[1]，大量子孙庙与十方丛林分立。又因为受到中国传统文化注重历史和传承等因素的影响，效仿封建家长制，采用严格的师徒相承制度，师徒之间犹如父子关系。较为稳定的组织结构和人员构成在长期的封建化过程中产生了庞大的利益阶层，寺院存在的宗旨也时常发生偏离，不以维护修行者的基本生活需求为目的，而是大肆追逐经济利益。出家人在这种寺院风气的影响下，整体修行状况、水平可想而知[2]。

向来注重出世修行的佛教，面对极重现世生活的中国人，也

---

① 刘成有：《近现代居士佛学研究》，成都：巴蜀书社，2002 年版。

② 佛教经济发展状况，具体可参看谢和耐著、耿昇译的《中国 5-10世纪的寺院经济》。"三武一宗"灭佛运动的发生与佛教庄园经济以及僧人修行状况息息相关。

不得不有所妥协，以"方便""善巧"的方式，适应本土信仰中世俗化的一面，满足大众的现实生活需求，诸如求财、求子、求姻缘、保平安、亡灵超度等。因此，明清以来的佛教僧尼，主要职责和日常事务"更多趋向于应民间要求赶经忏、做道场、超生度死"①。

太虚认为近代佛教衰落的原因之一，乃是住持佛法的僧团整体素质偏低，要么重于出世，自持清高，缺乏担当；要么沉迷俗事俗务，缺乏出离。他将当时的僧人分为四类：第一类是清高流，即传统的出世型僧人，隐遁清修，缺乏善知识开示，散漫昏暗居多，明达专精者少。第二类是坐香流，常在禅堂打坐参禅，经五六载成为老参，依次晋升，直至长老。其上者况且如此，庸僧则趁逐粥饭，其余不管。第三类是讲经流，略通天台、华严、唯识等基本教义，便称为法师，其下者，听记一二因缘故事，向人夸述而已。第四类忏焰流，贪图名利供养，代人拜忏诵经，放焰设斋，专做佛事，创设种种名义贩卖佛法。其中又以最后的经忏僧人为众，占到百分之九十以上，毒害最深②。

欧阳渐在《辨方便与僧制》中斥责大部分僧尼为粥饭僧，国家蛀虫，极力主张整顿、沙汰："中国内地，僧尼约略总在百万之数，其能知大法、办悲智、堪住持、称比丘不愧者，诚寡若晨星。其大多数皆游手好闲，晨夕坐食，诚国家一大蠹虫，但有无穷之害，而无一毫之利者。此如不整理、不严拣，诚为革命时之一大遗憾。"③

太虚与欧阳渐虽身份有异，一僧一俗，却不约而同地指出近

---

① 陈兵、邓子美：《二十世纪中国佛教》，北京：民族出版社，2000年版。

② 释太虚：《震旦佛教衰落之原因》，《海潮音》，第二卷第三期。

③ 王雷泉编选：《欧阳渐文选》，上海：上海远东出版社，2011年版。

代佛教僧人行为的失范。正因为义学的不振、衰落，僧团素质整体低劣，虽有部分得道高僧大声疾呼，倡导变革，却也不足以改变整体态势。

民国年间，大雷列举当时佛教界存在的十大病态：寺制不良，住持弄权，门户见深，讲学废驰，化世无方，错谬知见，养成懒风，滥收徒众，僧格破产，新弊丛生 ①。

这一时期的佛教，无论是思想义理上的平庸困乏，道德行为上的腐化堕落，还是整体僧团制度的封建堕落，都无疑在本就极度羸弱的根基上釜底抽薪，加速佛教的衰败，客观上也加速了中国佛教的近代化进程。

三、政权与外来宗教的压迫

（一）政权的压迫

中国佛教很早便有与国家政权交好的传统。佛教初传汉地，一般认为是在汉哀帝元寿元年（公元前2年），大月氏使者伊存以口诵的形式将佛经传于博士弟子景卢。其后，楚王刘英、汉桓帝相继斋戒、祭祀浮屠。不过，初期官方并不允许汉人出家，"往汉明感梦，初传其道，唯听西域人得立寺都邑，以奉其神。其汉人皆不得出家。魏承汉制亦修前轨" ②。虽是如此，政府的禁令并不能阻止汉人私度出家的现象。西域僧人佛图澄弘化襄国（今河北邢台），以神通慑服残暴的石勒，为其出谋划策，辅助建国登基，为佛教取得政治合法性基础。石勒死后，继续得到石虎的敬奉，促使官方开放禁制，听允汉人为僧，"苟事无亏，何拘前代？

---

① 大雷：《论今日中国佛教之十大病》，《现代佛教》，第五卷第四期。
② 《高僧传》，《大正藏》，第50册，第385页。

其夷赵百蛮，有舍其淫祀，乐事佛者，悉听为道"①。由此可知，佛教从传入到得到被公允汉人出家，均是走的官方的路线，甚至得到了国家统治者的亲口承诺。无怪乎，时处东晋十六国，师从佛图澄，一生颠沛流离的高僧道安也不得不感叹："今遭凶年，不依国主，则法事难立。"②而依靠国主的目的，在于借助国王大臣的力量，弘扬佛法，"教化之体，宜令广布"③。道安南逃襄阳，行至新野对徒众的这番话，是为佛教在战乱纷飞，时局动荡时期谋得生存发展的权宜之策。不同于道安，其弟子慧远隐居庐山，结社弘法，始终遵循"沙门不敬王者"的原则。道安与慧远的一"动"一"静"，看似差别极大，实则都是真俗不二智慧之下的契时应机之举④。

　　不幸的是，道安处理佛教与世俗政治、社会关系的这句名言，不断被片面的理解或者断章取义，忽略了"凶年"的前提以及弘法的最终指向。此后的中国佛教，除却一些高僧或者山林隐修者，主体始终受制于王权统治。教权囿于王权之下，致使佛教的传播发展对于政权具有极强的依赖性。汉传佛教义学宗派的衰败，一方面归因于教理教义的繁杂与国人喜简易的性格不合；另一方面，义学僧团的维持与运转，需要庞大的物质支撑和外护，缺乏统治者、王公贵族的支持，很快便会衰落。唐代盛极一时的北宗，神秀本人号称"两京法主，三帝门师"，弟子普寂、义福接续继而续之。好景不长，当神会进入洛阳，帮助代宗、郭子仪筹集军饷，收复两京，

---

① 《高僧传》，《大正藏》，第 50 册，第 385 页。
② 同上，第 352 页。
③ 同上。
④ 王雷泉：《涌泉犹注，寔赖伊人：道安之"动"与慧远之"静"》。

进而被肃宗召入宫中供养，取得皇帝信奉后，南宗很快取代北宗，成为禅门正统，遍布天下。

过分"亲近"政权的中国佛教，成因藉此，败亦由它。南北朝时期江南佛教的盛景，"三武一宗"灭佛的悲剧，明代对佛教的严格抑制等，无不明示此理。清代，顺治构建以儒家为代表的正统文化，约制佛教的发展。康熙崇儒尤甚，不好先佛，仅视为劝人向善的手段①。此后的清王朝，基本承袭旧制，无重大改变，教权牢牢受制于皇权之下。敕建佛教寺院，赐予高僧封号、紫金袈裟，御赐匾额等，均是以笼络人心，维护政治统治为目的。清代基于边疆稳定的考量，对藏传佛教的重视就远远胜于汉传佛教。

清末民初，随着西方思想和政治制度的传入，佛教受到大规模的冲击。相较于科学、哲学等现代思想文明，佛教往往被视为封建迷信，列入应当被批判舍弃的一类。民国初年，孙中山主张"政教分立"，认为实施政教分离方能确保信教自由和传教自由，发挥宗教的教化作用，避免国外势力通过传教士进行间谍活动，以及被帝国主义利用，或者麻醉青年的可能②。

然而事实并非如此，政教分离和宗教信仰自由政策没有得到真正落实。南京国民政府期间，对佛教采取了限制发展的举措。《教

---

① 见《康熙起居注》中所载康熙与熊赐履的对话。上曰："朕生来不好仙佛，所以向来尔讲辟异端，崇正学，朕一闻便信，更无摇惑。"对曰："帝王之道以尧舜为极，孔孟之学，即尧舜之道也。外此不特仙佛邪说在所必黜，即一切百家众枝，支曲偏杂之论，皆当摈斥勿录，庶几大中至正，万世无弊。……倬似是而非之说，无得乘机而中，则永无毫厘千里之失矣。"上曰："凡事必加以学问，方能经久，不然只是虚见，非实得也。"

② 习贤德：《孙中山：复高翼圣韦亚杰函》，《孙中山先生与基督教》，台北：浸宣出版社，1980年版。

育部为中国佛教会佛教学苑组织大纲事复内政部咨》提道："现在信仰虽任人民之自由，而佛教关系国脉民命，至为重大，自不能过于放任，既妨害国家民族之发达，复阻碍社会文化之进步。"①

这一教育部对内政部的官方答复，虽不能反映了国民政府对佛教的全部认知，但至少透露了一些想法。相较于其他宗教，信仰自由政策下的佛教不仅没有得到一个公平、自由的发展环境，甚至被蒋介石认为因为佛教在中国的势大，阻碍了国家的进步，使得人民自私自利②。依其所言，佛教的存在，似乎要为近代中国的落后承担不可推卸的责任。民国以来的袁世凯政府、北洋军阀政府以及国民政府，对佛教的歧视、钳制，与清代一脉相承。从属于政权之下的中国佛教，失去统治者的青睐与支持，清末和民初先后两次发生的庙产兴学运动就不会显得突兀了。

腐朽的封建清王朝在西方列强的坚船利炮面前不堪一击。以康有为、梁启超为代表的有识之士力图通过戊戌变法，学习西方科学，创办实业，改革教育制度等，实现政治改革和思想解放。不过，当时教育经费匮乏，无力支持新办学堂。于是，1898年张之洞发表《劝学篇》，开启第一次庙产兴学运动。"所谓庙产兴学，原义是指寺庙的一切财产，皆可由政府和社会力量用于兴办学校，教育百姓"③。但实际上被有意或无意地扩大，将庙产当作无主遗产，进行侵占掠夺。

---

① 陈金龙：《冲突与调适：南京国民政府与佛教界互动关系探微》，《宗教学研究》，2006年第3期。

② 中国第二历史档案馆：《冯玉祥日记第5册》，南京：江苏古籍出版社，1992年版。

③ 王雷泉：《对中国近代两次庙产兴学风潮的反思》，《法音》，1994年第12期。

张之洞认为抵御列强，必须改革教育，新设学堂以万数，清政府显然无此财力。将书院、善堂、祠堂费用改作教育经费，数额也不够，联想到天下数以万计的寺观，"都会百余区，大县数十，小县十余，皆有田产，其物业皆由布施而来。若改作学堂，则屋宇、田产悉具，此亦权宜而简易之策也"①。况且，随着基督教传入，佛道二教颓废，新办学堂与振兴儒学或可保护二者。基于这些理由，张之洞规划了具体方案：将一县十分之七的寺观改为学堂，其余三分留给僧道；改为学堂的田产，学堂用百分之七十，其余仍留给僧道；根据田产的产值奏明朝廷，嘉奖僧道，不受则移奖亲族官职；"若各省荐绅先生以兴起其乡学堂为急者，当体察本县寺观情形，联名上请于朝，诏旨宜无不允也"②。

同年7月光绪皇帝下诏，寺观除用于祭祖外全部改为学堂。10月，因戊戌变法失败，慈禧太后废除了诏令。1901年义和团运动结束后，清政府重启庙产兴学，命令各级政府设置学堂，佛教寺院开始被侵占。1906年学部颁布《奏定劝学所章程》，"责成各村学堂董事查明本地不在祀典庙宇乡社，可租赁为学堂之用"③。于是，假借办学之名，各省土豪乡绅纷纷侵占庙宇、田产。继之，风潮更其，与兴学毫无关系的各种团体（地方军队、警察等）也加入进来，驱僧占庙。清末，屡兴屡废的庙产兴学虽也得到政府诏令，严禁劣绅肆意侵占庙产，但事实上对中国佛教造成了巨大的破坏。在诸如章太炎等有识之士的呼吁下，寺院开始自行办学

---

① 张之洞：《劝学篇》。

② 同上。

③ ［日］牧田谛亮著，余万居译：《中国近世佛教史研究》，台北：华宇出版社，1985年版。

堂，保护庙产。民国建立初，袁世凯撕毁国务院审定公布的"中华佛教总章程"，强化对佛教事务的管理，颁布"管理寺庙条例"，侵占寺产，剥夺住持管理权。1916 年随着袁世凯的去世，第一次庙产兴学运动逐渐落幕。

第二次庙产兴学运动发生在国民党执掌政权前后。1926 年国民革命军开始北伐，以冯玉祥为代表的军阀在河南、江浙、湖南、湖北等地没收寺产，驱逐僧尼，甚至捣毁佛像，视佛教为迷信。

1928 年，时任南京中央大学教授的邰爽秋发表庙产兴学运动宣言，主张打倒阶级僧阀，解放受苦僧众，没收庙产以充当教育经费①。1929 年，在内政部长薛笃弼的主持下，颁布了《寺院管理条例》。因佛教界一致反对，遂修订为《监督寺庙条例》。1930 年，邰爽秋组织庙产兴学促进委员会，企图发动又一次运动，最终受到佛教界和学者士绅抗议而搁浅。

清末民初的中国佛教，因自身的羸弱，或因庙产兴学风潮，或因慈善公益之名，屡屡遭受各级政府、团体的欺压和迫害，风雨飘零，摇摇欲坠。

（二）外来宗教的挤压与迫害

历史上，基督教先后四次传入中国。第一次是唐太宗贞观年间景教（聂斯脱利派）来华，唐武宗会昌毁佛事件受到波及，结束了唐代两百多年的传播史。第二次是元代的也里可温教，包括残留在边疆和少数民族中的景教向内地回传，以及罗马天主教的首次传入。1368 年元朝灭亡，传播随之宣告结束。第三次是明末清初天主教的传入，以利玛窦在广东肇庆建立教堂为开端，引发

----

① 　释东初：《中国佛教近代史》，台北："中华佛教文化馆"，1974 年版。

了西学东渐。因罗马教廷与中国皇帝的"礼仪之争"，被康熙皇帝直接下令禁绝。

基督教第四次大举来华，是在鸦片战争前后。自1723年雍正登基至鸦片战争的100多年时间里，从法律层面上看，基督教的传播一直是非法的。1844年法国与清廷签订《黄埔条约》，不仅获得中英、中美条约中的种种特权，同时天主教被允许在五个通商口岸建立教堂，自由传教，地方政府负责保护教堂。通过这个条约，基督教肃清了传教的法律障碍。其后，1858年的《天津条约》允许传教士进入内地传教。1860年的《北京条约》规定传教士有权收回禁教时期被没收的教产以及购地新建教堂。凭借一系列条约以及本国的外交和军事作为后盾，基督教的传播得到了飞快地发展。19世纪末，天主教已经在中国建立了五大教区，信徒高达六七十万。新教各教会来华传教士达1500多人，教徒8万。"到1919年，中国本土和满洲的1704个县，除106个外，都报道了新教徒的某种传教活动"[1]。伴随传教活动，传教士兴办了现代大学、医院、出版机构、慈善事业等，声势浩大，影响远远超过其他宗教。

基督教的传播，必然对早已在中国存在的传统宗教带来压迫和打击。部分传教士和教徒，倚仗特权，侵占寺院，毁坏佛像，不绝于缕。如1844年，传教士顾铎德在浙江定海，诱骗教徒将六处寺院捐献给其信徒，改为教堂。1862年，法国驻华使馆参赞哥士耆、川东主教范若瑟以川东地区被没收的教堂无法原址重建为由，企图将城内的川东名刹长安寺改作教堂，引发川东教案。1864年，刘自和、李贵、郜超以佛像不及天主为由，三人挖去寺

---

① 费正清编：《剑桥中华民国史：1912–1949上卷》，北京：中国社会科学出版社，1994年版。

庙佛像的佛心变卖为钱，故意摔坏几尊铜佛、木佛、泥佛等①。1895 年，传教士贪图定海僧人良田，污蔑僧人纵火教堂，政府判赔两千亩给教堂。

大致而言，鸦片战争后基督教在中国造成了两方面的严重影响。首先，出于基督教信仰的排他性、唯一性，传教士和教徒强调上帝信仰的优越性、独特性，对佛道教等中国传统信仰进行了贬低甚至亵渎，将佛教描述成封建落后、思想保守、野蛮排外的形象，干涉寺院事务和非基督徒的正常宗教生活。其次，传教士和教民联合起来大量侵占庙产。佛教信徒虽然也进行了广泛的抗议，甚至暴力反抗，但由于传教士拥有不平等条约所赋予的种种特权，受到政府的特殊对待，佛教的维权行为大多以割地赔款告终。由此一方面产生了实质上的经济损失，另一方面在宗教信仰上蒙受打击，动摇佛教根基。

民国年间，无论是孙中山还是蒋介石等人，都对基督教有一定的偏袒。孙中山青年时期皈依基督教，力图通过基督教学习西方文明，建构新的民主思想。蒋介石在上海接受洗礼，视基督教为精神基础，大量教会人士官居南京国民政府要职，如冯玉祥、宋子文、孔祥熙等。1935 年南京国民政府推广新生活运动，或者与青年会联络合作，没有青年会则与教会组织联络②。正是基于官方和民间传教士的合力推广，以及对传统宗教的打压，1949 年新中国成立前，基督教徒达 80 万左右③，佛教生存空间受到严重

---

① 　释东初:《中国佛教近代史》，台北:"中华佛教文化馆"，1974 年版。

② 　吴耀宗:《控诉美帝国主义在青年会利用改良主义侵略中国》，《文汇报》，1951 年 7 月 2 日。

③ 　于可主编:《当代基督新教》，上海:东方出版社，1993 年版。

挤压。

不仅如此,近代中国佛教的发展还受到日本佛教的迫害。明
治维新以后,日本开始对外扩张,日本佛教积极响应,成为军事
侵略中国的先锋。1873 年 7 月,日本净土真宗僧人小笠栖香顶到
达上海,开始入华考察。他认为佛教源于印度,传入中国、日本,
印度佛教早已灭亡,中国佛教又极度衰败,唯有日本佛教还有可
取之处,故应该以日本佛教为主,与中印结成联盟,共同抵挡基
督教①。小笠栖香顶的想法没有获得中国佛教界认同。他回国后四
处游说,获得日本外务省支持,与东本愿寺共同制定海外传教计划。
1876 年在上海建立"东本愿寺上海别院",正式传教。1895 年甲
午战争后,日本模仿基督教传教方式,净土宗、临济宗、日莲宗、
真言宗等各教派纷纷来华,势头尤甚。其中,净土真宗东本愿寺
实施"南北呼应、全面展开"的"两连枝方式",派大谷胜信和
大谷陆莹分赴南北,全面传教。1899 年成立海外布教局,上海设
立"清国开教总部",在大陆各省市开建寺院。第一次庙产兴学
风潮,日本佛教利用中国僧人急切想要保护庙产的心理,怂恿中
国僧人接受日本寺院的庇护。一时,佛教寺院纷纷成为日本寺院
的下院,1904 年底,仅浙江就有 35 个之多②。

1945 年,侵华战争结束前夕,日本佛教西本愿寺在中国的宗
教据点达 180 多所;曹洞宗驻派僧人 200 多名;东本愿寺在东北
的寺院就达 80 多所,全国的数目未有确切统计,但应该远远大于

---

① 高西贤正:《东本愿寺上海开教六十年史》,东京:法藏馆,1937 年版。
② 王雷泉:《对中国近代两次庙产兴学风潮的反思》,《法音》,
1994 年第 12 期。

这个数字①。综合其他派别，日本佛教在中国的传播范围极广，影响巨大，堪称日本佛教向外扩张的最高潮。

总体来看，日本佛教入华初期，与高僧名仕来往密切，对中国宗教和华人尚能以礼相待，但因中国佛教颓废不堪，内心其实颇为蔑视，认为远不及日本佛教。甲午战争爆发后，日本佛教由单纯的传教，转变为协助日本军队侵华，将寺院当作军队据点，慰问军队，超度亡灵，为士兵布道打气，充当精神导师，成为日本侵华体系不可忽视的组成部分。

四、人间佛教思潮的兴起

近代佛教可谓举步维艰，内部教义学说停滞不前，僧团封建腐坏，僧人整体素质低下，外部受到晚清、民国政府的歧视与压迫，基督教、日本佛教凭借帝国主义的坚船利炮纷至沓来，挤压中国佛教的生存空间。

面对如此糟糕的境遇，佛教界的有识之士纷纷扛起改革佛教的大旗。基于僧俗身份的不同和思想理念的区别，主要有四种类型：经世派、寺院派、寺僧派和居士派②。其中，尤以后两者表现最为活跃。

近代居士佛教的兴起首倡杨文会。他通过南条文雄搜集在大陆早已遗失的佛教经典，1866年创办金陵刻经处，编选刊刻佛教藏经。1907年创办祇洹精舍，培养佛教人才。1910年创立"佛学研究会"，成为中国最早的现代化佛学院，开佛学现代研究之先河。

---

① 忻平：《近代日本佛教净土真宗东西本愿寺派在华传教述论》，《近代史研究》，1999年第2期。

② 刘成有：《近现代居士佛学研究》，成都：巴蜀书社，2002年版。

太虚、邱睎明、欧阳渐等一大批佛教人才均出自其门下。以杨文会、欧阳渐和吕澂为代表的佛教居士，不仅为佛学研究展现了新的视野和方法，而且为佛教的积极入世提供了一定的理论根据。

近代佛教革新运动中，领袖人物非太虚莫属。他针对佛教的传统积弊、时弊，提出教理、教制、教产三大革命，试图全面改革，重建佛教的文化主体地位，使佛教契理契机，焕发新的生机，承担化民导俗的社会责任。

太虚的改革思想一般概括为"人生佛教"（或"人间佛教"），它主要"阐明佛教发达人生的理论"，"推行佛教利益人生的事业"，改变畸重出世的传统和死人佛教的印象。

"人间佛教"一词，最早出现在太虚 1933 年 10 月发表的演讲《怎样来建设人间佛教》一文中，翌年刊于《海潮音》第十五卷第一号。但后来太虚将自己阐释人间佛教思想的文章集结为《人生佛教》，故一般称为"人生佛教"①。需要指出的是，江灿腾认为"太虚大师的佛教思想，是以中国佛教为核心，以适应现代社会为目标，在态度上是人生的，在范围上是人间的"②。邓子美认为太虚的教理革命于个人是"人生的"，于社会是"人间的"③。

追溯历史，最早在 1913 年，太虚参加因庙产兴学风潮而献身的敬安法师追悼会，首次提出了教理、教制、教产三大革命主张。1916 年太虚于普陀山阅藏闭关，集中撰写一批有关改革的论著，

---

① 当然，人生佛教与人间佛教的区分，还涉及印顺法师的思想，师徒二人的思想存在一定出入，故印顺的思想统称为"人间佛教"。

② 江灿腾：《从人生佛教到人间佛教》，《台湾佛教与现代社会》，台北：东大图书公司，1992 年版。

③ 邓子美、陈卫华、毛勤勇：《当代人间佛教思潮》，兰州：甘肃人民出版社，2009 年版。

尤以《整理僧伽制度论》和《佛教人乘正法论》为核心。前者集中阐释了教制革命的实施方案，后者涉及教理革命的内容，强调人乘正法实根源自如来乘，契合时代和国人的需要，应当以人乘法规范人生行为。1924 年太虚编撰《慈宗三要》，"志在整兴佛教僧会，行在瑜伽菩萨戒本"，着手实施新式教育和改革实践。1928 年太虚发表《人生佛学的说明》，提出佛学的两大原则——契理契机，文中指出中国佛教虽由来已久，但人生社会始终被儒家所专有，因此禅、天台、贤首等超然物外，净土、密宗则顺应一般民俗需要，中国佛教不仅没有化导社会，反而被封建家族化，因此，"当以'求人类生存发达'为中心而施设契时机之佛学，是为人生佛学之第一义。佛法虽亦容无我的个人解脱之小乘佛学，今以适应现代人生之组织的群众化故，当以大悲大智普为群众之大乘法为中心而施设契时机之佛学，是为人生佛学之第二义……故'人生佛学'者，当暂置'天''鬼'等于不论。且从'人生'求其完成以至于发达为超人生、超超人生，洗除一切近于'天教''鬼教'等迷信；依现代的人生化、群众化、科学化为基，于此基础上建设趋向无上正遍觉之圆渐的大乘佛学"[1]。人生佛教，不仅要悬搁天、鬼，而且要剔除天教、鬼教的迷信，改变消极避世的态度，以现实人生、社会为基础，完成人格，达到"人圆佛即成"的最高目标。

20 世纪三四十年代，太虚发表了一系列文章和演讲，诸如《人生佛教开题》《人生佛教与层创进化论》《人生佛教之目的》《人生之佛教》，具体阐释了人生佛教的内涵、阶段、实施方法、步骤等。1944 年他整理汇集了所有关于人生佛教的理论构想，编成

---

[1] 释太虚：《人生佛学的说明》。

《人生佛教》一书。概而言之，太虚人生佛教思想涵盖个人与社会两个层面，个人要从遵守五戒十善开始，进而修习四摄六度，经由信解行证完成人格而达佛果；同时，个人也要积极实践菩萨行，参与现实社会，服务社会，建设人间净土①。

时局动荡的近代社会，中国佛教境遇惨淡，谋求变革成为佛教界有识之士的一致诉求。太虚的人生佛教构想无疑是最为醒目的篇章。虽然教制、教产革命失败，使得教理革命亦未能真正实现，但对近现代佛教的转型奠定了深厚的理论基础。其弟子印顺在继承太虚思想的基础上，全面阐释了人间佛教思想，推动了中国佛教的发展。

第三节　人间佛教与居士运动的学术史综述

一、对于太虚和印顺的人间佛教思想的争论

"清末衰竭不堪的佛教，遭太平军的破坏，洋教和会道门的攘夺，西方文化和民主革命潮流的猛烈撞击，面临生存危机。反宗教运动、庙产兴学风潮，种种挑战，重重法难，激发起佛弟子们的护教热忱。于是，在杨仁山、太虚、欧阳渐等大德发动下，神州大地上掀起了一场佛教复兴运动"②。其中以太虚大师的"人生佛教"思想最为系统化。

印顺继承了太虚"人生佛教"的思想路线，进一步地从印度

---

① 邓子美、陈卫华、毛勤勇：《当代人间佛教思潮》，兰州：甘肃人民出版社，2009 年版。

② 陈兵：《中国佛教的回顾与展望》，《法音》，2000 年第 2 期。

佛教思想的演变过程中，探求契理契机的"人间佛教"的理论证明，从而积极地宣扬人菩萨行的"人间佛教"①。

对于两者之间的差异，台湾学者江灿腾的观点具有一定的代表性，他认为印顺主张的人间佛教，"固然对治了传统中国佛教常有的重经忏法会、喜神秘神通的流弊现象，但同时也削弱了宗教体验的成分"②。这一观点，在肯定印顺人间佛教思想层面上，和赵朴初、杨惠南的观点是一致的，但在指出印顺人间佛教思想局限性上，与温金柯等学者又较为接近。他们认为，印顺的思想，否定了修证道路，会浅化人间佛教思想，从而导致佛教的世俗化。

印顺和太虚的人间佛教思路差异的根源，在于佛身观和判教思想的差别。而这一差别，直接导致了学术界对于印顺人间佛教思想的不同看法。

二、关于居士佛教地位的争论

居士佛教研究的一个重点，在于研究僧俗关系。而僧俗关系的核心在于，居士是否可以与僧人"平起平坐"，作为弘法的主体。

当前学术界研究居士佛教，有两个倾向：一是持传统观点，认为居士团体从属于僧团，居士是被教育化导的对象，而忽略了居士运动在佛教发展中的重要作用。基于这一观点，大部分著作在谈到居士问题时，往往侧重于居士佛教史，而没有深入探讨。比如潘桂明的《中国居士佛教史》③，是研究居士的最全面的一部

---

① 菩提：《读印顺导师之契理契机之人间佛教》，《法音》，1997年第9期。

② 江灿腾：《论印顺法师与太虚大师对"人间佛教"诠释各异的原因》，《现代中国佛教思想论集（一）》，台湾：新文丰出版公司，1990年版。

③ 北京：中国社会科学出版社，2000年版。

通史。作者运用历史主义的方法，详实地整理了与居士有关的史料，也简单谈及居士与僧团的关系。刘成有的《近现代居士佛学研究》①，黄志强的《近现代居士佛学》②等几乎与此类同。正如任继愈在前者的序言中写的："本书的结论平实、朴素，没有惊人的见解……"吴忠伟的《居士佛教与佛教中国化——评潘桂明先生〈中国居士佛教史〉》谈到了居士的定位问题，也并不深入。

另一个倾向就是过分强调了居士的作用。欧阳渐作为近代居士学佛的代表人物，在《支那内学院院训释》"释师"中，提出了"居士可以住持正法"，引发了僧俗矛盾，与同出杨文会门下的太虚展开了激烈的争论。在当代学术界，由于这个话题也许会威胁到僧团的地位，所以相关论述并不多。社科院世界宗教研究所何劲松的《中国佛教应走什么道路——关于居士佛教的思考》③一文提出了"只有居士才能担当重建人间佛教的历史重任"，"将出家修行放在人生的晚期最为可行"，"佛教居士化是佛教立足现代社会的唯一途径"等观点，此文引起济群法师等人的批驳，僧俗关系再次成为佛教界和学术界讨论的热点课题。

三、神圣化与世俗化的争论

宗教的优势在于超越性，佛教来自于实证，最终的归宿也是实证。从人间佛教思想的不同进路和居士佛教定位的争论，聚焦在神圣化与世俗化的张力。如果过分强调佛教的社会性、文化性，

---

① 刘成有：《近现代居士佛学研究》，成都：巴蜀书社，2002 年版。

② 黄志强、王光荣、曹春梅、容溶：《近现代居士佛学》，成都：巴蜀书社，2011 年版。

③ 何劲松：《中国佛教应走什么道路——关于居士佛教的思考》，《世界宗教研究》，1998 年第 1 期。

忽视实证的修行，有弱化宗教属性的倾向。因此，居士团体能否在佛教修证上成为主体，就成为研究居士佛教的一个核心课题。

由此必然涉及信仰与学术的关系。很多佛教学者一直被"信仰需要和学术脱离"的言论困扰。很多人认为一定要站在超脱的立场上研究佛教。而事实上，离开了信仰层面，研究佛教往往只是在表面上兜兜转转，永远无法接触到佛教的最核心领域。因此，在研究方法上，"局内"与"局外"的方法论之争，也是本文所要关注的问题。

第二章　居士佛教的地位及理论根源

第一节　居士的起源与作用

居士作为佛教四众弟子的重要组成部分，历史相当悠久，其起源可以追溯到原始佛教时期。正是在释迦牟尼的主持和见证下，有了最初居士的出现。

一、居士释义

依据现存佛教典籍考察，原始佛教时代，最早的居士可能是提谓和波利两位商人。《五分律》《太子瑞应本起经》《中本起经》等大致记载了同一个故事：释迦牟尼通过七日跏趺坐甚深禅定，获得解脱乐。出定之后，开始游化人间。此时恰巧有商队经过，牛车踟蹰不前。经过天神开导，方知有佛出世，于是以提谓和波利为首的商人，前往拜谒，并奉上麨蜜等食物，佛陀为二人授予皈依，由此成为最早的信徒，即亲信士、居士①。此后，随着完整

---

① 典故详见《五分律》，《大正藏》，第22卷，第103页；《修行本起经》，《大正藏》，第3卷，第472页；《太子瑞应本起经》，《大正藏》，第3卷，第479页；《过去现在因果经》，《大正藏》，第3卷，第643页；《中本起经》，《大正藏》，第4卷，第147页等。各经典的故事细节、商人名字略有出入，系讲述同一事件，应无异议。

僧团组织的建立，最早皈依的在家者，是比丘耶舍的父亲，一位波罗奈国的富有商人。

在佛陀时代的印度，居士是指吠舍种姓中的富人。四大种姓，分别是掌管祭祀的"婆罗门"、国王大臣的"刹帝利"、工商业者"吠舍"和奴隶阶层"首陀罗"。吠舍种姓的富人中，因其中信佛者颇多，故佛教用以指在家佛教徒。

相对于原始经典，大乘佛教时期，最有名的在家居士当属《维摩诘经》的主角。维摩诘共有四个尊称：〈方便品〉中称为长者，〈文殊问疾品〉称为上人及大士，〈菩萨品〉等则称为居士。《十诵律》中定义："居士者，除王臣及婆罗门种。余在家白衣，是名居士。"

古汉语中的居士即居家之士，"居"对应"朝"，"士"就是"处士"，居士指没有在朝为官，而专门在家修行的"道艺处士"。隋慧远在《维摩经疏》中也有说明："居士有二：一广积资财，居财之士，名为居士。二在家修道，居家道士，名为居士。"到了现代，按照圣严法师的文章《怎样做一个居士》中的说法："在家人信仰了佛教，通常被称为居士。"狭义上，只有受了三归五戒的在家人才算佛教徒，才能称"居士"。广义上，一切信奉佛教的世俗人群，只要承认三世轮回和因果报应，都算佛教徒，都是居士。

居士按性别分，有男居士和女居士，梵文叫"优婆塞""优婆夷"，相对应的男女出家人则为"比丘"和"比丘尼"，合称"四众弟子"。再加上"沙弥""沙弥尼""式叉摩尼"，即"七众弟子"，共同构成在世间住持佛法的基本力量。在佛经中的"长者""善信""善士""善男子""善女人"等都是指居士。

二、居士的地位与作用

居士不仅是弘法的对象，更是佛法实践和传播的主力军。佛教是在人群中传播，主要作用之一就是化世导俗。六祖惠能在《无相颂》中道："佛法在世间，不离世间觉。离世觅菩提，恰如求兔角。"①佛陀在菩提树下悟道，在人群中弘法，始终没有离开社会。"人能弘道，非道弘人"。在世间弘法，居士往往有着更方便的条件。近代佛教复兴运动的发起者，不管是中国的杨文会，还是斯里兰卡的达磨波罗，以及印度的安培多格尔，都是白衣居士。

欧阳渐作为佛教复兴运动的继承者，创办了支那内学院，并在《支那内学院院训释》中广引经论，对"唯许声闻为僧、居士非僧类、居士全俗、居士非福田、在家无师范、白衣不当说法、在家不可阅戒、比丘不可就居士学、比丘绝对不礼拜（居士）、比丘不可与居士序次"十种说法，一一进行了批驳②。他认为居士也属于僧伽，可以住持正法，这是佛陀教法本有精神，长期以来僧主俗从的惯例应当改变。

印顺则站在僧人的立场，通过严谨的佛学研究，得出了与欧阳渐大致相同的结论。他认为，长期以来僧主俗从的思想，导致了"学佛等于出家"，使佛法脱离了社会大众③。

居士是人间佛教运动的主要构建者。太虚最早提出"人生佛教"思想，把佛教的关注的重点，从天、鬼神，转移到人的身上。"佛法的根本精神是解决生活问题，而不是生死问题"。太虚的弟子印顺继承并发扬了这一思想，提出"人间佛教"的概念，从人开始，向菩萨、佛的道路迈进。而人间，就是生活的世俗社会。在家居士，

---

① 《六祖大师法宝坛经》，《大正藏》，第 48 卷，第 351 页。
② 王雷泉编选：《欧阳渐文选》，上海：上海远东出版社，2011 年版。
③ 释印顺：《建设在家佛教的方针》，《印顺法师佛学著作选集：为居士说居士法》，北京：中华书局，2010 年版。

是这新时期学佛成佛之路的主力。

佛教的弘扬和传播，始终是在人群中。在人间修菩萨道，在家居士有更大的优势，也将承担更大的责任。居士在行菩萨道的过程中成就众生，也成就自己。佛教居士身处社会之中，在护法、弘法、佛教文化传播、慈善事业等方面有着更多的优势，能修更大的福报。不但能修福，也能修慧，并不会因为在家的身份，而受牵绊。

《阿毗达磨俱舍论略释记》中讲："言诸慧者。慧有四种：一者生得慧，生便得故；二者闻慧，闻教成故；三者思慧，因思起故；四者修慧，从定生故。定名为修，熏修于心，令成功德，无过于定，故独名修。"[①] 近现代居士一般有机会接受社会高等教育，文化程度相对高，在修闻、思慧上往往比僧人更有优势。近代中国社会的遭遇，以及西方科学技术、思想文化的传播，大大刺激了僧俗两界，有识之士纷纷向西方学习，或搜集、整理、印刷、传播佛教经典，或兴办新式佛教教育，或采用西方学术方法研究佛学理论，或依据现代管理制度组建佛教团体。此中，由于居士们比出家僧人更多接受过现代教育，更早接触西方文明，没有厚重的历史包袱和思想局限，更加愿意大刀阔斧地进行改革和创新。因而，近代佛教复兴运动中，居士的凸显超出历史上任何一个朝代，承担的职责和所起的作用，不亚于出家僧团，某些方面甚至远远超过。

---

① 　《阿毗达磨俱舍论略释记》，《大正藏》，第41卷，第817页。

第二节 居士的条件与意义

一、居士条件的演进

（一）最初的居士条件

伴随释迦牟尼的传法，佛教思想的传播，僧伽组织的发展，居士这一群体由最初的提谓、波利两位商人逐渐扩大为一个涵盖各种成员的群体。诚如前述，不仅居士的内涵发生了演变，相应的，成为居士的条件也由略到详，由宽松到复杂，逐渐置于僧伽组织的思想控制之下，成为外护。

按照《五分律》的记载，世尊在使用天王的"自然香净石钵"接受离谓（提谓）和波利供养的麨蜜后，为二者授予了二皈依，"受已，语言：'汝等当皈依佛，皈依法！'即受二自归，是为人中二贾客，最初受二自归"①。再次入定出定后，世尊前往一个叫郁鞞罗斯那聚落的婆罗门斯那家乞食，其女须阇陀看见佛陀法相庄严，欣然供养，佛陀为其"受二自归，是为女人中，须阇陀最初受二自归为优婆夷"②，尔后分别为其父斯那、其母、姊妹、某路人女等授予二皈依。

如果单依《五分律》记载的事件来考察，佛陀在鹿野苑初转法轮之前，成为居士的条件十分简单，只要信仰佛陀宣说的道理，简单的皈依佛、皈依法即可。因为此时还没有建立僧伽组织，皈依僧没有被提及，更勿论戒律等外在规矩。

---

① 《五分律》，《大正藏》，第 22 卷，第 103 页。
② 同上。

不过，同样讲述提谓、波利皈依事件的其他经论，显然在《五分律》的基础上，内容有所增添和演进。南朝时期刘宋求那跋陀罗翻译的《过去现在因果经》，不仅增加了佛陀对供养布施者进行祝福的内容，而且出现了三皈依的内容，"食既毕竟，澡漱洗钵，即授商人三归：一、皈依佛；二、皈依法；三、皈依将来僧"①。

由于提谓和波利皈依佛教成为居士发生于佛陀在鹿野苑度化憍陈如等五弟子出家之前，因而经中强调商人不仅皈依佛与法，还包括"将来"僧，为完整三皈依的成立做出了要求。

三国时期吴支谦译介的《佛说太子瑞应本起经》说的更为直白，要求商家之人不仅皈依于佛、法，将来出现僧伽，应当进一步主动皈依僧，"汝当归命于佛，归命于法，方有比丘众，当预自归"②。

后汉时期康孟详分别和昙果、竺大力共同翻译的《中本起经》和《修行本起经》，在三归的基础上有所增加新的要求。如《修行本起经》说道佛陀"度二贾客，提谓波利，授三自归，然许五戒，为清信士已"③。首先，显然可见，即使度化提谓、波利两位商人发生在初转法轮之前，此二经也没有如前述两经般，特意嘱咐将来要皈依僧，而是习惯性的简述为"三自归"。其次，经中首次明确了五戒是成为居士和日常修行中必不可少的内容。只有三归与五戒的完整组合，似乎才能是一名合格的"清信士"。

及至隋代阇那崛多翻译的《佛本行集经》中说道，释迦牟尼为二商主先受三皈依，后受五戒，并认为他们是最早的三归五戒居士，"彼二商主，于人世间，最初而得三归五戒优婆塞名，所

---

① 《五分律》，《大正藏》，第 3 卷，第 189 页。

② 《佛说太子瑞应本起经》，《大正藏》，第 3 卷，第 185 页。

③ 《修行本起经》，《大正藏》，第 3 卷，第 184 页。

谓帝梨、富娑二商主等"①。

综上诸经所述，可以明确以下几点：第一，最早皈依佛陀的人确实是两位商人，即远在佛陀于波罗奈斯城外的鹿野苑初转法轮，声闻僧产生之前，已经有了在家居士的存在。第二，关于两位商人的确切信息，经论中略有出入，不尽相同，除最常用的提谓和波利二名外，《佛本行集经》使用的梵文音译帝梨富娑（Trapusa）和跋梨迦（Bahalika），《过去现在因果经》为跋陀罗斯那和跋陀罗利。大部分经论中，两位的身份均为商人，唯独《五分律》提到二人"昔善知识，死为善神"。第三，提谓、波利成为居士的条件十分简洁，但出现了一个不断丰富的过程。《五分律》仅提到二皈依，《太子瑞应本起经》和《过去现在因果经》增加了皈依未来僧的项目。《中本起经》和《修行本起经》很自然的简述为三皈依，开始强调成为居士必须受五戒。按照诸部广律的记载，佛陀制定具体的律条是在出家僧团形成十二年后，初期只是宣说一些告诫性的偈颂。五戒的出现，标志着强制性的声闻戒律的形成。虽说五戒的具体内容作为印度社会的传统德目一直存在，但并没有以"五戒"的完整形式予以明确归纳和概称。此外，在《中本起经》中说到释迦牟尼曾被定光如来授记，修习六度无极等科目。由此可以推断，最初成为居士的条件十分简单，就是皈依佛和皈依法，甚至无关僧侣。随着出家僧团的出现，逐渐成为佛教的核心与佛法的坚定传播者，因其功能和象征意义，地位被不断强化，随之，各经论逐渐在提谓、波利皈依的过程中加入了对僧伽的皈依，甚至将远远后于这一事件的五戒附着于此，五戒基本可以断定是在经论集结过程中被不断地添入。可以想象，对佛陀的信仰，

---

① 　《佛本行集经》，《大正藏》，第3卷，第190页。

对教理的理解与实践，是居士条件的核心，对外在的种种要求和限制，只是在有违佛陀的初衷后才出现。以法义为中心追求解脱，既是居士佛教发生的源头，也是始终不应改变的核心。

（二）《阿含经》的居士条件与要求

以佛陀为中心的早期佛教，无论是出家的僧侣，还是在家的居士，社会地位虽不一，但根器均为上等，在没有宣说强制性的"威德波罗提木叉"（教诫偈）的情况下，依然保持着高度淳朴的作风，获得解脱者比比皆是。不过，随着佛教的进一步传播，地理范围早已超出波罗奈斯城，扩展至广大恒河流域；僧团成员的成分日益复杂，投机分子渐有混入；修行上，精进者、懈怠者鱼龙混杂。

日趋复杂的形势反映在居士群体，则是个体的内外层面不断被强化。《杂阿含经》九二七提道：佛陀在迦毗罗卫国尼拘律园的时候，一位叫摩诃的信徒请教怎样才能成为一名优婆塞。佛陀总结为五具足[①]。要有三皈依，即"尽寿归佛、归法、归比丘僧"[②]。其次，居士要在日常生活和修行中做到五具足。其一，信具足。佛教以释迦牟尼宣说的真理为核心，皈依佛教，必然要求居士保有正确的信仰，"优婆塞者，于如来所正信为本"[③]，相信依据佛法能走向解脱。其二，戒具足。在家居士一般要求勉励其持守五戒，不杀生、不偷盗、不邪淫、不妄语、不饮酒。其三，闻具足。在家居士因为世俗生活的羁绊，并不能全心全意的参与宗教修行，因此从闻思修三法之一的闻法着手，更符合自身特征，闻法是一

---

① 《杂阿含经·九一》还提到了四具足，即信具足、戒具足、施具足、慧具足，具体内容与五具足基本相同。

② 《杂阿含经》，《大正藏》，第2卷，第236页。

③ 同上。

切宗教学习的起点，"闻则能持，闻则积集"①。依佛说的初、中、后三善，至其圆满，可达纯一、满净、梵行、清白②。其四，舍具足。舍即是布施的意思。在家居士要摆脱吝啬的性格特征，心态上向出家状态看齐，以悲悯心广行布施，包括解脱施、勤施、常施等，乐善好施，平等布施。其五，智慧具足。作为以闻法为要件的居士佛学教育，《杂阿含经》关于智慧的解读，主要指涉四圣谛，如实知见苦集灭道，闻法而谛，进而证果，是为智慧具足。

另一方面，在家信徒因其兼顾世俗生活与宗教修行的双重身份，如何成为一个合格的佛教居士，理所应当还有世俗一面的条件和要求。世俗生活规范牵涉甚广，家庭建设尤为重要，它是作为个体的人和作为群体的社会之间的沟通桥梁，作为家庭存在基础的经济关系维护自然凸显。早期经典中关于这方面的叙述大量出现，《杂阿含经》九十一概括为四具足——方便具足、守护具足、善知识具足和正命具足，藉此获得"现法安"和"现法乐"。经中，世尊对婆罗门少年郁阇迦一一解释何谓四法③。

第一，方便具足。在家居士首先要从事种种正当职业谋得自己及其家庭的生存，如农业、商业、行政、文教等，并且于这些职业努力学习，追求上进。第二，守护具足。通过正当职业，辛勤劳动合法获得的金银、谷物等财富，要细心守护，不被水、火等自然灾害，或者盗贼、恶霸等人为原因掠夺。第三，善知识具足。

---

① 《杂阿含经》，《大正藏》，第2卷，第236页。
② 关于此四中妙相的解释，可参看《瑜伽师地论》卷八十三，"纯一者。谓不与一切外道共故。圆满者。谓无限量故。最尊胜故。清净者。谓自性解脱故。鲜白者。谓相续解脱故。梵行者。谓八圣支道。当知此道由纯一等四种妙相之所显说。"《大正藏》，第30卷，第763页。
③ 《杂阿含经》，《大正藏》，第2卷，第23页。

大意为善男子"不落度、不放逸、不虚妄、不凶险"[1]，如实了知世间真相，未来不生种种忧苦，已生能领明觉；未生喜乐能够早生，已生能够守护不失。第四，正命具足。在家居士对于家庭金银钱财要进行精心管理，实现收支平衡，不至于收支过度失衡。如同称东西，少则增加，多则减少，直至平衡。如果收入不足却大肆挥霍，这样的人如同优昙钵果，没有种子，愚痴贪欲，不顾后果。相对的，如果财物丰富，却吝啬不用，在世人眼中就是愚痴，如饿死狗般。《杂阿含经·一二八三》建议将家庭收入分为三大用途，一份用作日常消费，两份用来维持产业经营，剩下一份储蓄以备不时之需，"始学功巧业，方便集财物，得彼财物已，当应作四分，一分自食用，二分营生业，余一分藏密，以拟于贫乏"[2]。《长阿含经·一六》进一步细分为六大支出，在《杂阿含》三类基础上增加了"修业""起塔庙"和"立僧房舍"部分，即预留一份用于提升自身的素养和技能，一部分用于宗教性修习[3]。此外，阿含经中也提出在力所能及的情况下，一部分钱财用于慈善事业，广行福德[4]。

　　总体而言，《阿含经》所阐释的居士条件与要求——如何成为居士，以及如何处理日常生活与宗教修行的关系，较居士的最初内容已经丰富许多。三归五戒只是基础，以此为起点提出了更高的要求——居士不仅仅是通过皈依过程获得象征性的宗教身份，通过五戒的遵守培养世俗世界的基本德行，还应当在宗教方面进

---

① 　《杂阿含经》，《大正藏》，第 2 卷，第 23 页。

② 　同上，第 353 页。

③ 　《长阿含经》，《大正藏》，第 1 卷，第 72 页。

④ 　释圣严：《怎样做一个居士》。

一步拓展。此中，既包含有外在财富的布施，也包括特定的闻思修内容，广泛听闻世尊宣说的教理，实践四圣谛、八正道、十二因缘的解脱路径，并着手宣扬佛学理论，进行力所能及的法布施。另一方面，居士虽然皈依了佛教，成为一个带有特定宗教标签的人，但他的首要属性仍然是世俗的，对家庭和社会负责，积极履行自身的义务，实现个人价值与社会价值的双重取向，应当是作为合格居士之条件的题中应有之义。当然，不可否认的是，在家居士如能取得较高的社会成就（金钱、权力、职务、地位、道德、家庭等），无疑能从一个侧面引发世人对其成功原因的探究，在一定程度上推动了佛教的传播。概而言之，三归五戒只是成为居士的一个基础条件，戒定慧三学的修习，是衡量是否是"合格"居士的进一步宗教标准，以佛教理念为指导思想，于世俗社会履行应有的责任和义务，才是成为一个"真正"居士的根本条件。

（三）大乘佛教居士条件概说

一般来说，原始佛教、小乘佛教、大乘佛教同为佛教的不同发展阶段，其根本理论和目的是基本一致的。通过缘起论阐明宇宙世间的空有相即的真相及其运动规律；通过业力论解释生命活动的因果规律、人生痛苦的根本原因，诠释佛教人生观和道德自律，阐明人生解脱的自由意志之可能。以缘起论和业力论为基础，附加一定的宗教修行，希冀有情众生摆脱无明惑业的困扰，跳出生死轮回的境遇，实现人生的根本目的——觉悟、解脱。

然后即是同为佛教，各阶段的思想仍存在一定差异。大乘佛教的居士佛教，在教义上表现为菩萨精神、菩萨行，在戒行上升为菩萨戒。

吕澂曾对大小乘佛教的区别做出过经典概括："小乘认为要

实现自己的理想，非出家过禁欲生活不可；而大乘，特别是在其初期，则以居家的信徒为主。并且认为有些事情，如财物布施只有在家人才具备做的条件。所以一开始他们就很重视在家，而不提倡出家"①。

大乘佛教之所以重视在家居士，这和其自身的特质息息相关。大乘佛教为凸显其优越性，一直强调自身的宗教目标是"普度众生"，将小乘佛教的修行宗旨和修学目的贬低为"自我解脱"，以"化他"对比"自度"，占据道德上的制高点和价值论上的话语权。

大乘佛教要实现普度众生的目标，必须走积极入世这条被原始佛教和小乘佛教忽视的路线。积极入世，以出家僧的身份受到种种限制，不利于展开工作。依靠在家居士兼具宗教与世俗双重身份的优势，可以方便地沟通僧界与俗界，开展诸如财物布施、处理政教关系等事务，辅助大乘佛教菩萨行的推广。

大乘佛教消解出家与在家的绝对界限，或者说更为大胆地将在家居士纳入到佛教弘法体系中，对居士自身的条件，必然提出更为高标准的要求。既然大乘佛教的核心是觉悟有情的菩萨精神，在家菩萨居士的首要条件便是实践四摄六度的菩萨行。

四摄在原始佛教经典中已被提及，《长阿含经》表述为"惠施、爱语、利人、等利"②。《中阿含经》世尊教导居士以四摄事："一者惠施，二者爱言，三者行利，四者等利。"③四摄事的目标显而易见是利他行，但阿含经典均只是略微提及，或者稍加偈颂复述，并没有作为重点展开。

---

① 　吕澂：《印度佛学源流略讲》，上海：上海人民出版社，1979 年版。
② 　《长阿含经》，《大正藏》，第 1 卷，第 51 页。
③ 　《中阿含经》，《大正藏》，第 1 卷，第 641 页。

玄奘法师翻译的《瑜伽师地论》将四摄事表述为：布施、爱语、利行、同事，认为四摄法门能够成熟有情众生，使得趋向觉悟，"以四摄事成熟有情，一切善根悉皆回向无上菩提"①，"于诸有情，普能摄受调伏成熟，除此无有，若过若增"②。同时，能否成就四摄事，是名为菩萨与否的条件之一，"菩萨成就四种摄事所摄方便，方名菩萨"③。

六度：布施、持戒、忍辱、精进、禅定、智慧，在《增一阿含经》中被提及④。本经卷十九《趣四谛品》中，记录了弥勒菩萨与世尊就檀波罗蜜（布施）展开的一段对话。弥勒询问如何才算真正成就檀波罗蜜，具足六波罗蜜？佛告弥勒，应当平等布施，不着相布施，不以自利为目的布施，观想空寂、慈悲等布施。具足此四法的布施，则能涵盖六度全部内容，成就究竟圆满智慧，"若菩萨摩诃萨行此四法，疾成无上正真等正觉"⑤。

不过，六度的内容在其他汉译阿含经典和南传阿含经典中都没有说到，并且《增一阿含经》也只是将布施一项稍做展开，其余项目几乎没有提及。结合本经的翻译经历，第一次是385年春，由昙摩难提、竺佛念和昙嵩共译出41卷，上部26卷，偈颂齐全，下部15卷，偈颂缺失。昙摩难提后来不知所终，《增一阿含经》实乃残缺不全。405年，竺佛念受到重译《中阿含经》的启示，以初译《中阿含经》为补充，以胡本为参考，将原来的41卷《增一阿含经》扩充为50/51卷，梁代两版本曾同时流传，其后只剩唯一

---

① 《瑜伽师地论》，《大正藏》，第30卷，第556页。

② 同上，第504页。

③ 同上。

④ 《增一阿含经》，《大正藏》，第2卷，第550页。

⑤ 同上，第645页。

增补本。"由于竺佛念同时也翻译大乘经，因而他所增补的《增一阿含经》比其他《阿含经》有较为明显的：'菩萨'倾向，这也就不奇怪了"①。

大致可以推断，六度内容在阿含经中出现，具有较大的孤立性，唯有大乘佛教的兴起，六度思想才得充分展开。它涵盖了全部解脱道的戒定慧三学和人天道的五戒十善，是菩萨道的根本内容。《般若经》中说道不退转菩萨为度化众生，以善巧方便现在家相时，自行六度，亦教导他人修行六度，"自行六波罗蜜，劝彼使行六度，常称叹六度功德，见有行者代其欢喜"②。更有《大乘理趣六波罗蜜多经》的出现，在论述四谛十二因缘的基础上，详解六度内容，并以般若一道统合一切，宣扬六度法门。

总体而言，大乘佛教的在家居士，其基本条件与初期佛教和小乘佛教大致相同，那就是展现对佛陀、教法与僧团的信仰和皈依，并受持最为基本的五戒。尔后的小乘佛教，在家居士被要求学习和实践更多的闻思修内容，诸如四谛、十二因缘、八正道等，戒律上也有了八关斋戒的要求。世俗生活上，被要求积极履行基本责任和义务，维持家庭经济基础的稳定，实施一定的慈善行为，努力提升自身的素养，以家庭为中介，实现个人和社会双重价值。及至大乘佛教时期，对居士的要求和期许更高。一方面，归因于大乘佛教的内在理念与小乘佛教已分道扬镳，普度众生的理念深殖人心，甚至"利他"的价值判断归位于"自利"之上，菩萨深入娑婆世界旨在度化苦难众生而不入涅槃的决心和行动，无疑极

---

① 林崇安：《谈谈〈增一阿含经〉的译出》，《法光杂志》，2010年第250期。

② 《放光般若经》，《大正藏》，第8卷，第88页。

具渲染力。映射在居士佛教领域，意味着大乘佛教的居士精神必然向菩萨靠拢。在三归五戒的基础上，发菩提心成为大乘居士的必然条件，《华严经》云"菩提心者，则为一切诸佛种子，能生一切诸佛法故"①，菩提心是信仰者内心发愿利益一切众生的誓言，也是成就众生的佛法种子。因为有菩提心的加入，传统以自我解脱为目的的居士上升为以利他为目的的大乘居士。加之，四摄六度法门从传统不被重视的小乘境遇中解放出来，成为菩萨道的根本法门，实践四摄六度并弘扬菩萨行，是为合格居士的又一条件。

相对于教法、教义上的要求，大乘居士的戒律也有本质的提升。以大乘佛教为中心的菩萨戒十分丰富，如以《瑜伽师地论》为源头的《菩萨地持经》《善戒经》；梵网类的《梵网经》和《菩萨璎珞本业经》；自成体系的《普贤观经》和《优婆塞戒经》。他们以原始佛教的"十善道"为发端，成为大乘佛教信徒的身口意规范体系。如同大乘佛教的出家僧侣必须先后受沙弥（尼）戒、比丘（尼）戒和菩萨戒等三坛大戒方成为合格的大乘比丘一般，大乘佛教的菩萨居士需在五戒的基础上加受《优婆塞戒经》的六重二十八轻戒。

概而言之，成为大乘佛教的在家居士，发菩提心，受三归五戒，进而学习和实践四摄六度法门，受菩萨戒等是基本条件，也是需要不断努力去实现的目标。

二、居士的存在意义

如果以佛教为视域，大致可以将社会大众分为三大群体。顶层为出家僧伽，作为职业宗教人员，人数较少，掌握佛经解释权、寺院财产权、教会组织权、教育培训权等。中层为普通信众（在

---

① 《大方广佛华严经》，《大正藏》，第9卷，第775页。

家居士），人数多于上层僧侣，信仰佛教，却因种种原因不能（不愿）出家，兼顾世俗和宗教两种生活，承担两重义务和责任。下层为普通大众，人数最多，对于宗教没有特别感受，社会身份囊括各个阶层，从普通百姓到王公贵族均有可能。他们既可能成为宗教的信仰者，甚至职业僧侣，也有可能是宗教的反对者、异教徒、无神论者等，性质具有可变性。

佛教的居士，作为宗教的信仰者，居于金字塔的第二层。他们承上启下，起着沟通彼此的桥梁作用，其存在的意义即源于此。

纵观古今中外的佛教历史，第一，居士为僧伽集团提供了必要的物质基础，如宗教活动场所、日常生活物资等。佛陀弘法的早期，不是固定于一处，而是带领弟子到处游方，托钵乞食，树下或者野外一宿。云游生活固然加速了教法的传播，但印度雨季的湿热多雨气候不利于宗教修行，固定的场地无疑提供了遮风避雨、集中说法和冥修的便利。佛陀的第一个固定传教场地是摩揭陀国王舍城的竹林精舍，由频婆娑罗王和迦兰陀长老共同修建的。据记载，佛陀传法于王舍城的时候，频婆娑罗王率领群臣皈依佛陀，成为在家居士，在迦兰陀捐献的竹园中修建了精舍，供奉给佛陀。与竹林精舍齐名的祇园精舍，原来是波斯匿国的太子逝多的私家园林，著名的给孤独长者向太子表达购买并献给佛陀的意愿，依太子条件以黄金铺地，太子深受感动，布施园中林木，以二人名义供奉给佛陀。印度佛教史上，绝大部分寺院、精舍都是由在家居士修建、捐赠。僧伽集团托钵乞食的日常生活物资来源，依赖于居士的供养。大型法事活动的举办，同样离不开居士的赞助。

及至佛教传入中国，情况同样如此。两汉之际佛教传入中国，永平年间印度高僧摄摩腾、竺法兰应邀来到洛阳。初期二人被安置在鸿胪寺，译出《四十二章经》，"藏在兰台石室第十四间"，汉明帝下令"时于洛阳城西雍门外起佛寺"①。白马寺作为汉地的第一座佛教寺院，它的建立离不开汉明帝及其信徒的功绩。位于三国时期孙吴所辖江东（今南京市秦淮区）的建初寺，是继白马寺之后的汉地第二座寺院，也是江南首刹。赤乌十年（247）康僧会至建业弘法，孙权为佛法所折服，敕建建初寺，并筑阿育王塔供奉佛陀舍利。《建康实录》记载如下：

汉地佛教寺院的建成离不开王公、贵族、士族、乡绅的种种资助，更有不少富甲一方的商人舍宅为寺，南朝江南地区佛教寺院的繁荣景象与此不无关系。寺院建成之后的维持，同样离不开居士。大量良田和山林被划拨给寺院，更有寺产农户专门打理，直接捐助的金银、布匹、粮食不胜枚举。

第二，居士是佛教护法的中坚力量。一般而言，出家僧侣旨在寻求人生的解脱，原始佛教和部派佛教的自利色彩较为浓厚，追求远离世俗修行，部分钟爱独居山林，禅坐冥修。即便如此，作为存在于世间的一股力量，始终受到社会大潮的左右。佛教团体在风云变化的社会政治环境中谋求自身的生存，离不开居士、信徒的大力护持。

印度佛教的两大发展高峰期，孔雀王朝和贵霜帝国，佛教均得到了国王的大力支持。孔雀王朝时期沙门思潮逐渐衰落，婆罗门文化则日趋重新占据宗教文化主导权，在伦理道德、行为规范、价值观等领域取得正统地位。阿育王在继位后转变治国方针，继位七年左右皈依佛教，成为优婆塞。他在位期间颁布摩崖法敕，曾往蓝毗尼供养佛教人士；广建佛塔，供养佛骨舍利；举行第三次结集，要试图分裂僧伽的比丘（尼）着白衣，令其还俗。资助

---

① 《弘明集·牟子理惑论》，《大正藏》，第52卷，第5页。

目犍连子帝须派遣十几位上座部长老到毗邻国家和地区传教。正是在阿育王的大力支持下，佛教在与婆罗门的竞争中得以生存下来，并进一步传播至印度全境和周边国家。

迦腻色伽王统治的贵霜帝国时期，情况大致相似。他崇信佛教，信奉大乘教派，在国内建立许多壮丽的寺院和佛塔，曾在迦湿弥罗资助举行第四次佛教结集。两汉三国之际来华的僧人大多出自贵霜帝国，加速了中印佛教的交流与沟通。

中国佛教的发展，各个汉传宗派的建立，始终有着统治者和士大夫、官绅的身影。如天台智𫗧与陈文帝、晋王杨广，三论吉藏与唐高祖李渊、齐王李元吉，华严法藏与女皇武则天，北宗神秀与武则天、唐中宗、唐睿宗等。佛教急速膨胀的唐代，武宗下定决心限制佛教发展，会昌五年开始灭佛，捣毁寺院、兰若，勒令僧尼还俗，没收寺院的良田、山林、奴婢。不过这一灭佛事件对河朔三镇（卢龙镇、成德镇、魏博镇）影响微乎其微，原因是三镇节度使崇信佛教，抵制政策的执行。日本遣唐僧圆仁的《入唐求法巡礼行记》写道："唯黄河以北，镇、幽、魏、路等四节度，元来敬重佛法，不毁拆寺舍，不条疏僧尼，佛法之事，一切不动之。颇有敕使勘罚，云天子自来毁拆焚烧，即可然矣！臣等不能做此事也。"① 禅宗临济宗的创建，即在镇州节度使管辖区域内，与这一社会背景紧密相关。由此观之，佛教的兴衰，始终受制于社会政治大环境，如果没有居士作为坚定的信仰者、维护者，中国佛教能否延续至今，实难定论。

第三，居士广泛参与经典的翻译、传播和佛教学术研究。佛

---

① 　杨曾文：《唐五代禅宗史》，北京：中国社会科学出版社，1999年版。《入唐求法巡礼行记》，《大正藏》，第18卷，第113页。

法的核心价值，无疑是佛在菩提树下觉悟的关于宇宙人生的真相。佛入灭后，通过弟子们的结集，以佛经的形式固定下来。佛教在对外传播的过程中，以佛经为载体的思想传播，始终离不开经典的跨语言翻译。佛经的翻译往往不乏居士的参与，其中更是有很多成就显著者。中国佛教史上最具名的译经居士当属支谦。支谦，亦名支越，后汉明帝时期人，祖上原为月氏人，归化汉朝，生于洛阳。汉献帝末年南渡孙吴，从黄武元年到建兴中期（223-252）搜集和翻译了各种经典。支谦的译述十分丰富，道安的经录收录有三十部，僧祐根据《别录》补充了六部，慧皎的《高僧传》有四十九部，吕澂先生考证有译本的存留二十九部①。支谦的翻译风格是反对译经尚质的倾向，主张尚文和尚约的调和。因嫌支谶翻译太质朴，支谦重译《道行般若经》为《大明度无极经》，并且最早翻译了《维摩经》。翻译之外，还开创了合译（会译）和译注等工作。正如吕澂先生所言，"支谦翻译的风格，在从古译到旧译的一阶段上也起了不少作用"②，是一个承上启下的人物。

类似于支谦居士的人，还有不少，如西晋的聂承远、聂道真父子。二人共同辅佐竺法护翻译经典，承旨笔受，参正文句。法护去世后，聂道真因通达梵文，博通内外典籍，擅长文学，独自翻译了不少经典，如《开元释教录》。他还将竺法护所译经典编辑成录，后世称为《聂道真录》（竺法护录）③。

经典翻译之外，居士在教理研究、个人修行方面亦有相当建树。唐代禅宗马祖道一的弟子庞居士即是其一。庞居士，本名庞蕴，

---

① 吕澂：《印度佛学源流略讲》，上海：上海人民出版社，2005年版。
② 同上。
③ 《开元释教录》，《大正藏》，第55卷，第501页。

家世为儒，弃考参禅，以维摩诘为仿效，于马祖下悟道，将自己生平的学佛参悟心得写成诗偈共 300 余首，现存《庞居士语录》一卷。南朝梁代的傅大士、梁武帝萧衍等也是出类拔萃的居士，或以个人身份弘扬禅学，或以帝王身份举办无遮大会，讲解经典。

近代佛教史上，对佛教经典展开学术研究的，居士开其风气。如杨文会，通过南条文雄搜集大陆遗失的佛经，开办金陵刻经处，刊刻《大藏辑要》，严格校勘编选佛典 465 部，3300 余卷。创办祇洹精舍，设立佛学研究会，采用现代西方学术研究方法，展开佛教义学研究，培养了诸如欧阳渐、太虚、谭嗣同等一大批佛学人才，开启了中国近代佛教居士运动的先河，成为近代佛教复兴运动的领导者。

总体而言，论及佛教修持、弘法等方面，居士中不乏高成就者，虽然整体水平仍远远不能与僧伽集团比肩，但其存在的意义却也是僧人无法替代的。僧人受制于出家身份，许多与俗世相关的事务都要依靠居士的护持和代劳，如维持僧团存在的物质资料，协助处理政教关系，近现代佛教研究中引进西方学术方法，推动宗教社会化、国际化等。居士在佛教中国化的进程中也扮演着举足轻重的角色。

如前所述的金字塔的三层结构中，顶层的僧伽集团接触最多的是居士层，很少会直接去面对非信众群体，一旦发生关系，也基本会由居士从中协调。一定意义上，居士扮演僧伽组织代言人的角色。也可以说，居士承担着僧伽与世俗社会润滑剂的作用。

倘若将视域限定在近代史，那么以杨文会、欧阳渐、吕澂、韩清净、谭嗣同、康有为等为代表的居士群体，似乎不再甘于担当传统佛教赋予的居士使命和角色定位，努力在僧伽集团外凸显居士群体的独立性，试图另起炉灶，实现佛法（佛陀）→居士→

大众的垂直关系，将原来佛法（佛陀）→僧伽→居士→大众这个关系顺位中的僧伽群体忽略或剔除，实现彼此的互不干扰。不管这一行动最终的结果如何，他们的行动唤醒的实际意义如同近代西方宗教改革一般，旨在摆脱僧伽的过度束缚和对神性、智识德性的垄断，追求居士群体和普通信众的自主、自由与自治。即便采取的方式和言辞可能激进，意义仍值得探究。

第三节　大乘经典阐发的居士理论

依照《阿含经》的记载，居士的出现，早于佛陀鹿野苑初转法轮度化憍陈如等五人。不过，时间的先后并不决定重视程度。小乘佛教以其自利的根本性质和目标，决定了对物质生活的摒弃态度，对摆脱世俗生活的羁绊而出家修道的极致追求。以此为特征的原始佛教和部派佛教，对居家信徒并不十分重视。大乘佛教的使命与特征与之相反，一开始就展现出对居士的重视，不仅不强调必须出家才能解脱的路径，而且十分注重发挥在家信徒的优势，充分挖掘藉世俗而普度众生、寻求解脱的方便。

一、菩萨观念的出现与基本含义

大乘佛教的价值判断以利他为先，十分重视发菩提心，在修持上始终坚持菩萨行。菩萨观念既是大乘佛教的中心思想，当然也是大乘居士佛教的内核。

关于菩萨观念何时出现，目前学术界的相关研究还没有取得一致意见。日本的干泻龙祥博士根据巴路特（Bharhut）佛塔雕刻，阿育王时期所建蓝毗尼园碑文，以及现存最早的大乘经典《道行般若经》综合研究得出结论，菩萨观念大致在公元 1 世纪中期存在。平川彰博士在干泄龙祥博士的资料基础上分析，认为在支娄迦谶翻译的大乘经典之前已有大乘经典的述作，巴路特的雕刻没有使用菩萨一词，并不意味着当时一定没有。另据《阿含经》和九分教之一的"本生经"的"菩萨"（Bodhisattva）用词和种种考古资料，认为公元前 2 世纪极有可能已经出现菩萨观念，他们由部派佛教创作，大乘佛教的菩萨观念继承自他们①。

印顺在《初期大乘佛教之起源与开展》表达了不同的看法。在说一切有部的《杂阿含经》提到过去七佛未成佛时，没有声称为菩萨；《中阿含经》的《长寿王本起经》指称未成正觉的世尊时为"我"。南传阿含经的《相应部》和《中部》相应内容均出现了"菩萨"字样。《长阿含经》和《长部》论及毗婆尸佛未成正觉时称作菩萨。概而言之，以说一切有部为源头的阿含经古本（《长阿含经》《阿含经》）是没有菩萨观念的，其余部派文本在流传过程中逐渐加入。另外，依据说一切有部的论典，如《发智论》和《舍利弗阿毗昙论》均出现菩萨，大致可以明确，菩萨名称的成立不晚于公元前 2 世纪。跳出文本范畴，从思想上考察，部派佛教逐渐发现，未成佛时，本生、譬喻中记载的佛陀形象与声闻和缘觉本质不同，他是以无上菩提为目标，不执著于涅槃，因而称之为菩萨更为合适。菩萨一词的使用，应该有一个过程，因此，它最早出现应该是公元前 200 年左右②。

大体来看，菩萨一词率先由部派佛教使用，应无异议。它在说一切有部论典中的指代成就"相异熟业""妙相业"等。大乘

---

① ［日］平川彰：《初期大乘仏教の研究》，东京：春秋社，1968 年版。
② 释印顺：《初期大乘佛教之起源与开展》，北京：中华书局，2011 年版。

佛教的菩萨一词，明显没有这么高的标准。菩萨，即菩提萨埵，菩提（bodhi）为觉悟，萨埵（sattva）指有情（众生），合起来指追求觉悟的有情众生，包含自利和利他两个向度——上求菩提、下化众生。《大乘义章》总结道："菩萨，胡语，此方翻译为道众生。具修自利、利他之道，名道众生。"① 湛然在《维摩经略疏》全面总结认为："菩提云无上道，萨埵名大心，谓无上道大心。此人发大心，为众生求无上道，故名菩萨。安师云开士始士。又翻云大道心众生。古本翻为高士。既异翻不定，须留梵音。今依大论释菩提名佛道，萨埵名成众生。用诸佛道成就众生故名菩提萨埵。又菩提是自行，萨埵是化他，自修佛道又用化他，故名菩萨。"②

二、大乘经典中的居士思想

广义上，菩萨指追求菩提智慧、觉悟成佛的一切有情众生。因其有情众生概念的外延极其广大，潘桂明先生总结大致上包含两种情况，其一，如同部派佛教论典所述，是已经取得极高成就的理想形象，如成就妙相业、登临不退转位（菩萨地）的弥勒、文殊、普贤、观音、大势至等菩萨，他们早已脱离生死苦海，甚至在遥远的时代已经被授记成佛，因为普度众生的理想信念，故而应化在娑婆世界，随机说法，不入涅槃。其二，是大乘佛教在普遍意义上使用的范畴，即现实人生中菩萨行的实践者，既包括僧伽，如龙树、提婆等人，也包括在家居士，如维摩诘、胜鬘夫

---

① 《大乘义章》，《大正藏》，第44卷，第756页。
② 《维摩经略疏》，《大正藏》，第38卷，第573页。

人等①。

　　现实人生中的菩萨，还涵盖一种类型：已发菩提心，努力实践自利利他的菩萨行，始终不断追寻理想境界的普通信仰者，也称之为"发心菩萨"。《大智度论》言："菩萨初发心，缘无上道，我当作佛，是名菩提心。"②《优婆塞戒经》也有大致的观点，"在家之人发菩提心，胜于一切辟支佛果。出家之人发菩提心，此不为难，在家之人发菩提心，是乃名为不可思议。何以故？在家之人多恶因缘所缠绕故。在家之人发菩提心时，从四天王乃至阿迦腻吒诸天，皆大惊喜，作如是言：'我今已得人天之师'"③。当然，出家之人发菩提心，也可名为发心菩萨（凡夫菩萨）。现实生活中的圣者菩萨毕竟是少数，凡夫菩萨才是主体，肯定他们的存在，意义深远。

（一）《维摩经》中的居士形象

　　大乘佛教经典中，最深入人心的居士当属维摩诘。通过《维摩经》的成功塑造，为大家树立了一个典型的，乃至最为理想的居士形象。"维摩诘形象的出现，表明居士佛教在当时印度已相当成熟"④。

　　《维摩经》，又称《净名经》《不可思议解脱经》。依宋智圆《维摩经略疏垂裕记》考证，本经先后有诸多译本。一是后汉严佛调译《古维摩经》一卷（今人演培法师勘为两卷），二是吴支谦译《佛说维摩诘经》两卷，三是西晋竺法护译《维摩诘所说法门经》一

---

①　潘桂明:《中国居士佛教史》，北京：中国社会科学出版社，2000 年版。

②　《大智度论》，《大正藏》，第 25 卷，第 362 页。

③　《优婆塞戒经》，《大正藏》，第 24 卷，第 1035 页。

④　潘桂明:《中国居士佛教史》，北京：中国社会科学出版社，2000 年版。

卷，四是西晋竺叔兰译《毗摩罗诘经》三卷，五是姚秦鸠摩罗什译《维摩诘所说经》三卷，六是唐三藏法师玄奘译《说无垢称经》六卷①。七是东晋祇多蜜译《维摩诘经》四卷。现存支谦、鸠摩罗什和唐玄奘三种译本，尤以鸠摩罗什译本最为流行。

根据经典记载，维摩诘是佛陀时代的长者，居住在毗耶离城的富有商人。该经《见阿閦佛品》中，世尊告舍利弗，维摩诘原是妙喜国的法身大士，"有国名妙喜，佛号无动。是维摩诘于彼国没，而来生此"，为度化众生脱离愚暗而化生于娑婆世界，"虽生不净佛土，为化众生故，不与愚暗而共合也，但灭众生烦恼暗耳"，以在家居士身份实践、示范菩萨行②。

作为在家居士的典范，维摩诘通达大乘教理，辩才无碍，善巧方便，以四摄六度法门摄受、利益大众，深受各界人士欢迎。他的思想境界和自身成就远高于一般在家人，甚至还高于跟随佛陀身边学习的诸多大乘出家菩萨，似有代佛说法的意蕴。

《方便品》中，维摩诘在世俗生活方面，资财无量、穿着华丽、博览世典，组建家庭生活，往来于博弈戏处、四衢、淫舍、学堂、酒肆等各种场合，广泛结交僧俗、政商各种阶层，随缘度化众生。精神生活方面，维摩诘广行布施，摄诸毁禁，修持忍辱，以大精进，一心不乱而禅寂，圆满智慧，将世间和出世间的双重生活完美统一。

身处娑婆世界的五浊恶世，维摩诘教导世人照见心灵中的净土，并在现实世界创造人间净土。此即"菩萨欲得净土，当净其心，

---

① 《维摩经略疏垂裕记》，《大正藏》第 38 卷，第 715 页。

② 《维摩诘所说经》，《大正藏》，第 14 卷，第 555 页。

随其心净，则佛土净"①。另一方面，维摩诘强调烦恼与菩提、涅槃与生死相即不二，"菩萨行于非道，是为通达佛道"②，以不二法门，提供修行治病的良方。

探究维摩诘之所以能够在社会各界方便示教，摄化群生，先后折服舍利弗、大目犍连、须菩提、富楼那弥多罗尼子、阿那律、优波离、罗睺罗、阿难等佛陀的十大声闻弟子，以及弥勒、光严童子、持世、善德、文殊等大乘菩萨，首先是因为他自身对诸法实相——空，有着深刻的认识。

《问疾品》中，维摩诘认为众生病患的根源，因无明而起，从无明生种种爱欲，如果能够灭除无明爱欲便能除去病患，得到解脱。通往解脱的途径，则是了达一切世间的真相——空。"此空以无自性为依据"③，空，即是无自性，万事万物都是因缘和合而成，没有一个恒常不变的主宰"我"，所以是无自性，缘起故性空。众生应当于川流不息的心念中寻求解脱，远离对自我、我所这二者的执著，远离"二见"，放弃分别一切诸法，"不念内外诸法，行于平等"④。

维摩诘认为，菩萨行化世间，仅仅体达究竟实相是不够的，还应该懂得善巧方便——不二法门。大乘教理，依不二法门建立，依不二之理而行不二之行，由此成不可思议解脱法门。

既然世间真相——即空，身处娑婆苦难世界的菩萨，可通过一方便法门速成佛道，"若菩萨行于非道，是为通达佛道"⑤。诸

---

① 《维摩诘所说经》，《大正藏》，第14卷，第538页。
② 同上，第549页。
③ 同上，第541页。
④ 《维摩诘所说经》，《大正藏》，第14卷，第545页。
⑤ 同上，第549页。

如置身五无间业而无烦恼；置身地狱而无罪业、污垢；置身欲海而不被各种贪欲污染；示现嗔恚之相而对众生好恶恨意，常怀慈悲和忍让；示现愚痴之相而实际上通达世间、出世间智慧；示现种种烦恼而内心清净无垢；示现入于声闻道而实说大乘法；示现种种资生产业，却无贪着；示现入于涅槃境界，实际在生死轮回中救度众生。

实质而言，不二法门是站在空性的立场，确认假有的存在，告诫菩萨应当善于观察众生所处，利用种种方便途径化导众生，不应当拘泥于外在形式，以大乘佛教的圆融智慧和慈悲利他精神，把世间和出世间统一起来。这就是文殊菩萨对舍利弗评价："深达实相，善说法要。……其慧方便，皆已得度。"①

教理言说之外，《维摩经》还特意辨明两个在家居士极其关心的问题。其一，在家与出家。众长者子问维摩诘：佛陀曾告诫大家，如果父母不同意，不能出家，如何办？维摩诘坦言，形式确实如此，但并非只有脱离世俗、离家修道才叫出家，如果能够生起菩提心、无上道心，也是出家，"汝等便发阿耨多罗三藐三菩提心，是即出家，是即具足"②。

各种经论时常强调出家的种种功德，如《贤愚经》云："出家功德，高于须弥，深于大海，广于虚空。"③佛陀十大声闻弟子之一的罗睺罗，昔日也对毗耶离的诸长者子这样说，维摩诘却对其提出了批评。

维摩诘认为，真正的出家是不能用功德利益来衡量的，或者

---

① 同上，第544页。

② 《维摩诘所说经》，《大正藏》，第14卷，第541页。

③ 《贤愚经》，《大正藏》，第4卷，第376页。

说出家不是为了追求功德利益。有为法才有功德利益可言，出家是无为法，没有功德利益可言。出家是远离六十二邪见，不贪着、滞留彼岸或此岸，顺其自然进入涅槃。虽处世俗，却出污泥而不染；内心平静，不执著于主客感受；任运自在，行住坐卧一切都在定中，假若做到这样，才是出家的真切含义，"是真出家"。

传统出家僧侣主导的智识权力体系和话语环境中，一直强调出家对于在家的优越性，在家居士无论宗教地位还是现实生活，始终在从属于僧团和寺院。结果是一部分居士寻求出家，折服于权力体系；一分部居士干脆放弃修行，反正难以得到究竟解脱的目的；还有一部分如诸长者子，苦恼、徘徊，不知如何是好。维摩诘的出现，无疑解答了他们的疑惑，破除了在家与出家形式上的界限，提高了在家居士的宗教地位，消除了他们内心的自卑与顾虑，为僧俗间的平等提供了依据。一味执著外在形式上的差异，忽视大乘佛教在核心——自利利他的菩提心的核心价值，无疑是本末倒置。出家更应注重心的出离，身在世俗而心不染着，施设种种方便善巧度化众生，实践大乘佛教菩萨精神。

其二，关于佛国净土的存在。净土思想的出现，是佛陀为度化众生以本愿之力形成的一种解脱法门。念佛往生净土不一定能当下解脱，但注定会获得解脱。维摩诘谈论的是不同于往生净土的"唯心净土"，直截了当、生动透彻地强调净土思想在当下世间，对当下人生的意义，而非死后。

《维摩经》说："菩萨欲得净土，当净其心；随其心净，则佛土净。"[1] 亦如在家与出家的区别以是否发菩提心为根据，净土的存在也不在遥远的西方或者东方，心的当下就有可能是净土。

---

[1]　《维摩诘所说经》，《大正藏》，第 14 卷，第 538 页。

倘若众生能够做到直心、深心、菩提心、四摄、六度、四无量心、十善等任何一项，都是从"心"发"行"，由直心而深心，进而调伏、如说行、回向，由回向而有方便，施设方便则成就众生，"随成就众生，则佛土净；随佛土净，则说法净；随说法净，则智慧净；随智慧净，则其心净；随其心净，则一切功德净"①。

从上述言论可以知道，净心、成就众生、实现佛国净土三者不是彼此独立，或者依次递进，而是三位一体的。自身修心，不仅能度化众生，而且能成就当下净土；度化众生，成就净土，也是圆满实现净心；"菩萨取于净国，皆为饶益诸众生故"②，净土不是往生，乃为成就众生。这种动态互动、彼此成就的过程，将大乘佛教的菩提心思想体现得淋漓尽致。个人的价值不是孤立于他人、社会、国家之外，实现社会价值也就是实现个人价值。无论是大乘佛教的出家僧侣，还是在家居士都应该将社会价值与个人价值统一起来。某种程度上说，在家居士因其身处世俗的种种方便，更有优势实现这种统一。维摩诘的这番思想无疑给了在家居士以强烈的自信，将大乘佛教的理想在当下一步步落实。

（二）《胜鬘经》中的居士思想

如果说《维摩经》树立了红尘中的男居士（优婆塞）典范，《胜鬘经》无疑是女居士（优婆夷）的优秀代表。

史料记载，佛教在具足佛法僧三宝之后，耶舍比丘的父亲是第一个皈依三宝的优婆塞，其母亲则是第一个皈依三宝的优婆夷。《五分律》语及耶舍的父亲在皈依后将世尊请回家，以种种美食

---

① 同上。
② 同上。

供养。随后世尊为耶舍母亲"即受三归，次受五戒，是为耶舍母初受三自归五戒"①。相对于最初的优婆夷，胜鬘夫人的居士形象更为丰富和饱满。

《胜鬘经》历史上先后被译介三次，最先是北凉时期的昙无谶，译《胜鬘经》一卷，已经佚失。其二是南朝刘宋求那跋陀罗译《胜鬘狮子吼一乘大方便方广经》一卷。其三是唐代菩提流支译《大宝积经》中的《胜鬘夫人会第四十八》。此中，求那跋陀罗译本最为流行。

胜鬘夫人是舍卫国波斯匿王女儿，也是逾阇国的王妃。她利根聪慧，在波斯匿王及末利夫人的影响下，对佛法产生了浓厚的兴趣。以家书为因缘，凭借对佛法的虔诚信仰和欢喜心，感应道交，世尊现身空中为胜鬘授记——将来必当成佛，号普光如来。经文虽以胜鬘夫人与佛陀的对话为中心展开，实际上是胜鬘代佛说法，"我当承佛神力，更复演说，摄受正法广大之义"②。

有别于其他居士佛教的经典，《胜鬘经》以"十大受"为第一项主要内容。所谓十大受，即十条主要戒律，包括不犯戒，不起机傲慢心，不生嗔恚心，不生嫉妒心，不起悭吝心，不为己受财物而广行布施，广行四摄法，救度孤独、贫苦、疾病、厄难众生，摄受、调伏犯戒众生，摄受正法令大乘不失③。

从经典所述范畴和"十受章"的主要内容看，"十大受"属于大乘佛教的菩萨戒，以胜鬘夫人的在家身份，自然是在家菩萨戒。大乘菩萨戒按照《瑜伽师地论》中的说法总括为摄律仪戒、

①　《五分律》，《大正藏》，第22卷，第105页。

②　《胜鬘经》，《大正藏》，第12卷，第218页。

③　具体内容参见《胜鬘经》"十受章第二"。

摄善法戒和摄众生戒三类。以三聚净戒为标准分析胜鬘夫人所受，大致可以认为前五项属于律仪戒，后四项属于众生戒，最后一项是善法戒。

　　胜鬘夫人主动恭受十大戒，本质上是以菩提心为基础发起的十大誓言和决心，旨在将自利利他的菩萨行贯穿在学佛与修行的始终。结合《三愿章》的习得正法智、为众生说法、护持正法的三大誓愿综合考量，《胜鬘经》极其看重在家居士是否发菩提心，是否有将菩萨行落实到底的决心。不同于出家僧侣清净修行的环境以及僧伽之间的相互监督和鞭策，在家居士尤其是女居士受制于生活环境和种种世俗关系，较为容易退失信心和愿心，因而在家居士的首要任务就是发起菩提心，依靠宏大的愿力支撑世俗生活中的修行。

　　《胜鬘经》的第二个要点是对如来藏思想的阐释。作为上承《大方等如来藏经》《央掘魔罗经》《大法鼓经》和《佛说不增不减经》等，下启《楞伽经》和《大乘密严经》等中期如来藏经典，本经以极其简要的笔触囊括了如来藏的基本思想。

　　简而言之，如来藏是众生本具，含藏如来一切功德的清净法身，因为被烦恼所系缚，隐而不显，故名如来藏。如若出离烦恼，即成如来法身。这就是"在缠如来藏，出缠即法身"。

　　如来藏虽被无边烦恼所隐覆，其本身具备的两大特性并不发生改变，一者空如来藏，一者不空如来藏。空如来藏强调空性是如来藏的根本性质，"如来藏智，是如来空智"。另一方面，此空也指如来藏的清净性，"空如来藏，若离若脱若异，一切烦恼藏"，"自性清净，离一切烦恼藏"①。众生心中本具的如来藏，无始以

---

① 　《胜鬘经》，《大正藏》，第 12 卷，第 221 页。

来被客尘烦恼系缚，但自身的清净没有发生任何改变，并不会与烦恼"同流合污"，恒不相应。

不空如来藏，即指如来藏含藏的无边功德法身，"如来法身不离烦恼藏，名如来藏"，"过于恒沙，不离、不脱、不异、不思议佛法"①。作为不可思议的"如来法身"，如来藏是圣谛的依止，圣谛即圣人成就的真谛，可见它以如来藏为体。

其次，如来藏不仅是无为法的依止，也是有为法的建立者。如经中说道："如来藏者离有为相。如来藏常住不变。是故如来藏，是依、是持、是建立。世尊！不离、不断、不脱、不异、不思议佛法。世尊，断脱异外有为法依持建立者，是如来藏"②。作为有为法的最重要体现，《胜鬘经》认为有情的生死是依于如来藏的。这种依止，是说生死二法的体性属于如来藏，而非生死等于如来藏。相对的，本经认为众生觉悟成佛的内在依据也是如来藏。前七识刹那生灭，没有连续性，唯有如来藏能够保持善恶业因，觉了生死苦痛，生起厌离无常的动机和行为。不空如来藏，是众生生死流转和觉悟解脱的内在依据。

《胜鬘经》作为大乘佛教时期在家居士的学佛典范，以菩提心为基础，以十戒为行为规范和宏大誓愿，以胜鬘夫人的口吻向大众娓娓道来，如来藏是有情众生修行的内在依据，明了这一点，就不会妄自菲薄，抑或狂妄自大。只有将隐覆的如来藏昭显，才能真正觉悟解脱。

---

① 《胜鬘经》，《大正藏》，第 12 卷，第 221 页。
② 同上，第 222 页。

（三）其他大乘经论中的居士思想

佛经中，除了《维摩经》和《胜鬘经》是以居士为说法主体外，尚有一部分经典以居士为说法的对象，或涉及在家居士。

《华严经》是汉传佛教尤为重视的一部佛经，其"法界缘起""四法界""重重无尽"等思想深入人心，以它为宗经成立了中国佛教八大宗派之华严宗。本经《净行品》和《入法界品》均关涉居士佛教的基本内容。

《净行品》明确指出了居士的在家生活与佛教修行可以协调起来，如能以正法眼观察和了知一切事相，就能如理生活、修行，成就解脱。

"菩萨在家，当愿众生：知家性空，免其逼迫。孝事父母，当愿众生：善事于佛，护养一切。妻子集会，当愿众生：怨亲平等，永离贪着。若得五欲，当愿众生：拔除欲箭，究竟安隐。妓乐聚会，当愿众生：以法自娱，了妓非实。若在宫室，当愿众生：入于圣地，永除秽欲。着璎珞时，当愿众生：舍诸伪饰，到真实处。上升楼阁，当愿众生：升正法楼，彻见一切。若有所施，当愿众生：一切能舍，心无爱着。众会聚集，当愿众生：舍众聚法，成一切智。若在厄难，当愿众生：随意自在，所行无碍。舍居家时，当愿众生：出家无碍，心得解脱"①。

将在家生活与修行统一的基础，是了知一切皆空、假有的真相，只有这样才不会执著于内外感受和生活琐事，且尽职尽责。通过世俗生活不断加深对佛法的理解，成就精神上的解脱。

《法界品》讲述了善财童子先后遍历一百一十城，参访五十三

---

① 《华严经》，《大正藏》，第 10 卷，第 70 页。

位善知识，最终入法界、证法性的故事。这五十三位善知识，有菩萨、比丘、比丘尼、优婆塞、优婆夷、天神、地神、城主、医师、仙人、王妃、王国、婆罗门、天女、童子、童女等。这其中多半是在家居士，他们精通佛教理论，将各自的法门教授给善财，帮助他增长佛道，终成善果。

《法界品》的存在，主要是向大众呈现一个常常被忽视的事实。原始佛教和部派佛教，主要是谈及出家僧侣的各种成就，甚少提及在家居士。通过善财童子参访的在家居士，表明这些居士不仅仅在社会地位、世间财富或者学识方面有着不凡成就，在佛理认知、个人修行方面也功底深厚。因为他们兼顾世俗与修行，因而常常能够将菩萨行落实在日常的生活中，实现神圣性与世俗性的统一，破除传统上根深蒂固的修行就得出家的偏见，将世俗生活佛理化，未尝不是实践菩萨行。

《法华经》同样是一部涉及在家居士的重要经典。通过三车火宅喻、长者穷子喻、系珠喻等大量譬喻故事，强调在家居士、普通信众的重要作用。佛陀为国王、长者、宰官等人授记，充分肯定了在家居士的佛学成就、智慧解脱，成为在家居士实践大乘佛教菩萨道的重要经典依据。《观世音菩萨普门品》中，观音菩萨以种种形象游诸国土，度化众生，更多的以居士、婆罗门、王臣等居士形象现身说法，塑造了救苦救难、有求必应的慈悲形象，深入人心。

大乘佛教经典中，尚有《金光明经》《仁王护国经》等阐释佛教居士如何修行，国王如何护持佛法。总体来看，关涉居士佛教的大乘佛经，一方面充分肯定在家居士的佛学成就，另一方面也传达了一种以智慧解脱为依据，而非在家出家形式为标准的价值评判体系。这些经典的出现，无疑抬高了在家居士的地位，一定程度上化解了僧俗二界的隔阂，将佛教平等化，也为佛教在汉地的传播和本土化奠定了基础。

第四节　中国居士佛教展开概述

中国佛教自两汉之际传入，绵延发展两千多年，始自发端，便伴随居士佛教的身影，因为社会环境更替，佛教在各个历史阶段的任务和成就都不一样，居士所承担的责任与作用自然随之变迁。一部佛教史，也就是一部居士运动史。目前，国内关于中国居士佛教的研究成功日渐丰富，尤以潘桂明先生的《中国居士佛教史》详细地叙述了整个居士佛教运动。笔者以之为借鉴，概述中国居士佛教的展开。

一、居士佛教的萌芽——两汉时期

汉哀帝元寿元年（公元前 2 年），大月氏王使口授博士弟子景卢以《浮屠经》，视为佛教传入中国之始。潘桂明认为："景卢实际上成为中国佛教史上有明确记载的第一位居士。"[1] 是否景卢必然是佛教居士，由此中国居士佛教迎来开端，目前还没有更多的证据，宜存疑。

佛教传入初期，统治者持有十分审慎的态度，"佛出西域，外国之神，功不施民，非天子诸华所应祠奉"[2]。外来之神，汉人

---

[1]　潘桂明:《中国居士佛教史》，北京: 中国社会科学出版社,2000年版。
[2]　《高僧传》，《大正藏》，第 50 卷，第 385 页。

不得随意供奉，更不被允许出家。

有确切史料的居士佛教记载，可能要属于东汉时期的楚王刘英。《后汉书·楚王英》提道："英晚节更喜黄老学，为浮屠斋戒祭祀。永平八年，诏令天下死罪皆入缣赎。英奉黄缣白纨赎罪。诏报曰：'楚王诵黄老之微言，尚浮屠之仁祠，洁斋三月，与神为誓。何嫌何疑，当有悔吝。其还赎以助伊蒲塞、桑门之盛馔，因以班示诸国。'"①

伊蒲塞，即优婆塞，指男居士，桑门即沙门，指出家僧侣。正史可见，刘英将黄老、浮屠并祠，将佛教等同于黄老道术的一种，但毕竟开始了中国居士佛教的先河。以王侯为主力的早期居士，推动了汉人对佛教的认知和接受。汉桓帝执政时期，襄楷上书，说"闻宫中立黄老浮屠之祠"，并以《四十二章经》理解佛教，比之刘英进步不少，表明当时佛教有了一定传播。大约在桓、灵帝之际，安世高、支娄迦谶相继来华，大量翻译佛经，佛教勃兴大致由此开始。

值得一提的是，这一时期出现了第一本重要的佛教论述——《牟子理惑论》。原为儒生的牟子，感于世事，中年"锐志于佛道"，研习佛法，间修儒道。书中以对话体的形式，由北方的儒生提出种种对佛教、佛法的疑问，牟子则广泛的引用儒释道、诸子百家予以解答，阐释佛教教义，试图论证三教思想的一致性。《牟子理惑论》可以看作是中国居士最早的护教之书，从书中内容可以发现，居士已经不再局限在王公贵族，而是逐渐深入社会各个阶层，居士佛教已经有了一定的社会基础。

---

① 《后汉书》。

二、居士佛教的展开——魏晋南北朝

经过两汉时期佛教的传播与发展，降及魏晋，佛教已经有了长足的进步。虽然前期有安世高、支娄迦谶、支谦等人翻译经典，但佛教并没有以完整的知识体系形态传入，因此佛教传播还是处于一种各自为政的状态。

这一时期最有名的高僧当属释道安。他先是专攻小乘禅数学，其后转向大乘般若学，并试图实现二者的统一。从道安的生平活动看，他身边聚集了一大批官宦居士，如荥阳太守的习凿齿、高平郗超、凉州杨弘忠、前秦苻坚等。道安南投襄阳、北上长安等，始终伴随着大批居士的支持。

作为格义佛教一家的支遁，与会稽王氏家族的关系十分密切。支遁南渡后曾与王羲之论《逍遥游》于王氏会稽任上。晋哀帝即位，支遁回到京城，太原王濛与支遁论道，感叹支遁是佛界王弼、何晏一流人物。不仅是王氏家族，东晋政权中的桓、谢、庾等士族都与佛教僧人交往甚密，无形中影响了佛教义学的发展，参与佛教本土化进程。道安的弟子庐山慧远身边同样聚集了一大批居士，如桓伊、桓玄、刘遗民、雷次宗、毕颖之、宗炳、张莱民、张秀硕等，他们结社念佛，护持慧远，号称上述前三位均往生净土，无疑成就了一段佳话，也开启了西方净土思想在汉地的长盛不衰之势。

总体来看，魏晋玄学时期格义佛教的出现，一方面是佛教知识体系传入的欠缺，导致需要以本土固有思想比附，达到理解佛教学说的目的。另一方面，此时魏晋玄学博兴，大量名士因经学的衰微，政治的失意，转向讨论抽象的玄理。不少士大夫携带自身老庄哲学思想开始涉足佛教，因而六家七宗中不乏主动以玄理诠释佛教，如支愍度，多少带有讨好、献媚的意思。这一事件从

侧面表明，魏晋时期的居士佛教已经发展为一股重要的势力，客观上不得不引起出家僧侣的重视。

及至南北朝时期，佛教在经论翻译、教义整合、思想争辩、社会传播等方面均取得了长足发展。从思想的整体趋势考察，北朝重视实修，偏重习禅和修庙、捐资等福田事业。这一时期帝王对佛教的影响尤为突出。北魏道武帝好黄老之术，亦重视佛教，礼敬高僧，在京城一代建寺立塔，供沙门居住弘法，化导民俗①。其后的明元帝同样崇佛，致使北魏境内佛教迅速发展，但也为历史上的第一次灭佛运动埋下了伏笔。及至太平真君七年（446），太武帝下令毁佛，佛教在北方境内遭受重大打击。不过，继武帝之后文成帝，又下诏复兴佛教，命令各州郡建寺度僧，佛教再度发展起来。北魏之后的东西二魏以及北齐、北周，历代帝王都重视佛教，或出于宗教信仰，或出于政治目的，在给予佛教发展空间的同时，也加强了对佛教的监督管制，设置了僧官、道人统、昭玄统等专职，沙汰僧尼。极致者如北周武帝，再一次主导灭佛运动。

相对于北朝严酷的宗教政策和社会环境，南朝着实宽松得多。江南政治相对平缓，自然环境优越，物产丰富，玄学之风犹在，形成南方重义学的佛教风气。南朝政权中，帝王普遍信奉佛教，与高僧名士交流密切，推进了义学的发展。这一时期，涅槃、三论、成实等学派迅速崛起，与宋文帝等人的推波助澜不无关系，他敕建兴皇寺，邀请道猛、僧训等开讲《成实论》。南齐竟陵王萧子良对佛教十分推崇，不仅恭请僧人开讲经论，还自撰《维摩义略》

---

① 　潘桂明：《中国居士佛教史》，北京：中国社会科学出版社，2000年版。

《净住子净心法门》等。梁代武帝较之更甚，曾几度舍身同泰寺，逼迫朝臣支持佛教发展，并以白衣菩萨的身份拣束沙门，重视戒律，撰《断酒肉文》。与宝亮、僧旻、智藏等往来密切，亲自为僧俗二界开讲《涅槃经》《般若经》等。

总体来看，南朝时期佛教在各个方面都取得了较为长足的进步。不过，帝王的推动，也是某种程度的干预，佛教始终依赖于"国主"的趋势不曾改变，甚至愈演愈烈。

三、居士佛教的繁荣时期——隋唐两代

隋唐时期，政治上结束了南北朝的分裂，迎来稳定的发展。佛教历经南北朝的奠基，终于形成中国佛教史的发展高峰。

隋代，隋文帝杨坚即位后，下令在全国复兴佛教，包括听任出家、建造佛像和寺院等。佛教信仰深入民间，影响深远。其子隋炀帝杨广登基后，对佛教也采用了扶持和利用的态度。他与天台智顗交往甚密，生前即执弟子之礼，死后遵照遗愿修建天台国清寺。杨广崇佛，同时奉道，严格将二者置于王权掌控之下，成为统治民众的工具之一。

唐代帝土对佛教的态度基本与隋代有所不同。黄袍加身的李氏家族，以老子李耳之后人自居，尤为推崇道教。出于复兴儒家目的，太史令傅奕曾先后几次上书朝廷，罗列佛教种种罪状，请求李渊废除佛教。《广弘明集》和《旧唐书》均有记载，如"佛在西域，言妖路远。汉译胡书，恣其假托。故使不忠不孝，削发而揖君亲。游手游食，易服以逃租税"[①]。儒道合作，给佛教带来

---

① 《旧唐书》。

了严重冲击。由此形成中国历史上著名的佛道之争。愈演愈烈的论辩，结果是唐太宗直接下令，道士、女冠居于僧、尼之前。一方面是政府需要神化政权取得合法性，一方面是道教依赖政权谋求发展。

不可忽视的是，经过魏晋、南北朝、隋代的发展，佛教已经深入民众，是一股影响力颇大的社会力量，因而统治者也不得不采取利用的态度，避免过分打压。唐太宗曾亲临寺院为皇后荐福。玄奘西行求法回国，唐太宗亲自召见。为打击西域突厥势力，唐太宗劝玄奘还俗从政未果，转而支持其译经事业。经唐太宗要求而撰成的《大唐西域记》拓展了唐王朝对西域、天竺的认知。太宗之后的几任皇帝如高宗、中宗、武则天等都对佛教颇为支持，甚者皈依佛教成为在家居士。

日益蓬勃发展的佛教，同样给统治阶级带来了沉重的负担。为逃避赋税，大量田产成为寺院名下的庙产，不少成年劳动力躲入寺庙。唐武宗继位后，着手整顿政治，实施毁佛，佛教开始由盛而衰。

从帝王层面考量，唐代统治者对佛教的利用成分远远大于信仰，究竟在多大程度上是虔诚的居士情怀，值得商榷。而在民众层面，居士佛教则相对活跃很多。诗人李白，号"青莲居士"，崇尚道教也寄情佛教。他与佛教僧侣交往极广，如昌禅师、蜀僧晏、朝美、通禅师、行融、仲潜公、冲浚公等。从他的《登梅冈望金陵赠族侄高座寺僧中孚》《与元丹丘方城寺谈玄作》《赠僧崖公》《赠宣州灵源寺》等诗中均可以发现较为浓厚的佛教情结。尤其是《答湖州迦叶司马白何人也》一诗，"青莲居士谪仙人，酒肆藏名三十春。

湖州司马何须问？金粟如来是后身"①。既自称居士，又爱好美酒，唯有维摩诘居士（金粟如来）能够完美结合，以金粟如来为后身，反映他的心中的居士形象就是维摩诘，精神极度解脱，生活高度世俗甚至放荡不羁。

同样以维摩诘为学习对象的还有王维。他干脆字摩诘，号摩诘居士，被称为"诗佛"。王维与禅僧交往甚密，《旧唐书》载："在京师日饭十数名僧，以玄谈为乐。……退朝之后，焚香独坐，以禅诵为事。"②他的诗歌深受禅学思想影响，往往以诗歌的形式表达禅理和个人的体悟，以及对佛教的理解。与佛教结下不解之缘，甚至成为居士的还有诸如白居易、贺知章等。一方面这些出身儒门的官员、士大夫有极强的政治情怀，愿意入朝为官，另一方面他们在官场失意或者人生遭遇某种境遇的时候，又通过佛教表达了强烈的出世情怀。还有诸如李通玄这样纯粹的佛教居士，致力于佛教教义研究与传播，而非简单寄情佛教以抒怀。无论是前者还是后者，尽管目的和方式不一，但都扩大了佛教的影响力，无形中也借由自身为媒介，推动佛教本土化。

四、居士佛教的俗化时期——宋元明清

随着唐武宗、后周世宗的灭佛，以及五代十国的战乱不断，佛教遭受重大打击，极度繁荣的义学开始逐步走向衰落。自宋代开始，以理学、心学为代表的儒家思想充分吸收佛道二家而异军突起。三教关系中，佛教开始主动向儒家示好，三教融合论调成为佛教人士的共识。

---

① 李白：《答湖州迦叶司马白何人也》。
② 《旧唐书》。

相较于唐末五代的宗教政策，宋代宗教政策较为缓和，但依然加以限制，采取实用主义策略，基于统治、教化民众的角度允以存在和发展 [1]。如宋太宗将佛教译经院置于官方的严格掌控之下，批判梁武帝舍身之举十分荒唐 [2]。宋高宗为稳定僧尼数量，停发度牒，对已有僧尼征收"免丁钱"等。

依台湾学者江灿腾先生所言，宋代佛教并非一般学者所言走向衰落，而是以世俗化为主要导向，融入民众生活。假若以此为视域，宋以后的佛教发展，居士佛教确实十分勃兴。以禅宗为主流的佛教，对文人士大夫具有强烈的吸引力。诸如王安石、苏轼、苏辙、黄庭坚、范仲淹、张商英等与僧人广泛交好，以禅诗的形式表达诗人的对禅的理解，林希逸说："学诗如学参禅，小悟必小得。仙要积功，禅有顿渐。"另一方面，士大夫参禅的过程中，往往不自觉的掺杂着三教合一的思想倾向，认为儒释道三者内在相通，目的一致。

此外，信奉净土的居士增多，净土法门成为流传最广的法门。南宋丞相钱象祖、郑清之倡导净土，甚者如知军钟离松、进士王日休等索性结社念佛。大概观之，两宋初期社会政治较为稳定，士大夫将佛学当作一种人生修养，及至后期，内忧外患，仕途不顺，官场失落的境遇，大大刺激了士大夫的遁世思想，转而向佛教寻求内心的调适和解脱，佛教借助文人士大夫进一步向社会各方面渗透。

---

① 宋代皇帝中宋徽宗较为例外，他信奉道教，号"教主道君皇帝"，以道教改造佛教，佛教遭受一定冲击。

② 《太宗实录》卷二六：浮屠氏之教，有裨政治。而梁氏舍身为寺奴，布发于地令桑门践之，此真大惑，朕甚不取也。

元朝创建伊始，朝廷对汉传佛教并无太多关注，仍遵循实用主义，以之为统治工具。相对的，元太祖忽必烈崇信藏传佛教，夫妇及其子女先后接受八思巴灌顶，将八思巴奉为元朝帝师，自为居士无疑。统治阶层最早接触汉传佛教是在成吉思汗时期，与临济宗的海云印简的交往。成吉思汗的辅臣耶律楚材也是一位有名的居士，师从曹洞宗万松行秀参禅，号湛然居士。忽必烈后的元朝，基本都崇奉佛教，印行佛经，兴建寺院，赐给土地，致使元代寺院经济迅速发展。

民间层面，知识分子阶层不乏刘谧等士大夫倡导三教一致①。普通百姓方面，始自宋代的白莲教、白云宗等佛教形式与民间信仰结合，发展至鼎盛，吸纳了大量社会信众，终于招致英宗、成宗下令禁止，转入地下。

明朝建立者朱元璋，曾出家为僧，混迹白莲教。他对佛教思想和组织形式十分了解，认为崇信佛教带来的弊端会危及政权稳定。他推崇理学，严格限制佛教成为这一时期的主要宗教政策。当然此后的明代诸帝，有信佛者，有崇道者，佛教义学总体发展缓慢，转而进一步世俗化，与民间信仰结合紧密，开展各种实修活动和法事法会。

清代对佛教较为推崇，顺治帝曾与禅僧玉林通琇、木陈道忞等探讨禅法，赐予封号，民间尚流传其五台山出家一说。康雍乾三代，一边利用佛教（汉藏均在此列）加强统治；一方面予以批判，试图改造为己用。士大夫层面，仍然有一些与僧侣往来，探讨佛法，如方以智、王夫之等。

清代佛教的思想主流是禅净融合，实践层面则是净土居于主

---

① 　潘桂明：《中国居士佛教史》，北京：中国社会科学出版社，2000年版。

导地位，念佛往生成为居士的必修功课。与前代相比，具有深厚佛学素养的居士大为减少，几近凋零。因净土信仰处于主流，民间礼忏、经咒、供养、超度等活动盛行，一众僧人熙熙皆为利来，攘攘皆为利往。世俗化，进而庸俗化、腐化的佛教为近代居士佛教的兴起埋下了伏笔。中国佛教近代复兴运动比任何一个时期都更与居士血脉相连。

第三章　居士组织与近代居士运动

第一节　从法社、义邑、净业社到同善会
——历史上的居士团体之演变

在研究中国居士佛教的课题时，着眼点固然应该放在上层知识分子、士大夫居士身上，他们代表了整个居士群体在佛教发展中的地位和作用。然而，如果我们把视角稍微下移、放大，转而专注上层居士所领导的包含了广大普通佛教信众在内的居士团体，研究它们在所处的时代中的影响、所扮演的角色，以及它们折射出来的佛教在社会层面的发展脉络，同样具有历史和当代意义。

一、法社

"法社"一词源于《法社经》①。所谓法社，指的是崇信佛教的传统里（邑）社，法为佛法，社为春秋二社②，它是佛教初传中国后佛教信徒改造传统里社的产物。

---

①　《法社经》在梁僧祐《出三藏记集》卷四中已有著录，被列为疑经。隋费长房在《历代三宝记》卷六中进一步确定该经在西晋时由竺法护译出。但此经在唐《开元释教录》中以疑伪为由被从"入藏录"中删除，以后失传。

②　郝春文：《两晋南北朝时期的法社》，《北京师范学院学报（社会科学版）》，1992年第1期。

　　农村公社在春秋以前主要祭奉土地神，战国之后日渐衰落。汉代，里普遍立社，里名即为社名，所有居住人口都加入。里社在每年春秋两季祭社神，以祈年报获①。魏晋南北朝时期的里社，受此期社会变化的影响，已在"三个方面与两汉的里社有别。一是社与里分离，单独组织单独活动，主持社事者不再是里的负责人里正、父老，而是有专门称谓的社老、社正、社椽、社史；二是非里中全体居民参加而系部分居民的结合，参加者已有社民这样的专门称呼；三是除传统社祭外，可能还有其他职能"②。

　　由此可以看出，社的组织、领导职能已从基层行政系统中部分剥离，这就为佛教的切入提供了组织条件，由此形成了一种新型的带有宗教意味的基层村民团体——"法社"。它既不等同于由出家僧人组成的"社寺"，也并非由知识分子、贵族阶层构成的团体，同时也区别于南北朝时期开始形成的"义邑"。

　　法社的主要活动，第一是"戒杀"。春秋二社的祭祀活动是中国的民间传统，也经常被称为"血祠"，这显然与佛教弘扬的慈悲精神不符。为此很多僧人在法社中劝人戒杀。据《高僧传》记载，北齐僧人释道纪"又复劝人奉持八戒。行法社斋不许屠杀"③。隋代僧人释普安，看到"年常二社血祀者多。周行救赎劝修法义。

---

　　①　据林甘泉先生的考察，"在秦汉时代的民间社会中，除乡里制度这样的官方基层组织外，还存在着一些不同性质和不同形式的民间组织，这些组织的成员结合大都是基于某种实际利益的需要，或以共同的价值取向、政治主张和宗教信仰等因素为纽带"。林甘泉：《中国古代政治文化论稿》，合肥：安徽教育出版社，2004 年版。

　　②　宁可师：《记〈晋当利里社碑〉》，《文物》，1979 年第 12 期。

　　③　《续高僧传》，《大正藏》，第 50 卷，第 701 页。

不杀生邑其数不少①。甚至为了劝导杀生，付出了血的代价②。法社的第二类活动是"减膳自罚"，相当于佛教徒持八关斋戒时的"过午不食"。第三类活动是建功德邑。

可以说，法社形成的初期，它只是乡村部分信仰佛教的里社成员的团体，在相当程度上受到僧人的影响而已。发展到唐代，佛教的鼎盛期导致寺庙规模迅速增长，对乡村的控制和影响日益加大，原先相对封闭狭小的法社团体就发生了转变。

二、义邑

义邑，又称邑义、邑会、法义，是以"一个村落或更大的乡里地域为范围，大多数由当地豪族与僧侣发起，小区居民共同参与造佛像、建寺院、读诵佛经、举行斋会仪式的小区信仰团体。乡里豪族共同体成员以佛教信仰为精神纽带，他们有共同的价值观念、共同的归属感与集体行为，或许我们可以将这些施行佛教活动的小区性豪族共同体称为'佛教小区共同体'"③。台湾学者刘淑芬认为，"乡村居民因信仰佛教而组织一种叫作邑义或法义的宗教信仰团体，以便共同修习佛教的仪式或从事和佛教有关的

---

① 《续高僧传》，《大正藏》，第50卷，第682页。

② 《释普安传》中记载："尝于龛侧村中。缚猪三头将加烹宰。安闻往赎。社人恐不得杀。增长索钱十千。安曰。贫道见有三千。已加本价十倍。可以相与众各不同。更相恡竞。……安即引刀自割髀肉曰。此彼肉耳。猪食粪秽。尔尚啖之。况人食米。理是贵也。社人闻见一时同放。猪既得脱绕安三匝。以鼻蚴触若有爱敬。故使郊之南西五十里内鸡猪绝嗣。乃至于今。其感发慈善皆此类也。性多诚信乐读华严。"

③ 颜尚文：《北朝佛教小区共同体的法华邑义组织与活动——以东魏〈李氏合邑造像碑〉为例》，台湾《佛学研究中心学报》，1996年第1期。

社会活动"①。

"从邑义活动的主体和范围来讲，邑义的构成有以家族为主的，有以村为主的，有以寺庙为中心而组成的。还有一种特别情况，那就是由清一色的妇女组成的邑义。……不同的邑义可以单独从事佛事活动，也可以联合起来"②。

义邑的形成时间，学术界有不同的认识。有的学者认为南北朝时期的这种以造佛像为主要活动的乡村宗教组织就是义邑③。也有学者把南北朝的乡村组织叫佛社，而认为隋唐以后的佛社才叫义邑④。

如果说，法社的形成环境是佛教初传中国，人们认知尚少，僧人弘法的内容主要是宣扬戒杀劝善等佛教基本教义的话，义邑形成的时期已是佛教在中国生根发芽，并逐渐兴盛乃至接近第一次顶峰时期。这时候作为佛教居士团体的义邑，已呈现出与以往不同的特征。

（一）义邑覆盖的地区已超越乡村，也涵盖了城市。从隋唐之际的高僧宝琼组织义邑的记载就可以看到，释宝琼"历游邑洛无他方术。但劝信向尊敬佛法。晚移州治住福寿寺。率励坊郭。

---

① 刘淑芬：《五至六世纪华北乡村的佛教信仰》，《中央研究院历史语言研究所集刊》，1993 年第 3 期。

② 尚永琪：《3—6 世纪的佛教邑义与北方村落及地方政权之关系》，吉林：《1-6 世纪中国北方边疆·民族·社会国际学术研讨会论文集》，2006 年。

③ 方立天、华方田：《中国佛教简史》，北京：宗教文化出版社，2001 年版；王青：《魏晋南北朝时期的佛教信仰与神话》，北京：中国社会科学出版社，2001 年版。

④ 郝春文：《东晋南北朝时期的佛教结社》，《历史研究》，1992 年第 1 期。

邑义为先。每结一邑必三十人。合诵大品人别一卷。月营斋集各依次诵。如此义邑乃盈千计。四远闻者皆来造款。琼乘机授化望风靡服"①。这里的坊郭，即指城市。

（二）僧人用各种方式弘法，使佛教在义邑中深入人心。有的是借神通来弘法，如"释法安，远公之弟子也。善戒行讲说众经兼习禅业。善能开化愚矇拔邪归正。晋义熙中新阳县虎灾，县有大社树下筑神庙，左右居民以百数，遭虎死者夕有一两。安尝游其县，暮逗此村。民以畏虎早闭闾。安径之树下通夜坐禅，向晓闻虎负人而至，投之树北，见安如喜如惊，跳伏安前。安为说法授戒，虎踞地不动，有顷而去。旦村人追虎至树下，见安大惊，谓是神人，遂传之，一县士庶宗奉。虎灾由此而息。因改神庙留安立寺，左右田园皆舍为众业"②。有的以高超的医术，如佛图澄"时有痼疾世莫能治者，澄为医疗应时瘳损，阴施默益者不可胜记"③。僧人竺法旷"时东土多遇疫疾。旷既少习慈悲兼善神咒。遂游行村里拯救危急。乃出邑止昌原寺。百姓疾者多祈之致效"④。僧人那连提黎耶舍于公元610年，即南北朝北起天宝七年，在太平寺收治麻风病人，男女分住，还进行必要的护理和治疗"⑤。有的僧人以舍生忘死的慈悲精神，为村民树立了道德楷模。如僧富在弘法途中，"时村中有劫，劫得一小儿，欲取心肝以解神。富道遥路口，遇见劫，具问其意，因脱衣以易小儿，群劫不许。富曰：'大

---

① 《续高僧传》，《大正藏》，第50卷，第688页。
② 《高僧传》，《大正藏》，第50卷，第362页。
③ 同上，第383页。
④ 同上，第356页。
⑤ 马慧群、郑雯、马振友：《中国皮肤科学大事记》，《中国皮肤性病学杂志》，2010年第7期。

人五藏，亦可用不？'劫谓富不能亡身，妄言亦好。富遇念曰：'我幻炎之躯，会有一死。以死济人，虽死犹生。'即自取劫刀划胸至脐，群劫更相咎责，四散奔走，即送小儿还家"①。而更多的是像前文的释宝琼这样的高僧组织义邑，讲经说法，为居士信。

（三）寺庙或僧人在义邑中的作用加强，乃至成为核心。如果说法社还是佛教徒自我管理的组织，僧人是佛法"指导师"的话，那义邑几乎可以说是围绕着作为精神领袖的僧人或寺庙而组织起来的。从《北魏正光四年乐归寺邑主赵首富等造像碑》等大量的碑文中可以看到，尽管邑义的主要还是以村落或同姓宗族为主体组成，但往往是围绕在某个寺庙为中心。到了唐代，这种形态更加明显。在王权的鼓励政策扶持下，佛教在中国的政治、经济、组织力量达到了巅峰，寺院对周边佛教团体的控制力日益加大，僧人经常是义邑的发起者和管理者，大部分义邑已成为寺院的外围组织，为寺院提供各种物品和劳动力。

（四）义邑作为佛教居士团体，其公益事业的主导作用开始显现。"邑义所从事的活动，一般就是斋集诵经、造像、建佛堂等等。除此之外，邑义还发挥了其作为社会团体机构的公益活动之组织者的作用——进行建义桥、掘义井等工作"②。

（五）义邑作为佛教居士团体，首次起到了沟通同级政权与属民的作用。它相当于是一个缓冲地带。国家政权同底层社会的矛盾、底层社会不同文化背景和不同阶层等圈层之间的矛盾，都在这个缓冲地带得到了消解。而国家组织力量不能解决的很多社

---

① 《高僧传》，《大正藏》，第50卷，第404页。
② 张总：《义桥·义井·邑义——造像碑铭中所见到的建义桥、掘义井之佛事善举》，《世界宗教文化》，1997年第4期。

会问题，甚至还包括国家组织力量为底层社会制造的许多困难和矛盾，也在这个共同体中得到解决。

（六）义邑使佛教人人平等的观念得以初步体现。义邑里的每个人在"组织内的地位，并没有随着传统的等级制度而分配相应的位置。邑义组织在专制的等级制身份社会里，在一定程度上模糊了参与者的政治身份和法律身份，赋予了成员简单的'邑子''佛弟子''清信士''清信女'这样很中性的身份。对于那些有政治地位的官员，也是在'邑子''邑生'等这样的中性名称下再加上官称，如'邑生骠骑将军都督赵和'等。在造像碑名字刊刻的位置安排上，平民百姓与贵族高官也没有什么等级差别；对于那些捐钱多的邑义成员，也只是给予'像主''香火''斋主'等名称，这些名称只表明了其人在此次造像活动中所担当的角色，是自己在积累功德，并不是一个等级制身份的表示符号。可以说。邑义组织给了底层人民一个代价很低廉的尊严"①。义邑这个重要的民间居士团体，折射出中国佛教在"基于民本的超越性，在缓解社会冲突、密切不同地区和不同民族之间的关系上，有着显著作用。它在积淀中华民族的共同心理、维系中国统一的观念中，也是一种活跃的积极因素"②。

三、净业社

净业社又称净行社、白莲社、念佛社。它与中国佛教净土宗

---

① 　尚永琪：《3—6世纪的佛教邑义与北方村落及地方政权之关系》，吉林：《1-6世纪中国北方边疆·民族·社会国际学术研讨会论文集》，2006年。

② 　杜继文：《从中国佛教看中国文化的走向》，《中国佛教学者文集：中国佛教与中国文化》，北京：宗教文化出版社，2003年版。

的发展有着密切的关系，是信仰净土思想的佛教徒集结在一起，以念佛为主要宗教活动的团体。

公元179年，支娄迦谶译出《般舟三昧经》，意味着中国净土宗经典传译的开端。随后又译出《无量清净平等觉经》，被后世称作"净宗第一经"。净土思想给信众描绘了美好的死后世界，而且往生的条件十分简便，尤其是弥陀净土："有善男子善女人，闻说阿弥陀佛，执持名号，若一日，若二日，若三日，若四日，若五日，若六日，若七日，一心不乱，其人临命终时，阿弥陀佛，与诸圣众，现在其前。是人终时，心不颠倒，即得往生，阿弥陀佛，极乐国土。"① 净土信仰不需要高超的宗教理论素养，它把对佛教深奥教义的理解演化为人人都能完成的简易的宗教实践，从而突破了有文化的上层士大夫居士和普通民众之间的界限。对普通信众来说，具备巨大的可操作性，因而迅速蔓延开来。

高僧和士大夫居士是最初的净业社的组织者。东晋时期，慧远在庐山说法，结社念佛，其先后创建的龙泉精舍和东林寺成为南方佛学中心。慧远创建的白莲社是有记载的弘扬净土思想最早的宗教团体，可以被看作净业社的雏形。此后，名称不同的以念佛居士为主要成员的净业社在佛教发展史上几乎从未间断。比如，唐代的净土念佛会社"九品往生社""香火社"，北宋大昭庆寺中的"净行社""白莲社"，南宋居士张抡的"莲社"。

随着净土思想的传播，不仅士大夫居士开始结社念佛，普通平民居士也加以效仿。有史料记载的，如姚约潜心佛法，"觉海友师劝里人结净业社，约实主其事"，与社中友人日日念佛，以期往生；陆浚"少半公门，久之弃支。以净土为业，预西湖系念

---

① 　《佛说阿弥陀经》，《大正藏》，第12册，第347页。

会"；冯联"投志西方，修忏念佛"①，乃至于"念佛之声盈满道路"②。到唐宋乃至延续至今，净土信仰已不再是净土宗的特有，而是佛教各宗派的共同归向和佛教徒的普遍要求。除了专门念佛的净业社，其他佛教法社也通常设有弥陀阁、六观堂、净土院、般舟道场等弘扬净土思想的活动场所。唐宋以后禅宗的弘扬，对唯心净土观起到了促进作用。

结社念佛之风一直延续到明清，公元 1571 年，即明隆庆五年，莲池大师重建宋代开山的杭州云栖寺为净土念佛道场，而其后的智旭大师，受菩萨戒于此寺，后以北天目灵峰为中心，弘传净土法门。他们带动身边大量的居士念佛团体。据记载公元"1624 年，明天启四年，由大贤、大雯、大霖等 17 名僧及王宇春等 16 名居士，共加校订印刻的《云栖法汇》出版"③。

四、同善会

佛教经历了唐宋巅峰时期，到了明朝，正式进入了衰微时期。明太祖朱元璋排斥佛教，推崇理学。他对臣下说："天下甫定，朕愿与诸儒讲明治道。"④ 居士佛教开始了它的反省时期。受理学的制约，明清时期的佛学理论不再有明显的进展，总体继续呈退化的趋势，佛教为"满足信徒的现实利益和各自愿望，与儒、道

---

① 《佛祖统纪》，《大正藏》，第 49 册，第 285 页。

② 同上，第 264 页。

③ 林克智：《中国净土宗大事年表》，《通向极乐之路》，北京：宗教文化出版社，2004 年版。

④ （清）董诰等辑：《太祖纪二》，《明史》，北京：中华书局，1974 年版。

思想乃至民间信仰、神话传说等更加密切结合"①。

明代各个时期，"僧人与官僚士大夫居士的交往呈现不同特征，明初其往来仅限于诗词的交流，但因太祖集权专制而使自身罹难的僧人也大有人在。明中期是佛教的低沉期，双方的交游记载也微乎其微。明末，随着佛教复兴期的来临，僧人与王公大臣相交日益频繁，其主要目的是为了弘扬佛教，不过因某种政治原因而不幸受到牵连"②。

明清时期中国古代社会商品经济发展格外兴盛，而其开始发展的时间无疑是明代的中期。一般认为从明神宗万历开始，佛教开始复兴。而佛教居士团体的兴起，是这一复兴运动最有代表的现象。明代居士的主要作用是对禅宗的保护和对禅净双修的理性认同。以莲池袾宏、紫柏真可、憨山德清、蕅益智旭四大高僧为代表的僧人周围，聚集了一批信众，全国形成了大大小小的居士团体，除少部分坚持禅修外，大部分以结社念佛、放生为主要宗教活动内容，净业社、念佛社、放生会等近代居士团体初步形成。

江南地区的居士通过讲学、组织同善会及参与对社会有着重要影响力的佛教行为，力图恢复日益衰败的社会道德秩序。繁荣的居士慈善活动及同善会的兴起则是士人追求重建社会道德秩序的更为具体的实践。而出入儒佛之间，融通儒释，是明中后期居士佛学的特征。"儒衣僧帽，亦僧亦儒。而在哲学观和理论体系上又时常会表现出援儒入佛、圆通儒释的特征"③。

---

① 潘桂明：《中国居士佛教史》，北京：中国社会科学出版社，2000年版。

② 李孔楠：《明代僧人群体研究》，《青海师范大学》硕士论文，2009年。

③ 白固文：《明中后期的居士佛教初探》，《青海民族学院学报》，2007年第4期。

佛儒道三教都提倡做善事。由善门入空门，是佛教接引信众的重要途径。晚明江南地区的佛门高僧、居士，乃至东林党人，尤其把做善事放到重要位置，由此带来了慈善事业繁盛和善人辈出，比较有代表性的有袁黄、周梦颜、高攀龙和陈龙正。

佛教、道教的劝善书在民间社会非常盛行。善书的广泛流行以及社会各阶层的回应，以致善堂林立。明清期间比较著名的善堂、善会主要有同善会、放生会、惜字会、救生局、义渡局、情节堂、丧葬善会等。各种善会由其独特的宗教背景，同时也反映了三教合一思想和社会生活中的融合。放生会带有明显的佛教色彩，其主要活动是放生各种动物。这种活动在南朝时就有记载，主要表现为僧尼间的善举，在元明时走向了衰落，直至明中期又开始兴起。惜字会则带有儒家色彩。救生局和义渡局的宗教色彩较弱。

本节提到的同善会，就是在明后期文人士大夫讲学结社之风盛行的背景下兴起的。同善会的主要活动是举行集会，进行劝善演说，并施米舍钱，旌奖节孝，以促成乡里一种人人为善的良好风俗。明朝比较著名的同善会有高攀龙组织的无锡同善会和陈龙正组织的嘉善同善会。

"同善会虽创始于高攀龙，但具体措施则详于陈龙正。这种善会的作用是多方面的，甚至还带有辅助乡约的教化功能。陈龙正认为：'迎名僧讲经，易伤风教；迎名僧住持，易酿盗贼'。"① 不难看出，袁黄、周梦颜是典型的佛教居士，而高攀龙、陈龙正是融通儒释，但以儒压释十分明显。

可以得出结论，从同善会这一具有代表性的清明居士团体身

① 冯贤亮、陈龙正：《晚明士绅社会生活的一个侧面》，《浙江学刊》，2001年第6期。

上，折射出儒佛道三教融合的倾向，尽管每个团体，乃至具体到每个人的宗教信仰有所不同，或者说同一佛教内宗派偏向不同，但在道德模范、济世救贫等方面达到了高度一致。这也为近现代都市大型居士团体（比如上海居士林、上海同善会）的形成奠定了基础。

第二节 近代社会转型中的居士团体

近代中国遭受着前所未有的社会危机，西方列强在历经启蒙运动和工业革命之后，政治、经济、文化、军事得到空前发展，应运而来的是对消费市场和原材料的极度渴望，侵略中国也就变得不可避免。伴随封建制度被推翻，中国社会开始由封建社会向近代社会艰难转型。

巨大的变革冲击社会各个层面，佛教也不得不在现实胁迫下，剧痛中寻求生存与发展。然而，清末民初先后遭受两次庙产兴学的打击，加之基督教、日本佛教相继进入中国传播外来思想，争夺信众市场，现实压力可想而知。本应奋起反抗的中国佛教，在宋以来的三教融合中早已失去鲜活力，不断被社会边缘化，沦为配角，而明清以降更是腐朽衰败，成为"死的佛教""鬼的佛教"。

一、杨文会：出版、研究、教育

传统印度佛教中，居士的出现尽管早于出家比丘，但从一开始就被要求从属于僧团，为僧团提供护持。大乘佛教阶段虽然出现了见与佛齐，代佛说法的维摩诘、胜鬘夫人等大乘居士，但并没有改变居士整体的附属地位。汉传佛教中，自诩为佛法主人、荷担如来家业的出家僧侣实施了比南传、藏传更为严格的禁忌，居士被牢牢限制在僧团之下。

物极必反。衰败的僧伽佛教成为一大诱因，刺激了近代居士佛教的顺势崛起。"中国人既然已将以出家僧众的戒律为中心的小乘佛教，转变为以在家居士为中心的大乘佛教，并在经典中规定凡发有菩提心的居士，地位不在出家声闻之下，那么，中国佛教的主导地位由僧侣转至在家居士就只是一个时间的问题。因为中国佛教强调觉悟和自力本愿的传统，会渐次重视在家居士的地位和作用"①。

19世纪后半期到20世纪前半期，出家僧团内部腐败滋生，思想狭隘，几乎无力承担振兴佛教的历史任务。通常认为，杨文会开启了中国佛教复兴运动的序幕，作为居士佛教的早期代表，被称为近代佛教运动的"复兴之父"②。

杨文会，字仁山，1837年生于安徽石埭（今安徽石台县）。同治五年（1866）移居南京，广泛结交各地信佛人士，相互交流，探究佛法根源，感叹时局与佛教境遇，"以为末法世界，全赖流通经典，普济众生。北方《龙藏》既成具文，双径《书本》又毁于兵燹。于是发心刻书本藏经，俾广流传。手草章程，得同志十余人，分任劝募"③。杨文会认为，要想恢复中国佛教，首要任务是搜罗典籍，刊刻流通。杨文会编辑《大藏辑要目录》，选列佛经460部，3220卷。同年，金陵刻经处正式成立。

---

① 李向平：《中国佛教传统的现代转换及其意义二题》，《佛学研究》，1995年。

② [美]霍姆斯·维慈著，王雷泉、包胜勇、林倩等译：《中国佛教的复兴》，上海：上海古籍出版社，2006年版。

③ 《杨仁山居士事略》，《佛学丛报》，1912年第1期。

杨文会白天负责政府工程项目，晚间潜心佛学，诵经坐禅，校勘刻印佛经、佛像。甲戌年（1874）游历江浙，寻找佛经但未有所获，遗憾回到金陵。因雕刻的经版渐次增多，遂选定金陵北极阁筹资建造藏经楼，后被人觊觎，于是将经版移回家中由专人负责，刻印不辍。1878 年杨文会随同曾纪泽出使欧洲，考察英法等国，期间拜访了近代宗教学奠基者马克斯·缪勒，结识其门下学生南条文雄。期满回国，仍以刻经为业。1886 年再次赴英。1890 年内弟苏少坡出使日本，杨文会写信给南条文雄，求购在中国失传的佛经。南条文雄前后购得、赠送 283 种①，涵盖几乎所有汉传宗派的重要典籍。对于印行经典，杨文会有严格的要求。《等不等观杂录》中提道："凡有疑伪者不刻，文义浅俗者不刻，乩坛之书不刻。"② 金陵刻经处虽几经易址，截至 1911 年杨文会逝世，共刻经 211 种，1155 卷，雕版 57421 块，经典流通百万多卷，佛像十万多张③。这一大批经严格校勘、审核出版的佛教经典，奠定了近代佛教复兴的基石。

搜罗、刊刻、出版佛经的同时，杨文会发起了近代对佛学的研究。甲午年（1894）杨文会与英国浸信会牧师李提摩太共同把《大乘起信论》翻译成英文，希冀为佛教西行欧洲做准备。1910 年金陵同道创建佛学研究会，杨文会任会长，基本每七天讲经一次。不过杨文会志在"专心研究因明、唯识二部，期于彻底通达，为

---

① 　具体参看第一章。

② 　杨文会：《等不等观杂录》，北京：商务印书馆，2005 年版。

③ 　释广学：《中国近代佛学居士刻经讲学考略》，《鄂州大学学报》，2006 年第 1 期。

学佛之楷模"①。近代西方科学思想讲究理性逻辑，通过对现象的分析得出一般的规律，玄奘所传的唯识、因明二学恰好具备这些要素，因而受到杨文会的重视。同时，近代佛教的弊端大抵源自教门的不彰，禅净末流的横行。杨文会认为法相唯识学名相分析细致，修行次第明了，完全可以对治近代佛教的笼统与含混，"以五位百法，摄一切教门，立三支比量，摧邪显正，远离依他及遍计执，证入圆成实性，诚末法救弊之良药也。参禅习教之士，苟研究此道而有得焉，自不至颟顸佛性，笼统真如，为法门之大幸矣"②。

除了对法相唯识学的提倡，杨文会个人思想中始终还有传统佛教宗派的影子，"教宗贤首，行在弥陀"③。杨文会在与某君的通信中坦言："初学佛法时自以为私淑云栖袾宏、憨山德清，推及而上，遵奉贤首、清凉，再追溯源头，则是马鸣和龙树。"④

对于净土法门的提倡，杨文会基本还是从众生根器说来立论。利根上智，可以直下断知解，彻见本源佛性。中等根性，从经论理解入手，依解起行，行起证入一真法界后仍然要回向净土，才能永断生死。下等根器者，或念佛号，或度净土经论，依弥陀愿力，也能完胜净土，脱离生死轮回⑤。当然，杨文会强调即使是净土法门，仍需要自力他力结合。他对华严哲学的提倡，仍以服务净土法门为宗旨。菩萨道分上行和下行，上求佛道是"自心投入弥陀

① 杨仁山：《与桂伯华书》，《杨仁山居士文集》，合肥：黄山书社，2006 年版。

② 杨仁山：《十宗略说》，《杨仁山居士文集》，合肥：黄山书社，2006 年版。

③ 刘成有：《近现代居士佛学研究》，成都：巴蜀书社，2002 年版。

④ 周继旨校点：《杨仁山全集》，合肥：黄山书社，2000 年版。

⑤ 同上。

愿海"，下化众生是"全摄弥陀愿海归入自心"，二者"重重涉入，周边包容"，华严与净土没有二致⑥。

杨文会出版佛学研究著作不多，有《十宗略说》一卷，《佛教初学课本》并《注》各一卷，《大宗地玄文本论略注》四卷，《阐教编》一卷，《等不等观杂录》八卷，《观经略论》一卷。另有一些儒道著述，如《论语》《孟子》"发隐"各一卷，《阴符经》《道德经》《南华真经》《列子》四经发隐各一卷。

总体来看，杨文会自身的佛学研究成就较为有限，并没有出现惊世骇俗的著作，但其开启中国近代佛教研究的风气功不可没。他平实宽容地对待佛教各个宗派，贯通儒释道的学术风格，被谭嗣同以《仁学》继承、发挥；他倡导理性、分析的唯识学，被欧阳渐一脉发扬光大。

杨文会亦多有批判近代佛教出家僧伽的腐败："自试经之例停，传戒之禁驰，以致释氏之徒，无论贤愚，概得度牒。于经律论毫无所知，居然作方丈开期传戒。与之谈论，庸俗不堪。士大夫从而鄙之。"⑦不经拣择，出家均获度牒，佛教僧团鱼龙混杂，不堪为用。感叹"诸方名蓝，向无学堂造就人才，所以萎靡不振也"⑧，振兴佛教，培养优秀僧伽的学堂至关重要。1908 年杨文会于刻经处开办佛学学堂，名为"祇洹精舍"。课程规划既包含传统佛学，又开设英文、梵文、地理学等课程，聘请谛闲、曼殊等任教，前者任学监，后者教英文。两年后因经费不足，祇洹精舍停办，期间培养僧俗学生二十余人，欧阳渐、梅光羲、李证刚、太虚、智光、

---

⑥　周继旨校点：《杨仁山全集》，合肥：黄山书社，2000 年版。

⑦　杨文会：《等不等观杂录》，北京：商务印书馆，2005 年版。

⑧　同上。

观同、邱晞明等先后在此受学。梁启超评价道："晚清所谓新学家者，殆无一不与佛学有关系，而凡有真信仰者率皈依文会。"[①] 近代佛教史上，最为著名的佛教教育，概与杨文会的学生息息相关。

尽管杨文会作为身处晚清的佛教居士，思想里仍旧夹杂一些旧有的调和观念，不如学生来得彻底。但他以自身魅力和孜孜不倦的努力，汇集一批志同道合者，搜集、刻印佛教经典，以现代理念研究佛学，创办新兴佛教学堂，培养新僧和居士，无疑给明清以来暮气沉沉的佛教注入了强烈的思想活力，探索了佛教发展的基本道路。近代佛教的复兴运动，基本没有超出他所致力的出版、研究、教育这三个向度。称杨文会为近代佛教复兴之父，实至名归。

二、支那内学院：教研结合

1911年杨文会在南京逝世，临终前将金陵刻经处的编辑、校订、刻印事业嘱托给了学生欧阳渐。回溯历史，欧阳渐不仅继承和发展了金陵刻经处的校勘、出版佛经工作，而且将围绕祇洹精舍的居士主导的佛教教育进一步扩大，成立了民国最为著名的佛教学院——支那内学院。

欧阳渐，字竟无，同治十年（1871）生于江西宜黄县的官宦家庭。幼年丧父，年二十捐得秀才，后入南昌经训书院，师从叔父宋卿公研读宋明理学、经学、史学、天文、算术等。中日甲午战争后专注于陆王心学，希冀对治时弊、人心。适逢杨文会学生桂伯华回南京，改而学佛。年三十岁，赴北京廷试，南归时路过南京，前往拜谒杨文会，得到开示，信心弥坚。回到宜黄后，开办正志学堂，自订科目、自编教材讲授。年三十六，相依为命的母亲病逝，

---

① 梁启超：《清代学术概论》，上海：上海古籍出版社，1998年版。

欧阳渐悲痛万分，于是誓言"断肉食，绝色欲，杜仕进，归心佛法，以求究竟解脱焉"①。一年后赴南京追随杨文会系统学习佛学，不久东渡日本寻找佛教典籍。回国后，为筹集学佛资金，出任两广优级师范讲席。因病辞职后与友人李证刚住九峰山，历经大病，下定决心舍身为佛，时年四十。

1912年杨文会与李证刚等人发起佛教会，勉励僧俗信徒自救，因主张的政教分离难以实现，遂解散而专事佛学，两年后在金陵刻经处设立研究部。1918年与同门章太炎、陈三立等人在金陵刻经处的基础上筹建支那内学院。四年后的1922年内学院正式成立，欧阳渐亲自出任院长。

内学院建立之初，设立了学、事二科，学务、事务、编校流通三处。将办学、编印经典作为主要任务。教育方面分为中学、大学、研究和游学四个层次。研究部开设有正班与试学班，意欲培养专业的佛教学研究人才，支撑流通、教学、研究三个方面的工作。内学院最初设想开办法相、法性、真言三大学，覆盖中国佛教的基本流派，后因师资和办学资金等问题，1923年仅成立了法相大学，法性、真言两大学未能遂愿。经欧阳渐与教育部长章士钊争取，内学院的教育与国民学历教育相通，有力地吸引了高素质学人②。

对于内学院的成立宗旨，《法相大学特科开学讲演》中说道："第一，哀正法灭，立西域学宗旨。"③正法的传承依赖师承，明师大抵渊源于印度。欧阳渐认为汉传佛教宗派诸如智者（五品位）、法藏（"多袭天台"）等距龙树、无著等相差甚远，是故当以西

---

①　王雷泉编选：《欧阳渐文选》，上海：上海远东出版社，2011年版。

②　陈兵、邓子美：《二十世纪中国佛教》，北京：民族出版社，2000年版。

③　王雷泉编选：《欧阳渐文选》，上海：上海远东出版社，2011年版。

域为学习对象。"第二，悲众生苦，立为人学宗旨"①。非推己及人，而以人为己，同至无上菩提。为法、为人是欧阳渐办学的出发点。

为培养与国际佛教弘法、教育、研究接轨的专业人才，内学院课程设置方面也有独特的考量。除传统佛教学院普遍设置的佛学理论与实践修行外，还开设各种文史哲和自然科学课程。其中，佛教部分因内学院以法相唯识为专宗，故这方面的课程比重更高（法相、唯识、因明）。设定"今日研究，诚当以法相为主，其余研究则皆归宿于此"②。此外，尚有佛教大小乘各宗要义、戒律学、佛教史、佛教心理学、佛教艺术学等。语言教育方面是内学院的特色之一，古汉语、古文字学等不必多言，还包括了梵文、藏文、巴利文等佛教语言，以及日文、英文等当时世界通用语言。

内学院以天竺那烂陀寺为榜样。欧阳渐认为，那烂陀寺是佛陀入灭后的第一佛教学院，唐代的慈恩学派犹不及百分之一，当时每日讲座百余场，涵盖性、相、密，大小乘、外道等。欧阳渐期待内学院的规模，有朝一日能达到那烂陀寺的水平。站在后来者的角度评价，内学院至终没有，也不可能达到那烂陀寺的水平。战乱纷飞的年代缺乏稳定的办学环境，内学院因遭受日军轰炸，场地不得不从南京迁往重庆江津（蜀院）即是明证。欠缺稳定的办学资金也是原因之一，原初设想的法相、法性、真言，仅实现了其一。欧阳渐去世后，其学生吕澂接任院长，设置俱舍、瑜伽、涅槃、唯智、戒律五科，继续办学。即使在如此艰苦的环境下，内学院还是成为了中国近代佛教复兴的重要领导者之一，也是最著名的居士佛教道场，培养了吕澂、熊十力、汤用彤、梁启超、

---

① 王雷泉编选：《欧阳渐文选》，上海：上海远东出版社，2011 年版。
② 同上。

梁漱溟、陈铭枢、王恩洋等一大批杰出的专业人才，访学、研究者更是多达 200 余人。

内学院不仅在佛学教育方面成就斐然，走出了一条前无古人的新路径，佛学研究成就也堪称近代史上的高峰。欧阳渐最初偏好华严宗的法性哲学，对于法相唯识学的志趣，承继自其师杨文会。近代唯识经典的出版，是其兴趣发生转折的节点。民国七年（1918）欧阳渐遵照杨文会的遗愿，将后五十卷《瑜伽师地论》刻成。

为复兴法相唯识学，欧阳渐为内学院校勘出版的诸多经典写了序言。1917 年中秋率先完成了《瑜伽师地论叙》，概括介绍了唯识、法相学的基本内容，着重谈到了法相唯识学的"十要""十支"等内容。在他看来，瑜伽，翻译成汉语是相应的意思，与境行果——真如、方便善巧、菩提涅槃——相应。瑜伽学，自利利他，能依能持，有如大地。内学院成立伊始，欧阳渐亲自开讲《唯识抉择谈》，组织师生将唐人的唯识学注疏一百多卷校勘、流通。此外还有一系列的唯识学讲演，如《辨唯识法相》《辨虚妄分别》《辨二谛三性》《谈法界》。

内学院研究成果的一大体现是《内学》的出版发行。以欧阳渐为主导，编辑、出版的院刊《内学》，作为内学院集中发表唯识学研究成果的主要刊物，刊登了一系列具有影响力的文章。内学院的另一重大成就是编辑《藏要》。佛教经典历来繁多，且版本复杂，编排逻辑不够严整、清晰，对于今人系统学习和专业研究均存在较大困难，难以着手。内学院严格甄选菩萨藏、声闻藏中代表性经典，斟酌版本，部分以梵文、藏文、巴利文、汉文相互校勘，原计划出版六辑，最终成书《藏要》三辑，收录经律论 73 部，堪称近代中国佛教界（包含僧俗）编选的最佳佛教经典选读文本。

基于回到"印度"的宗学立场，以欧阳渐为首的内学院对本土的佛教哲学予以了一定批判，最为轰动者莫过于对《大乘起信论》的辨伪。《起信论》倡导真如缘起说，欧阳渐认为"立说粗疏，远逊后世"[1]，认为是时势导致，但没有认定为伪作。太虚和章太炎均不同意这一观点，撰文反驳[2]。

稍后，日本学界以望月信亨与村上专精研究认为《起信论》非马鸣造、真谛译，而是563年至592年间中国人所作。梁启超得知这一结论后甚为欢喜，以为佛教讲究依法不依人，经典作者是谁并不重要，符合佛教教义即可，此论"实中国、印度两种文化结合之晶体"[3]。

内学院王恩洋以唯识学大胆拣择《起信论》，集中反对两点：其一，真如能生万法；其二，真如与无明互熏。真如性是无为，《起信论》大谈真如能生，性则是有为，有为与无为体性不同，不能并存；《起信论》观点与般若、瑜伽全不相同；真如能生万法，还有违万法皆从缘生的教义；论中所说真如与无明的能生、性相、觉性相同，凭什么区分无明、无漏、觉与不觉。真如无为之性，决定既不能作为能熏，又不能作为所熏，如何能与无明互熏习起[4]。

欧阳渐的观点大致一样。他认为《起信论》不立染净种子，强调熏习起用，是不成立的。染净不相容、正智无明不能并立，不能相互熏习。不立正智无漏种子，用义也不成立。《起信论》

---

① 王雷泉编选：《欧阳渐文选》，上海：上海远东出版社，2011年版。

② 太虚作《佛法总抉择谈》。章太炎的《大乘起信论辨》认为是马鸣所作，《众经目录》只是怀疑翻译者，不是怀疑作者，《历代三宝纪》已证明。

③ 梁启超：《大乘起信论考证》，太原：山西人民出版社，2014年版。

④ 王恩洋：《大乘起信论料简》，《学衡》，第十七期。

将正智和真如合为一，失体亦失用①。

根据吕澂对义理的考据，《起信论》与魏译《楞伽经》有诸多相似，甚至雷同的地方。"魏译《楞伽》有异解或错解的地方，《起信》也跟着有异解或错解……还更进一层见到《起信》对于魏译《楞伽》解错的地方并不觉其错误，反加以引申、发挥，自成其说，那么，《起信》这部书绝不是从梵本译出，而只是依据魏译《楞伽》而写作，它的来历便很容易搞清楚了"②。

内学院以唯识学为标准，针对《大乘起信论》进行了大量的责难。其实就真如的绝对性而言，大体观点是一致的。作为无为法，真如是体性空寂完满，绝对无漏。然而，基于唯识学的立场不能容忍《起信论》中真如与现象世界直接发生相互作用：真如既是万法的理体，又直接造就万法，既是体又是用。唯识学认为真谛和俗谛是不同层次的，要想获得解脱，必须转识成智、转染成净，实现彻底的转依。深受《起信论》影响的天台、华严、禅宗无一不强调真俗世界的相互融摄，现象世界与真如的一体两面，对于内学院来说，这种观点不论是在哲学上或伦理上都是要坚决反对的③。

比较杨仁山创建的祇洹精舍和欧阳渐创建的支那内学院，作为师徒相承的近代佛教组织，他们始终存在不可分割的血脉关系。首先，两者是由居士发起和主导的机构，是中国近代佛教史上最著名，成就最大的两大居士团体。他们一改往昔佛教生态，将居

① 王雷泉编选：《欧阳渐文选》，上海：上海远东出版社，2011 年版。

② 吕澂：《〈起信〉与禅——对于〈大乘起信论〉来历的探讨》，《学术月刊》，1962 年第 4 期。

③ 陈荣捷著，廖世德译：《现代中国的宗教趋势》，台北：台北文殊出版社，1987 年版。

士从出家僧侣的附庸中分离出来，成为独立的机构，获得了基本的自主权。其次，祇洹精舍和内学院的基本工作是一致的，以经典的校勘出版为基础，以佛学研究为导向，以培养适应新时代、新环境的弘法人才为目标。

它们的不同之处也是显而易见的。祇洹精舍并不独尊某一宗派，而是采取兼收并蓄，博览群宗的态度，所以杨仁山重视《大乘起信论》《楞严经》，推崇净土、华严、唯识等，培育的学生也各有所长，精通各家宗学。欧阳渐主导的内学院以法相唯识学为宗学，对传统中国佛教宗派的宗经《起信论》《楞伽经》等大加批判，培养的学生虽研读各宗派理论，但多尊法相唯识。其次，杨文会对传统僧伽佛教抱有或多或少的理解和同情，不排斥乃至尊重出家人。欧阳渐则对近代出家僧侣的形象颇有微词，时有批判，故而内学院中僧人极少。

三、趁势崛起的居士佛教团体

在欧阳渐创办支那内学院的同一时期，大量居士佛教团体如雨后春笋般在中国大地兴起，形成了近代居士佛教发展的高潮。

（一）与太虚相关的居士佛教团体

同出欧阳渐门下的太虚法师，是中国近代僧伽佛教改革派活动家，创办了武昌佛学院、闽南佛学院，弘扬人生佛教思想。以太虚为中心，形成了一个较为固定的居士佛教群体。1918年8月太虚与章太炎、蒋作宾、陈元白、张季直、王一亭、刘仁航等人在上海共同发起创立"觉社"。觉社的主要任务是出版佛教图书、发行佛教刊物、宣扬佛教思想。同年发行《觉社丛书》作为会刊。1919年太虚赴杭州弘法，觉社解散。觉社创立的初衷是发起"佛法觉醒世俗"运动，集出版、研究、弘法为一体，是太虚与在家居士合作的机构，带有新型居士佛教团体的特征。

1920 年 9 月，在太虚的支持下，武汉佛教居士李隐尘、王森甫、陈元白等人在汉口成立佛教会。佛教会以"弘通佛法，昌明佛化为主旨"，在各地迅速成立了分会和念佛堂，举办各种讲经会、法会等宗教活动，开展义诊、施药、施粥等慈善和救济活动。佛教会还专设流通处，整理出版佛教经典和知识手册，兼顾《海潮音》的发行。1929 年 9 月汉口佛教会成立九年后，改组为佛教正信会。正信会的由来，源于太虚改革中国佛教的《整理僧伽制度论》，旨在建立新型的居士佛教组织。正信会组织架构包括理事长、副理事长、监察员、总务部、护法社、研究社、宣化团、慈济团、修持部。正信会成立后，出版《正信》会刊，举行讲演、各种法会，并创新性地到监狱弘法，开办汉口宏化小学、八敬学院等，开展慈善活动，吸引了大量知识分子的加入，影响力由武汉扩大到全国，各地纷纷成立正信会。

1926 年 2 月，太虚与王一亭、章太炎、熊希龄、刘仁宣、丁福保等人在上海成立中华佛化教育社，并任会长。该社以推行佛化教育、改善人心、消灭战争为主要宗旨，出版刊物《心灯》。该社原计划发行佛教教育杂志，编辑佛化教科书，建立佛化学校，开展佛教交流，搜集保护佛教文物等多项活动。佛化社在传播佛化教育方面取得了一定的成就，但一年后即终止了活动，其余大部分想法未能实现。

太虚在目睹近代僧伽佛教的种种腐败之后，无疑加大了改革中国佛教现状的决心。他的教制、教理、教产三大革命理念在出家僧团方面受到种种阻力，均以失败告终。唯有在居士佛教方面，凭借改革派僧人的独有眼见和魅力，吸引了大量的工商政教界居士，一定程度上实现了自身的理想。然而终因身处中日战争的酝酿和爆发期，不得不随同时代的命运，短暂成功后消失在历史的长河。与杨文会、欧阳渐主导的佛教居士团体不同，上述几个居士佛教团体都是在太虚的亲自指导或参与下成立的，是以佛教僧侣为精神领袖的居士团体。与传统佛教居士团体不同，他们在自身宗旨具有明显的改革性，将太虚个人的改革思想贯彻其中，核心内容体现了明显的时代性和救世色彩。

（二）其他的佛学研究团体与居士会

与支那内学院相对的另一个唯识学研究居士佛教团体是由韩清净创建的"三时学会"，他与欧阳渐素有"南欧北韩"的美称。

韩清净，原名韩克宗，又名韩德清，1884 年生于河北河间，18 岁中乡试举人。1921 年与北京佛学同仁朱芾煌、徐森玉、饶风璜、韩哲武等人组成佛学研究团体"法相研究会"，以唯识学为弘法志趣，开始在北京主讲《成唯识论》。后寄居于房山的云居寺闭门潜心学习三年，专攻法相唯识学。1925 年于日本东京增上寺的东亚佛教大会发表《十义量》一文，博得学者一致好评 [1]。1927 年与朱芾煌、饶风璜、徐森玉、叶恭绰、梅光羲、徐鸿宝、林宰平、周叔迦、胡瑞霖、韩哲武等人共同创建"三时学会"，推任会长一职。"三时"出自《解深密经》的判教之说，第一时有教，宣讲《阿含经》，令外道、凡夫登圣位；第二时空教，宣讲《般若经》，令二乘回小向大，趋向大乘。第三时中道，谈三性三无性，宣说《解深密经》，揭示空有真相、中道义，令究竟解脱。

韩清净与欧阳渐均致力于弘扬印度佛教哲学，尤其是唯识学

---

[1]　《中国大百科全书》。

的奥义，但两人的治学方式却有着明显的区别。欧阳渐对唯识学的诸多论点主要把握大纲大义，不细究字句。韩清净对唯识学经论则是逐字逐句的研讨，且能够熟背。

释东初评价二者：欧阳渐"始由唯识，而般若，终至涅槃，总扼其佛学之大纲。韩氏则采精兵主义，其于法相唯识学，旨在穷究瑜伽，然后旁及十支。所谓一本十支，故其学始终未能突出此一范围"①。

三时学会的主旨和内学院基本一致，以讲习、研究印度佛学，勘刻、出版佛教经典为工作重点。民国年间山西赵城县广胜寺发现金代雕刻的大藏经——《金藏》，韩清净、徐森玉前往山西，挑选宋代以来失传的法相唯识学典籍46种，249卷，集合三时学会众力，于民国二十三年（1934）出版影印本，名为《宋藏遗珍》。

与支那内学院相比，三时学会规模较小，但人员较为精简集中。在韩清净的带领下，水平足以与内学院抗衡，会中的周叔迦、石鸣珂、林玄白、赵朴初、周绍良、高观如、巨赞等人，均是佛学研究的优秀人才。

三时学会会员著述丰富，还英译了《大唐大慈恩寺三藏法师传》《法显传》等，与支那内学院一道，有力推进了近代法相唯识学的研究。其细密绵长的学风延续至今，是支那内学院不能比拟的。

除了杨文会、欧阳渐、韩清净等人领导创办的佛教文化研究与教育机构外，还有一大批仁人志士投身佛教文教事业，以各种方式推动近代佛教的复兴与发展。

1918年徐文霨与江味农、蒋维乔、黄士恒、江杜等人创办"北京刻经处"，其主要工作与金陵刻经处一致，以流通佛典为己任。

---

① 释东初：《中国佛教近代史下册》，台北：东初出版社，1974年版。

徐文霨甚至直言，要完成杨文会未竟事业。1922 年他又在天津成立刻经处。近 20 年间校刻佛经 2000 余卷。

宣统元年（1909）丁福保于上海创建医学书局，刊印医学类书籍。笃信佛教的丁氏，陆续编写了《佛学指南》《佛学初阶》《金刚经笺注》《六祖坛经笺注》等十余种佛教书籍。最具开创性的工作是翻译日本学者的《织田佛教大辞典》，编成《佛学大辞典》，并由医学书局出版发行，弥补了国内佛学工具书的缺失。

1941 年韩清净的学生周叔迦创办"中国佛学研究会"，主编《佛学月刊》和《微妙音》两种杂志，编印六种佛教史志，部分完成未出版。周叔迦本人虽出身同济大学工科，但志趣在于佛学，曾先后在北京大学、清华大学等教授中国佛学，出任过华北居士林理事长，参与创建中国佛学院，发起并成立中国佛教协会，主持完成《佛教百科全书》等。

1929 年上海佛教居士王一亭、李经纬等人创办上海佛学书局，目标是建立一个专业的佛教书刊编辑、印刷、流通一体化机构。"该书局编辑出版发行的佛学典籍和佛教通籍共有 3319 种。其中大藏辑要 2024 种，佛教通籍 1295 种"[①]。定期出版《佛学半月刊》，代为发行《海潮音》《世界佛教居士林林刊》，创办无线电广播佛学讲演，制作佛化唱片。通过一系列努力，上海佛学书局一举成为近代中国佛教界规模最大，业务范围最广，同时也是最为专业的出版发行综合机构。

投身文化教育事业的居士固然是近代佛教复兴中的一股洪流，但无疑对主导运动的居士的人文素养、时间、精力等都提出了极高的要求。对普通信众以及工商业者、政界人士来说，居士林及

---

① 高振农：《民国年间的上海佛学书局》，《法音》，1988 年第 11 期。

其类似的佛教集结形式更为合适。

最早成立的居士林是在上海。民国六年（1917），出关不久后的太虚与了余法师在普陀山会见了来访的王与楫、沈惺叔、王一亭、陈宪等居士，商讨成立新型的居士学修道场。翌年，上海海宁路锡金公所挂牌成立了上海佛教居士林，由王与楫担任首任林长。民国十一年（1922）上海佛教居士林改组，王与楫、朱石僧、李经纬等居士组织成立世界佛教居士林，由沈辉、关炯之等居士组织成立上海佛教净业社。

上海佛教居士林与内学院、三时学会等文教组织大为不同，是以"集合在家善信，皈依佛教，专修念佛法门，兼修教典，广行善举，弘扬佛教，自利利他"①为主要初衷。世界佛教居士林下设文化部、慈善部、学教部、修持部、总务部②。居士林以佛教修持为中心，以慈善事业为特色，以出版、宣传为两翼，将工商政界居士联络起来，充分利用各种人力、物力资源，开辟了一种新的居士组织形式。此后，北京的华北居士林、天津居士林、长沙的湖南居士林、温州的平安佛教居士林、宁波佛教居士林等相继成立。

明清以降，虽然僧伽佛教衰落，居士对佛教的信仰却并没有减弱。有研究表明，清末开始，或由于战乱的原因，以及作为官方意识形态的儒家信念的淡薄，佛教在部分人群中重新流行起来（包括知识分子、新兴资产阶级、政府官员，以及普通劳动者），

---

① 《上海佛教居士林暂行规约》，《海潮音》，1922年第3期。
② 唐忠毛：《作为民间慈善组织的近代居士佛教》，《上海师范大学学报》，2008年第6期。

信徒的数量急剧增加①。面对僧伽佛教难以满足信仰市场的尴尬局面，大众不得不另寻出路，居士佛教的兴起也就势在必行。正如霍姆斯·维慈所言，"民国时期居士组织层出不穷，没有人知道到底有多少，他们像酵母中的气泡，产生又消失，很少留下什么痕迹，但繁荣的景象是无可置疑的"②。

社会转型时期的居士佛教组织，出现了以往历史上所没有的一些特质。首先，居士组织具有相当强烈的独立性，不再简单的是寺院的外围机构，虽也与出家僧人有一定的往来，但基本都是邀请讲学性质，甚者如内学院等，很少有僧侣的身影。其次，居士组织自成立起，就有相当明确的目标，它不是以服务寺院为目的，而是主动地担当传播佛教的色彩，或刻经，或办学，或研究，或慈善，对僧伽佛教形成一定的取代性。第三，居士组织在功能上逐渐形成两大板块，一者以知识分子为主体，主要从事与佛教相关的文化教育事业；一者以工商业者为主体，主要目的是结伴修行，广泛参与慈善事业，实践菩萨行。

第三节　近代居士运动及组织形式

佛教自两汉之际传入中国，历经两千多年的发展，或主动或被动地对源自印度佛教的传统不断进行继承、吸收与改造，最终完成华丽的蜕变，成为中华文化的重要组成部分。佛教在中华大地之所以能够延绵不绝，与广大教界人士随顺世间、契理契机的

---

① ［美］霍姆斯·维慈著，王雷泉、包胜勇、林倩等译：《中国佛教的复兴》，上海：上海古籍出版社，2006年版。

② 同上。

努力不无关系，而此间，居士的作用功不可没。及至明清，中国佛教开始衰微，待至近代，僧伽佛教步履艰难，在千年未有的大变局前不知所措，彷徨不前。藉此，居士佛教骤然兴起，奋而承担起革新佛教的使命。浩浩荡荡的居士佛教运动拉开帷幕，为近代佛教发展写下浓墨重彩的一笔。

一、佛学救世运动

明末清初以降，中国的士大夫阶层大多希冀推动儒家经学，实现治国安邦的目的。但无论是乾嘉学派的古文经学，抑或龚自珍、魏源等倡导的今文经学经世致用思想，均已无力回天，难以挽救国家的颓败之势。于是，士大夫的兴趣逐步转向佛教，或为寻得一安身立命之慰藉。正如梁启超在《清代学术概论》中所言："社会既屡更丧乱，厌世思想，不期而自发生，对于此恶浊世界，生种种烦懑悲哀，欲求一安心立命之所；稍有根器者，则必遁逃而入于佛。"③

对于近代中国佛教的复兴，诸多学者早已有过讨论。郭朋、廖自力、张新鹰合著的《中国近代佛学思想史稿》将原因归纳为两点：其一，某些忧心国事的志士仁人想要从佛学思想中寻求"救国救民"之道；其二，西风东渐思潮下，受到"西学"的影响④。麻天祥的《晚清佛学与近代社会思潮》认为，晚清佛学的兴起，是嘉道以还，国势凌乱，屡经丧乱，人心惶恐，士子学人希望从

---

③　梁启超：《清代学术概论》，上海：上海古籍出版社，1998 年版。

④　郭朋、廖自力、张新鹰：《中国近代佛学思想史稿》，成都：巴蜀书社，1989 年版。

佛学中寻得"经世治乱自度度人的理论指导"①；沿着经世致用和哲学思辨两条道路发展起来，龚自珍和魏源分别成为前后两条道路之滥觞②。

诚然，自晚清开始的佛教复兴，与出生儒门的中国知识分子政治失意之后获取精神世界的慰抚不无关系，然而仅是如此，则认识必然流于肤浅。即使国家已日暮西山，中国知识分子治国平天下的士大夫情怀依然是蠢蠢欲动，想要于乱世中实现救亡图存，兼济天下。此外，传承千年的佛学典籍吸纳了精致的印度思想文明，同样为世人展示了绚丽的哲学思辨，拓展着思维界域，开启学理上的新大陆。葛兆光认为除却对当时社会政治环境刺激导致的直接反应外，晚清佛学的再度兴盛，"还与当时人希望藉助佛教知识来理解并超越西学有关，与当时人对日本明治维新以后的历史误读有关，与佛教经典尤其是佛教唯识学的经典反传中国有关，与作为边缘知识的佛教大乘学可以瓦解人们思维和观念中对'主流'与'中心'的固执有关"③。

近代佛教的复兴，其原因可能是复杂的，多方位的，但在此基础上引发的一系列佛教运动确是极具典型特征，而这一切又是由广义上的居士④引导，然后方有教内人士开始做出反应。

---

　　①　麻天祥：《晚清佛学与近代社会思潮》，开封：河南大学出版社，2005 年版。
　　②　同上。
　　③　葛兆光：《关于近十年中国近代佛教研究著作的一个评论》，《西潮又东风：晚清民初思想、宗教与学术十论》，上海：上海古籍出版社，2006 年版。
　　④　居士的严格定义，依佛教律制应当是指受过三皈五戒之人；然从广义的角度或者实际层面考量，不妨将倾心佛教义理，以之为内外行动指导的广

　　一般认为，龚自珍和魏源是近代中国佛教复兴的先驱，开启了以佛教"通经致用"的历史进程。《清代学术概论》提道："晚清思想之解放，自珍确与有功焉。光绪间所谓新学家者，大率人人皆经过崇拜龚氏之一时期。初读《定庵文集》，若受电然……龚、魏为'今文学家'所推奖，故今文学家多兼治佛学。"[①] 兼治佛学的今文经学，打开了传统经学外的另一扇门，刺激了中国佛教的复兴。但是，从学理上而言，龚自珍和魏源的思想主体依然是传统的今文经学，其对佛学思想的涉猎，只能算作是士人在儒学之外，对传统文化另一源流的基本兴趣（晚年信仰）而已。正如郭朋的判断，龚自珍对经典的翻译和《大般若经》虽表现出一定的识见，但是"对于佛教义理并没有形成一套系统的理论，而且他对于佛学的见解，也还不能说是深刻的。毋宁说，对于佛学，他是'信'多于'学'"[②]。与龚自珍相似，魏源晚年皈依佛教，受菩萨戒，成为信徒。他只有几篇文章收录在《魏源集》里，并没有多少佛教学术著作，"算不上是一位佛学家"，"较之龚自珍，魏源的佛学思想，尤显贫乏"[③]。

　　近代佛教的复兴，首要的功绩当推杨文会，他先后从日本寻回近 300 种大陆已经遗失的佛教经典，一手建立的金陵刻经处在其去世前已经刻印流通经典百万余卷。正是这一严格的校勘、出版，奠定了近代佛教复兴的重要物质基础。同时，精通"法相""华严"

大知识分子同样纳入居士范畴。中国传统宗教的信众，其中一个显著特征即是大多未经历严格的皈依仪式。

　　①　梁启超：《清代学术概论》，上海：上海古籍出版社，1998 版。

　　②　郭朋、廖自力、张新鹰：《中国近代佛学思想史稿》，成都：巴蜀书社，1989 年版。

　　③　同上。

两宗，以"净土"为归信。"从杨文会以后，佛教或佛学才具有'近代性'"④。

比杨文会稍后的康有为，早年出身今文经学，以陆王心学作为修身立命的根本，光绪五年居于西樵山开始接触佛教典籍，后由心学悟入佛学，潜研佛理。康有为之所以援佛入儒，一个重要的原因则是感慨晚清政府衰败，国家日渐破碎，民生艰难，"静坐时忽见天地万物皆我一体，大放光明。自以为圣人则欣然而笑，忽思苍生困苦则闷然而哭"⑤，希望以佛教大慈悲心去济世度人，实现自己的救世志向。

康有为的救世思想，最主要特征是不专宗某一教派思想，而是综合儒、释、道、西学诸家，强化他的救世理念。对于自己构建的"人类公理"宏大理想，亦即后来的大同社会，康有为坦言，是"合经子之奥言，探儒佛之微旨，参中西之新理，穷天人之赜变，搜合诸教，披析大地，剖析今古，穷察后来"⑥。由此可见，佛学作为极具价值的思想来源，占据了重要的位置。

佛教关于宇宙人生的认识构建了其对众生世界的一些基本看法，大乘佛教菩萨行思想则成为坚持不懈去实践救世理念的内在驱动力。当然，西学思想是构建理想世界制度的最主要来源，最终目的则直指"大同世界"。"大同"一词出自《礼记·礼运》篇，诠释了康有为身为儒士"天下为公"的传统政治抱负。

对于儒释道三家，康有为表达了不同的看法。他认为道教粗

---

④　葛兆光：《关于近十年中国近代佛教研究著作的一个评论》，《西潮又东风：晚清民初思想、宗教与学术十论》，上海：上海古籍出版社，2006年版。

⑤　康有为：《康南海自编年谱》，北京：中华书局，2012年版。

⑥　同上。

浅，没有什么微言奥理，难以令人心醉；佛学博大精微，言语道断，心行路绝，尤为深远。① 因而，儒家虽可作为化导群俗、立国治民的根本，但重建世人形而上的道德价值，应该首推佛教②。毕竟，大同社会仅是康有为对理想世界的主观设计，只有通过救世主义不断实践方具有价值，否则只能是高悬的空想。

为实现大同社会的终极理想与追求，无疑需要个体做出种种努力，甚至是巨大牺牲。对于这种精神的呼唤，即社会道德价值体系的重建，大乘佛教的菩萨精神恰恰较之儒家的所谓修齐治平更为坚决与彻底，康有为就是从这个维度理解大乘佛教的精神。

"其来现也，专为救众生而已，故不居天堂而故入地狱，不投净土而故来浊世，不为帝王而故为士人，不肯自洁，不肯独乐，不愿自尊，而以与众生亲。为易于援救，故日日以救世为心，刻刻以救世为事，舍身命而为之"③。

康有为对大乘佛教菩萨精神的倡导根源，与他对现世社会人生的看法息息相关。佛教以"苦集灭道"四圣谛诠释社会人生的本质是苦，以及之所以苦的原因，消除苦的方法，和所要达到的终极境界。"苦谛"表述佛教对社会人生的基本价值判断，这一思想深刻地影响了康有为。《大同书》中，"苦"成为他对社会人生的核心认知。该书的第一部分，名为"入世界观众苦"。苦无处不在，"人生之苦""天灾之苦""人道之苦""人治之苦""人情之苦""人所尊尚之苦"。例如，人生之苦，包括投胎、夭折、

---

① 康有为：《大同书》。

② 龚隽：《觉悟与迷情：论中国佛教思想》，上海：上海古籍出版社，2012 年版。

③ 同上。

废疾等；人道之苦包括鳏寡、孤独、疾病无医等；人治之苦包括刑狱、兵役等；人情之苦包括仇怨、愿欲等；天灾包括水灾、火灾等。康有为关于世界、社会、人生是苦的认识，可以认为完全取材自佛教思想。正因为世间充满种种苦痛，所以才需要拔去种种苦难，大同世界价值在"乐"，救世主义价值在于"去苦"，刚好应和佛教慈悲精神——"与乐曰慈，拔苦曰悲"。

对于社会人生之乐，康有为专书"去苦界至极乐"一部，认为圣人治教的目的在于乐。此乐，有物质的，有精神的；有世间的，有出世间的。世间之乐，在于满足生活生存发展的物质需求，诸如居处之乐、舟车之乐、饮食之乐、衣服之乐、器用之乐、净香之乐、医视疾病之乐等。世间之乐，终究只是暂时的，所谓极乐则是超脱人生的种种苦难，"以去轮回而游无极，至于不生、不灭、不增、不减焉"[1]。因而，康有为以为，大同世界与长生久视之仙学属世间法之极，而佛学不离世间而出乎世间，更为深邃。

值得注意的是，康有为虽然崇尚佛教的终究追求，主张"去家"却不主张"出家"。《大同书》特意撰有"论出家为背恩灭类不可"一节，提及佛教义理虽然微妙广大，心悦诚服，但对于出家则认为是逃避责任，"自图受用"，减少人口，"聪明同缩，复为野蛮"[2]。

综合来看，康有为的佛学素养算不上精深，他是将佛学作为政治思想来看待[3]，脱离了宗教（哲学）本位。以佛教"苦谛"构建社会人生基本认知，以大乘菩萨精神作为实践大同理想的不竭

---

①　康有为：《大同书》。

②　同上。

③　郭朋、廖自力、张新鹰：《中国近代佛学思想史稿》，成都：巴蜀书社，1989 年版。

精神动力，以"极乐"作为大同世界之后的终究追求——仅为虚设，借鉴西方制度文明构建现实世界才是现实追求①。不过，自康有为开始，试图以佛学来实现救亡图存与革新的"经世致用"佛教居士运动就此拉开帷幕。

继康有为之后，将佛学当作革新与救世之思想工具的是谭嗣同。甲午中日战争爆发不久，谭嗣同首在浏阳设立学会，提倡新学，成为湖南新学的起点。尔后听闻康有为在北京和上海建立强学会，集应天下仁人志士。于是北上拜访，在北京强学会担任记篆职务。与康有为相见之后，对其讲学宗旨和经世条理颇为赞同，以私淑弟子自称。同时亦与梁启超结识。光绪二十二年（1896），因父命就官为候补知府，旅居南京一年。期间闭门养心读书，探究孔、佛等学说的精奥，"衍绎南海之宗旨，成《仁学》一书"②。正是这一期间，谭嗣同师从杨文会，系统学习佛学。梁启超在《清代学术概论》中提道：杨文会精通法相、华严两宗，以净土为教学，谭嗣同于南京从学一年，"本其所得以著《仁学》"③。

晚清以降，国势不断衰微，无论是今文经学家还是古文经学家，一定程度上都表达了对以儒家经学治国安民效果的担忧，毕竟经学在清代曾辉煌一时。对于儒学的迂腐与无能，康有为明确说道：孔子之时，君子法度，就已经变得绵密而且烦琐④，更何况，"其

---

① 如重视教育，主张男女平等、婚姻自主等。实质是以西方的天赋人权、自由、平等、博爱等原则，否定封建君主专制、封建宗法制度和封建等级制的社会现实。大同社会带有明显的空想主义色彩。

② 梁启超：《谭嗣同传》，《清议报》，1901年第4期。

③ 梁启超：《清代学术概论》，上海：上海古籍出版社，1998年版。

④ 蔡尚思、方行编：《谭嗣同全集》，北京：中华书局，1981年版。

学数传而绝，乃并至粗及浅者"①，保留下的所谓伦常礼义，都是一些束缚思想和钳制人心的陈旧观念。而且早已深入人心，一时半会难以变革，因而"既已为据乱之世，孔无如之何也"②。

佛教具有严密的逻辑思辨性和强烈的社会批判意识，对客观世界的否定和救度众生的慈悲精神，恰好迎合了谭嗣同对社会的批判以及改造社会的救世精神。他的仁学思想，以通为第一义，表示要改革时弊，破除封建名教、伦常、等级制度、亲属分别、我执，宣扬平等、博爱、民主、科学和大同。

谭嗣同的思想来源较为驳杂，梁启超评价《仁学》是将科学、哲学、宗教熔为一炉，使得更为适合人生之用③。佛教部分，选取"唯识宗""华严宗"为思想基础，汇通科学；以今文经学的"太平""大同"为世间法的极轨，汇通佛学。

谭嗣同极为赞同"三界唯心""万法唯识"，认为一切世间事物均是由心所造。

> 是故轮回者，不于生死而始有也，彼特大轮回耳。无时不生死，即无时非轮回。自有一出一处，一行一止，一语一默，一思一寂，一听一视，一饮一食，一梦一醒，一气缕，一血轮，彼去而此来，此连而彼断。去者死，来者又生；连者生，断者又死。何所为而生，何所为而死，乃终无能出于生死轮回之外，可哀矣哉！由念念相续而造之使成也。例乎此，则大轮回亦必念念所造成。佛故

---

① 蔡尚思、方行编：《谭嗣同全集》，北京：中华书局，1981 年版。
② 同上。
③ 梁启超：《清代学术概论》，上海：上海古籍出版社，1998 年版。

说"三界惟心"，又说"一切惟心所造"①。

生死轮回，本是人世间最痛苦的事，如果能彻悟到生生死死不过是人们念念相续造成的，则能超脱于此。况且佛教讲实相并非独立于现象世界之外，一切现象当体即是真实的显现，"佛外无众生，众生外无佛。虽真性不动，依然随处现身。虽流转世间，依然遍满法界"②。同时，谭嗣同推崇唯识宗的转识成智，认为只有这样，才能认清世间真实③。此外，假借唯识学的转依思想，谭嗣同积极倡导改造旧有世界，建立民主、科学、平等的新世界。革命总是避免不了流血牺牲，故而仁人志士不应当好生恶死，畏惧死亡，致使人祸横行而无动于衷。谭嗣同基于佛教理论解说何谓真正的生死，呼吁人们积极参与社会变革：

> 好生而恶死，可谓大惑不解者矣，盖于不生不灭瞢焉。瞢而惑，故明知是义，特不胜其死亡之惧，缩朒而不敢为，方更于人祸之所不及，益以纵肆于恶。而顾景汲汲，而四方甍甍，惟取自心快已尔，天下岂复有可治也。……今使灵魂之说明，虽至闇者犹知死后有莫大之事及无穷之苦乐，必不于生前之暂苦暂乐而生贪著厌离之想，知天堂地狱森列于心目，必不敢欺饰放纵，将日迁善以自兢惕。知身为不死之物，虽杀之亦不死，则成仁取义，必无恒怖于其衷。且此生未及竟者，来生固可以补之，

---

① 蔡尚思、方行编：《谭嗣同全集》，北京：中华书局，1981年版。
② 同上。
③ 同上。

复何所惮而不矗矗 ① ！

对于佛教存在的价值，1900年蔡元培撰文发表《佛教护国论》，阐述以佛教救世救人心的主张。

正如孟子所言，人如果"饱食、暖衣、逸居而无教，则近于禽兽" ②。"国无教，则人近禽兽而国亡"，因而，他认为教的存在，以护国为宗旨 ③。

纵观我国儒释道三教，蔡元培认为，儒家孔子宣扬保留君主，对于无君的民权思想隐而不发，似佛教的小乘；及至孟子生活的时代，民权思想萌芽，方主张民权而不废君主，似佛教的权大乘；只有庄子以语言的形式阐释有民无君的民权思想，似佛教的实大乘 ④。尔后，佛教传入，因为缺乏外在环境，加之被利禄熏染，儒释道三家民权思想形同绝迹。通过井上氏之书，蔡元培明白佛教正是诠释无君的民权思想。至于基督教，认为此教崇尚上帝审判，反对哲学，是"极无理者"。更甚者，"耶氏之徒，能摄取社会之文物以为食，体魄甚恶，如猛兽也，脑质虽蠢，而逞其暴力，非寻常之人所能制也"，趁着如佛虚弱之际，"浸寻而欲占我孔教之虚矣" ⑤。面对基督教的虎视眈眈，"儒家扼于世法，集网甚密也，资本无处也"，难以堪当大任，"学者而有志护国焉者，舍佛教而何藉也" ⑥ ？

---

① 蔡尚思、方行编：《谭嗣同全集》，北京：中华书局，1981 年版。

② 《孟子》。

③ 高平叔编：《蔡元培全集第一卷》，北京：中华书局，1984 年版。

④ 同上。蔡元培标注"论语＝君主＝小乘，孟子＝民权不废君＝权大乘，庄子＝有民无君＝实大乘"。

⑤ 高平叔编：《蔡元培全集第一卷》，北京：中华书局，1984 年版。

⑥ 同上。

蔡元培对佛教的倡导，一方面是佛教宣扬所谓的"无君而民权"思想，符合民主革命的主张；另一方面，似乎认为儒释道三家中，现今唯有佛教能够抵制基督教的传播，重建世人的道德和价值信念。

纵观这种由出入儒释、广纳西学思想的士林居士发起的佛法救世运动，其本身并没有多少组织性而言，基本采取单打独斗的形式，虽然彼此之间存在着密切的私人联系。因而，这种基于士大夫修齐治平的社会责任的救世运动，缺乏行之有效的联动性，加之极具空想色彩，所产生的效应也就大打折扣，不足以给当时的社会带来振聋发聩的声音。

二、居士组织联合运动

近代中国佛教的复兴与发展，是一个不断进行改革、调试的历史进程，同样也伴随着各种各样矛盾与冲突。率先扛起复兴大旗的人是石埭居士杨文会，因而被称为"近代中国佛教复兴之父"。透过对这段历史的梳理，我们可以认为，近代中国佛教的发展，往往是居士身先士卒，大胆尝试，然后才有出家僧人跟进。

当我们追问为什么会这样时，不得不承认近代中国僧伽佛教的腐败与没落，加之政府高压干涉等种种原因，限制了绝大部分出家人的视野与高度。不过，通过杨文会等人的一系列努力，以及受到世界佛教运动的影响，中国佛教逐步走出低谷，开始"有意识"地展开运动。

　　清季以僧德失修，佛教不振，向以提倡而尊崇者，改变态度为轻蔑摧残。延及民国，政府以建国孔急，不遑顾问，社会以儒纲失组，转趋于佛，故佛教似乎稍振。

又环顾东西列强，对于佛教方兴未艾，印度佛教久衰，暹罗诸邦惟行小乘，日本虽亦昌明大乘，要为中国之昆闾，近欧美佛教徒来我国取法，而后恍然于国粹之不可以不保存①。

然而，单靠少数开明居士和僧人的努力，似乎难以带来巨大的变革，于是佛教徒联合运动进入日程。时值 1912 年南京临时政府成立，民主意识增强，为维护佛教权益，推进佛教发展，开始成立全国性的佛教组织。出家众方面，首先是太虚和仁山在镇江金山寺发起成立佛教协进会，但因受保守派僧人反扑而失败。同年春，敬安在上海留云寺成立中华佛教总会，一时成为全国最大的佛教组织，但 1915 年因《寺庙管理条例》，被袁世凯取缔；尔后更名为中华佛教会，1918 年同样因为《寺庙管理条例》被北洋政府取缔。

对于成立全国性的佛教协会，居士亦不甘落后。差不多与太虚同一时间，1912 年 2 月中旬，谢无量②于扬州发起成立佛教大同会，以研究佛学，进行慈善公益活动为主要目的③。尽管佛教大同会似乎也有出家僧人参与，但主导者仍是居士。依据 1912 年 3

---

① 黄夏年主编：《民国佛教期刊文献集成》第 51 册，北京：中国书店出版社，2008 年版。

② 谢无量，四川乐至人，早年入南洋公学，后游学日本，对宗教、哲学均有较深涉猎。

③ 参见 1912 年 2 月 21 日政府公报发布的《内务部批僧人谢楞伽等发起佛教大同会禀请立案》："（1）该僧等联合僧众发起佛教大同会，意在继持宗教，昌明佛理，广行慈善，提倡公益，本部极为嘉许。但须认定共和主义，合谋公益，方于社会有裨。（2）本部准予立案，速将该会组织详章呈部，以凭派员莅会监查一切。"

月 10 日发布的《临时政府公报》第 34 号文件，出现的《内务部批宁垣诸山请以佛教大同总会为僧界统一机关呈》《内务部批佛教大同会遵批开会暨合并各情形呈》；以及 4 月 1 日发布的《临时政府公报》第 54 号文件出现的《内务部批僧溥常等请另行开办佛教大同会呈》等，临时政府要求佛教大同会与中华佛教总会共同推选会长，但两会貌似存在比较大分歧，难以调和①。

民国元年（1912），另一个轰动一时的由居士主导的佛教协会，由杨文会一系弟子发起。杨文会逝世不久，李证刚、欧阳渐、桂伯华、黎端甫、梅光羲、邱晞明、张尔田等七人试图成立全国性的"佛教会"，追求集合佛教四众共力策进弘扬佛法，"以求世界永久之平和及众生完全之幸福为宗旨"②。成立初始，专门向民国政府、孙中山总统表明佛教会的宗旨、义务和权力，要求政府予以承认、支持和保护。根据《佛学丛报》第二期刊登的《佛教会要求民国政府承认条件》一文，我们可以大致了解基本内容。该文件的第一款主要阐述了佛教会应当履行的义务——说教、教育、慈善，应当获得的权利——承认、保护、平等对待、自由布教、财务监督、整顿教务、调和争竞、请求特殊保护、涉教司法审判之旁听与复议。第二款表述实施绝对政教分离政策，政府不得干预佛教会合法行为，佛教会不丁涉教外事业。第二款要求政府将订立保护专条并列入法典。第四款需要时可向政府提议修证③。

从请求文件的第一款权益部分可鉴，对内而言，佛教会极为看重教内的领导权、监督权。对外而言，佛教作为一个整体急需

---

① 叶兵：《虚云和尚在一九一二》。
② 《佛教会大纲》，《佛学丛报》，1912 年第 2 期。
③ 《佛教会要求民国政府承认条件》，《佛学丛报》，1912 年第 2 期。

宗教政策上的平等权。综合第二款政教分离主张，大致可以推测：首先，佛教会希望改变佛教的外在生存环境，被政府予以平等对待，同时不干预佛教的内部事务。因为一方面，佛教在晚清庙产兴学运动中备受冲击，大量寺产被侵占；另一方面，外来宗教在各种不平等条约的荫蔽之下，对佛教形成了各种挤压。其次，佛教经过几个世纪的发展，业已成为中国第一大宗教，但是直到民国政府成立以前，也没有一个全国性的组织，佛教会作为一个由居士发动的组织，其合法性和权威性都存在较大疑问，因此获得政府对其权力的认可一定程度上能够解决这个问题。

佛教会上书不久，孙中山即复函，对佛教会诸人"补弊救偏，既畅宗风，亦裨世道"的功绩给予肯定和赞叹；对政教分离的做法，政府承诺予以保护和支持；还特别提及，民国临时约法已载明中华民国人民一律平等，人民享有信教自由等权利。佛教会的主张和要求符合民国约法精神，应当体恤和奉行；并交由教育部存案。孙中山对佛教会要求的批复——《饬教育部准佛教会立案令》，内容与致佛教会的复函基本一致，最后提到"合将该会大纲发交该部，仰即查照批准立案可也。要求条件一纸并发"①。

佛教会得到总统批复后，随即召开成立大会，广为宣扬佛教会大纲、致政府的复函等，于南京设立办事处，创办月刊等等，成为了第一个由居士主导的全国性佛教组织，一时声势鹊起。据研究，佛教会成立后，曾发布《警告佛子文》，大意指僧众在应付经忏、争夺庙产的运动中已经腐朽，难以适应新的共和国家，提出佛教改革构想，主张佛教徒不分僧俗，能者为上，共同开创新局面。不过，"他们用极激烈的口吻，指摘出家众无知短见，

---

① 《孙中山全集》第二卷，北京：中华书局，1982年版。

破见破戒，因而引起诸山长老大肆攻击"①。佛教会部分人士，尤其是李证刚展开积极回应，可惜言辞过于激烈，导致僧俗的不满，引起佛教缁素之净，失去社会支持，以至于部分人士退出佛教会。后来，李证刚、欧阳渐等自行解散了"初生"的佛教会，第一个全国性的佛教居士组织运动宣告失败。

纵观这次居士佛教运动，失败的原因是多方面的。第一，如释宗仰以"中央"笔名发表的《佛教进行商榷书》所指，佛教会、大同会、佛教协进会等"主张急进，举步即颠"②，部分开明居士对民国时期佛教的发展虽有较高热情和悲心，但没有实事求是依据当时的国情做出合理的设计，主张过于激进，未能充分尊重基本事实（中国佛教向来是一盘散沙）。第二，佛教会实质上是以居士为绝对主导的佛教组织，而中国佛教的传统历来是以出家僧团为权力核心，佛教会想要统领全国僧俗二众共同努力革新，于教界的权威性存在较大问题，以在家众领导出家众暂无可能。加之对僧伽的指责，引发僧俗争论，失去佛教界巨头——僧界的支持，无疑是先天不足，后天失调。第三，佛教会上书民国政府，要求政府对佛教会的教内领导权和监督权予以充分认同，甚至希望政府将此列入法典，给予保护。但与此同时又主张绝对的政教分离，政府不干预佛教内部事务，两者显然是互相矛盾的。此外，国民政府刚刚建立，对于宗教事务无从顾及，所谓的保护和政教分离也就止于文件，没有真正效力。第四，从《佛教会大纲》来看，李证刚等人试图将佛教会设计成一个由中央到地方三级（总会、

---

① 书新：《开国时期的佛教与佛教徒》，《中国佛教史论集（民国佛教篇）》，台北：大乘文化出版，1976 年版。

② 《佛教进行商榷书》，《佛学丛报》，1912 年第 2 期。

总分会、分会）架构，具备垂直管理体系的权威性领导机构，不似一个指导性的协会，更像是行政机构，忽视"历代管理宗教的部门也是按照属地管理的原则来进行管理"①，既不符合历史，也不合乎现实。多重因素的共同作用，佛教会的失败也就在所难免。

佛教会的失败，并不意味着居士联合运动的结束。根据民国临时约法精神，人民享有集会、结社、宗教信仰等自由，政府对于居士组建各种联合性组织不加干涉，各种地方性居士联合运动此起彼伏。

1924 年由宁达蕴、张宗载等发起，礼请太虚为导师，在武汉成立佛化新青年会。此后得到政界、学界支持，陆续在厦门、泉州、重庆、成都、台湾等成立相应组织，发展至全国各地。佛教新青年会宣称肩负八大使命，"本会第一件使命——在铲除旧佛徒的腐污，显露出佛化的真面目，使悬想中的他方净土，变在在人间可能实现的新新社会。本会第二件使命——在打破一切鬼教神教中学西学的迷信，使有志和我们同做这种工作的人，得着一条极平稳安舒的路，走入这可能可见无烦无恼的极乐世界"②。此公告发布，随即遭到僧界猛烈批判，北京僧界致书太虚表示抗议，太虚亦批判"未免过激"③。1926 年后，佛化新青年运动因为种种原因而失败。

根据太虚追忆，民国九年（1920）到民国十六年（1927）间，各地时常发生侵夺寺产的事情。1926 年以程雪楼、冯梦华、王一

---

① 黄夏年：《中国近代史最早的佛教居士组织——佛教会》，《世界宗教研究》，2011 年第 5 期。

② 《佛化新青年对于世界人类同胞所负的八大使命》，《佛化新青年》创刊号，1923 年。

③ 《尺牍》，《海潮音文库》第三册，上海：佛学书局，1932 年版。

亭、施省之等为主导的一群居士在上海联合成立佛教维持会，制止各种诸如封闭寺院、没收寺产、驱逐僧人等暴行，为佛教护法，极受僧俗欢迎[①]。

民国时期，出于复兴佛教的目的，居士成立了各种各样的联合组织，展开各种形式的活动，或侧重佛教改革，试图革除佛教的各种腐朽、弊端；或侧重保护庙产，为佛教界做种种护持。然而，凡是从居士层面出发，力图革新传统佛教的联合运动，只要一踩到僧俗二众主导权这个"红线"，大多遭到僧团的一致反对，以失败告终。其余不涉及这一问题的居士联合运动，则相对顺利得多，一般都能受到僧俗支持与欢迎。不同于纯粹知识界的佛法救世运动，由这些活跃在佛教界的核心居士发动的联合行动，因为采取联系较为紧密的社团化组织形式，在各自的领域，或多或少都产生了一定的效用。

三、经典辨伪与唯识学复兴运动

具备浓重经世色彩的今文经学运动，试图将儒家经典与佛教、西学等融合，积极寻求救世与救心的良方。传统单纯重视学理研究的古文经学，一时隐匿不行。不过，世人重视学理研究的兴趣却未就此戛然而止。随着辛亥革命爆发，清政权被推翻，民国政府建立，追求以佛法济世的历史使命已经不复存在，知识分子的热情开始由从佛法中引申、重建道德价值体系，转向文化本位的研究[②]。经由居士展开的近代佛教义学复兴运动，某种意义上正是

---

① 《追念王一亭长者》，《海潮音》，第 19 卷第 11 期。

② 龚隽：《觉悟与迷情：论中国佛教思想》，上海：上海古籍出版社，2012 年版。

这种传统学理志趣的延续与发展。

近代居士佛学研究运动的兴起形成了一个内容庞杂的体系，包括经典考据与辨析、唯识学复兴、佛教史梳理等诸多领域，彼此之间亦相互交涉。支撑这场居士佛学研究运动的内在指导思想，根植于近代理性主义精神。欧阳渐认为佛教信仰不是封建迷信，而是"解行相应"，应当允许对经典进行大胆的讨论与理性的研究，"一信以往，次解次行，大有事在。既非盲从，亦非臆度，研求有的，解无量也"①，抛弃盲从和主观猜测，予以批判性继承。梁启超在《清代学术概论》中批评说，中国人迷信甚深，种种巫术、扶乩、图谶等随着佛教流行而复活，佛教徒从中推波助澜。长此以往，佛学必将成为思想界一大障碍。中国发展的新机运，情感方面当为新文学新美术，理性方面当为新佛教②。

正是基于理性主义思想的指导，近代居士佛学复兴运动出现了与传统佛学不一样的风貌。其中一个显著的动作就是展开对佛教经典的考证、辨析。其中，围绕《大乘起信论》的辩论最为典型。

最早记载《起信论》的经录是隋代开皇十四年（594）法经的《众经目录》，传为真谛所译，但真谛目录无此记载，故列入疑惑部。开皇十七年费长房的《历代三宝纪》开始标为真谛译。此后经录多沿用此观点，只是译出时间不一。不过对该论的质疑一直不绝，如吉藏的弟子惠均、新罗僧珍嵩等。近代首先由日本学者发起论战，1906年舟桥一哉提出本论由中国人撰写。1919年望月信亨开始系统研究，最终得出由梁陈之际北方地论师昙尊口授、昙迁笔录而成。羽溪了义认为此论与《奥义书》思想相通，为印度人作。常盘大

---

① 石峻、楼宇烈、方立天等：《中国佛教思想资料选编》第三卷第四册，北京：中华书局，1981年版。
② 梁启超：《清代学术概论》，上海：上海古籍出版社，1998年版。

定认为此论与《楞伽经》思想一致，非伪作。村上专精比较此论与《摄大乘论》，认为非真谛译。1926 年，松本文三郎认为法经录只是列入疑惑部，不能断定为中国人撰。林屋友次郎论从文献与史料考证认为是印度撰述。铃木宗忠从史料学角度得出印度撰、非真谛译[①]。

近代中国佛学研究深受日本影响，章太炎最早关于这一问题，撰写《大乘起信论辩》，从经录、传记、思想、史地等多方面申辩、论证，确认为马鸣造。梁启超随后作《大乘起信论考证》，综合日本学界的论述，认为从义理角度看，《起信论》主要调和魏晋南北朝的各种中国佛学思想，非马鸣造、真谛译，"一旦忽证明其出于我先民之手，吾之欢喜踊跃乃不可言喻"[②]。支那内学院方面，欧阳渐从唯识学出发，反对"真如缘起"说，批判真如与无明互熏理论，认为"《起信论》出，独帜法坛，支离笼统之害千有余年，至今不息"[③]。欧阳渐的学生王恩洋继承其师观点，同意日本学者的考订，进一步从因明（染净互熏是异类相因）、义理（不承认印度真常宗的存在）等角度抨击，认为"出于梁陈小儿之作"[④]。吕澂则从考据学出发，认为魏译《楞伽经》并非忠于梵文本，存在不少错误，《起信论》则是对魏译《楞伽》的模仿和曲解，成为"本觉"思想之滥觞。

对于支那内学院的考证与批判，以太虚为领导的武昌佛学院咸起净辩，集《起信论》研究专书，为《起信论》做种种汇通与辩护。居士方面，陈维东对王恩洋发难，作《料简起信论料简》，

---

① 萧萐父释译：《大乘起信论》，北京：东方出版社，2020 年版。
② 梁启超：《佛学研究十八篇》，上海：上海古籍出版社，2012 年版。
③ 欧阳竟无：《内学杂著·杨仁山居士传》，金陵刻经处版。
④ 王恩洋：《大乘起信论料简》，《学衡》，第 17 期。

反对王氏之允许空有二宗的判教思想，认为真如缘起说圆融无碍。唐大圆连作三文，与太虚、常惺法师等人共同论证，起信论不违唯识学，统摄性相二宗。此后，支那内学院与武昌佛学院之间反复辩证，互不相让，吕澂、印顺等亦给予了持续关注。

以《起信论》为肇始，批判疑伪经的思潮不断扩大，涉及《楞严经》《圆觉经》《仁王般若经》《梵网经》《占察经》《四十二章经》等一系列经典。纵观这场旷日持久的论证，支那内学院之所以不断从唯识学角度出发，对经典进行质疑，乃是源于拣择纯正佛法的考量，进而在批判的基础上构建佛学体系。以武昌佛学院为代表的传统佛教界，认为佛学与世俗学问之间有着清晰的区别，是基于信仰的体悟以达内证，完全依据西方理性主义作学术性的研究并不可取。这场论证，预示着不同的思想路径，一者基于居士的"求真"历史学意识，一者基于僧侣的"求信"宗教家意识，"变成了一道谁也跨不过去的，由是非与真伪划开的天堑"①。

支那内学院之所以对《大乘起信论》《圆觉经》《楞严经》等佛教经典展开质疑，是基于回归纯正佛法的愿景。对于印度佛教，自欧阳渐开始，概只承认存在般若空宗、唯识有宗②，吕澂更进一步认为，印度佛教围绕"性寂"展开，如来藏思想酝酿于唯识学中，没有独立成系；中国佛教经由《大乘起信论》《楞严经》等伪书，发展为"性觉"思想③。支那内学院之研究，实际是以唯识学拣择

---

① 葛兆光：《是非与真伪之间——关于〈大乘起信论〉》争辩的随想》，《读书》，1992年第1期。

② 欧阳渐于《内学杂著·覆张君劢书》提道："渐近二十年来研究诸部，得佛法全体之统绪，曰《般若》《瑜伽》之教，龙树、无著之学，罗什、玄奘之文。"

③ 吕澂：《试论中国佛学有关心性的基本思想》，《吕澂佛学论著选集卷三》，济南：齐鲁书社，1991年版。

佛法，而这一思潮兴起的内在机要，正是唯识学的复兴。

中国佛教史上，以慈恩宗为代表的法相唯识学，仅四传至智周便泯没无闻，晚明时期，渐为世人重视，可惜经典不存，研究举步维艰，讹误较多。唯识学的真正复兴，待至晚清杨文会从日本寻回一系列经典。杨文会本人虽教宗贤首，行在弥陀，但对唯识学十分重视，"研究因明、唯识期必彻底，为学者楷模，俾不颟顸笼统，走入外道而不自觉"①。门下子弟，各有所长，尤其在唯识学方面，良才颇多，"谭嗣同善华严，桂柏华善密宗，黎端甫善三论，而唯识法相之学有章太炎、孙少侯、梅撷芸、李证刚、蒯若木、欧阳渐等"②。

章太炎认为，中国佛学里唯禅宗独盛，是因为"自贵其心"，与中国心理相合，然而禅宗末流，徒事机锋，丧失了本旨，"是故推见本原，则以法相为其根核"③。对于佛学，章太炎的研究基本是处于"求智"之目的，与其将佛法称为宗教，更宁愿认作"哲学之实证者"，希望透过自由的研究，在哲学理论上"获见光明"④。关于转治唯识学的契机，与他早年的考据学素养不无关系，认为唯识学以分析名相为开始，以排遣名相为终，"解此以还，乃达大乘深趣"⑤。正是基于哲学知识的兴趣，章太炎在理论研究上虽以唯识学为根本，但并不独尊唯识学，而是以唯识学理论为准绳，

---

① 王雷泉编选：《欧阳渐文选》，上海：上海远东出版社，2011 年版。

② 同上。

③ 《章太炎全集》第 4 册，上海：上海人民出版社，1985 年版。

④ 章太炎：《论佛法与宗教、哲学及现实之关系》，《中国哲学》第六辑，上海：三联出版社，1981 年版。

⑤ 章太炎：《菿汉微言》，《章太炎全集》，上海：上海人民出版社，2015 年版。

采取融合一切认可的东西方哲学，"余向以三性、三无性，抉择东西玄学，诸有凝滞，煮然理解"①，"唯有把佛与老庄和合，这才是善权大士救时应务的第一良法"②。以欧阳渐、吕澂、王恩洋等为首的支那内学院，透过对经典的辨析，认为如来藏系佛教是相似教，主张回归印度佛教，意在恢复玄奘传来的唯识学传统。与章太炎融会东西方哲学不同，内学院反对以内学比附外学，采取西方的学术立场，通过文献学、语言学、历史学等方法，梳理经典、概念、义理。此外，近代唯识学的复兴，韩清净及其创立的三时学会同样功不可没。

探究近代唯识学复兴的原因，与西方文化的传播，尤其是科学理性精神不无关系。唯识学从严密的现象分析入手，经由逻辑的推理，采取实证的方法，符合世人理解、回应，甚至超越西学的美好诉求。其次，唯识学的兴起，或多或少还与清代经学（朴学）的学术思潮有关，如章太炎所说。再者，唯识学作为在中国边缘化的印度佛教思想，"不需为近代中国佛教的衰败与俗化负责……具有未被污染与俗化的纯粹性质，可以担当革新的角色"③。

纵观近代唯识学的复兴，我们可以认为，主要由如下几个佛学研究机构共同推动：祇洹精舍、支那内学院、武昌佛学院、三时学会。也可以说，近代佛学的复兴，大抵应当归功于这种高度融合信仰与学术的宗教团体。

---

① 章太炎：《频加精舍校刊大藏经序》，《佛学丛报创刊号》，1912年。

② 章太炎：《论佛法与宗教、哲学及现实之关系》，《中国哲学》第六辑，上海：三联出版社，1981年版。

③ 周贵华：《中国二十世纪唯识学研究略析》，《佛学研究》，2010年。

第四章　僧俗关系争论中的居士佛教

随着时空因素的变换，基于传统制度上的社会关系必然会遭遇变革的需求。佛教在印度和中国的生存环境差异巨大，原始佛教强调出离世间，彻底灭尽烦恼，形成了以出家僧团为核心的"僧尊俗卑"的基本模式。自大乘佛教崛起，解脱不再局限于出家证得阿罗汉果位这一唯一路径，成佛、成就无上正等正觉成为最高的理想，在家与出家的鸿沟被逾越，以菩萨为实践主体的在家人积极倡导"僧俗平等"。佛教进入中国，始终受到皇权的压制，无法独立存在于体制之外，但在庶民阶层，依然形成了以出家僧侣为权力（解脱）中心的构架。伴随着明清佛教的衰落，僧侣的整体佛学素养日益下降，其独立性、神圣性、权威性日渐消亡，与此相对，居士运动蓬勃兴起，僧俗关系成为佛教界一个重大议题，由此形成了一场旷日持久的论争。

第一节　欧阳渐"居士可以住持正法"

近代佛教改革进程中，居士佛教运动勃然而兴，率先对传统僧俗关系中"僧尊俗卑"的模式提出异议，其中最具代表性的人物，无疑是欧阳渐先生。

建构传统僧俗关系的原始佛教时期，出家众舍离世间伦理义务，放弃资生产业，效法佛陀寻求解脱，因为时常亲近佛陀，和合共住的缘故，听闻、修习佛法机会较在家人更多；又因无世俗事务的羁绊，能够专注于宗教理想的实践，将闻思修有机结合，无论是对佛陀教法的宏观把握，还是断除烦恼、成就解脱的修证实践，均具有较大的优势和较高的机率。同时，由于出家众远离世俗关系，隔绝社会其他思潮的影响，对佛教的传承趋于谨慎和保守。梵行解脱优先性的确立，修行生活的模范、表征作用等多重因素，促使出家众自然而然地承担起住持佛法的重任，亦即自觉担任"师"的角色。于俗众与僧众的关系构架中，取得神圣话语权者，也势必成为现实关系的主导一方。出家众藉由宗教身份与宗教职能①的双重设定成为僧俗关系的制定者，形成"僧尊俗卑"的伦理模式。

一、何谓"师"

1926 年，欧阳渐将支那内学院定位为居士道场，并立"师、悲、教、戒"四字院训，"师、悲"强调佛教修行者对于社会大众的责任，"教、戒"强调佛教修行者个人的理论学习与实践。翌年，欧阳渐在院刊《内学》第三辑刊发《支那内学院院训释》之《释师》《释悲》两部分。《释师训》部分，正是藉由对"师"的理解展开对传统僧俗关系的质疑，同时广引经论，以中印古德为例证，重点驳斥了长期以来弥漫在中国佛教界的十大方面的纷争，试图建构起新型的僧俗关系模式。

欧阳渐对佛教"师"的理解，根源于大乘佛教。师的存在对

① 吕凯文：《论僧俗二众之宗教教育——从僧俗身份的区分与宗教职能的定位谈起》，《世界宗教学刊》，2005 年第 5 期。

于佛教（大众）来说，即是具备出类拔萃的思想，以先觉者身份启发后觉者。人之所以为人，有情之所以为有情，都是为人师表的责任之存在，师的实质含义指向大乘佛教之菩萨行者。因而欧阳渐认为，师如同佛一般，堪为佛教中的第一义，欲为人师，即是发心作佛。换而言之，大乘佛教对佛道的追求以发菩提心为初始和核心，为人师表的职责就是化度众生；欲为人师，即是发菩提心。"佛者，第一义也，师者第一义也，今而欲作师，是之谓作佛。菩提心者第一义也，师者第一义也，今而与作师，是之为发心"①。作佛、发心、作师是一以贯之的，为人师表即是上求佛道，下化众生，严肃而神圣的事情。既然作佛、作师、发心同为第一义，是否可以独参第一义，而舍弃为师？欧阳渐显然不同意这种观点，佛教的存在，只为破除世间无明黑暗，能承担此任务者，不是偏向自利的独觉者，唯有菩萨方能发心度众，因而大乘佛教不舍众生的一面，即凸显"师"的担当。

推究近代佛教的衰落，欧阳渐认为其中一个重要的因素，即是追求师道者的衰落，但知有己都不负责。究其原因，是学佛者无凌霄之志——宏大发心。其次，不读经论——缺乏应有的佛学素养。由此，反复沉锢，终于使得神明潜蛰，劣菌弥密，执知有己而不堪担负起应有的责任②。

师的涵义涉及两个维度：法尔义和善巧义。法尔义，侧重于师之理体，即不经他之造作，天然自然的状态，亦即事物本来的相状。"法尔有因，法尔有缘。……因由自办，缘必依他"③。善巧，

① 王雷泉编选：《欧阳渐文选》，上海：上海远东出版社，2011年版。
② 同上。
③ 同上。

侧重于师的引导作用，即以有漏之学随顺无漏之智。记录过往史实、思想的语言文字，是为有漏。超言绝虑，唯有证悟方能契会之理是为无漏。学习、实践佛陀教法，正是透过有漏途径深入无漏智慧。如果不能懂得这一道理，则"学之径绝，入之术穷"，狐疑徘徊，邪见从生。师者，能传授正直之言，正直之言，无漏之等流，即同类引导；能广施闻教，受闻者，无漏之托变，即相似引导。初期随顺，浸润相似法，尔后以相似引入无漏，断除有漏。师的善巧义，正是体现在这一教化、引导作用上。

欧阳渐透过对上述"师"的诠释，一步步将"师"的定义指向理的方面。师，不应局限于传统佛教中所谓的出家众的外在物象，以及将果报作为标准予以评判，而应当是强调以明理与教化为核心。欧阳渐的概念中，师当以"知见"为体，不是以"得果"和"仪式"为体①。正如《摄大乘论》所述，透过多闻熏习，如理作意，悟入佛道，注定成就圣解，位居资粮菩萨②。相反，为师者，虽已证得果位，却不能深通广晓，只会炫耀神通，学法弟子无从闻法，进而也无法取得作意，必然难以产生胜解。倘若仅依据仪式，以色见声求，外表衣冠楚楚，内行邪道，是否可以作师？《法苑义林》引述《十轮经》所言，若无初三沙门，不得已在污道中求法，有破戒而不坏见者，可以亲事学习法要；若向破见者学习，则会断善根堕地狱，即使交游也不免被熏染，失圣法财。破戒而有正见，因缘俱足仍可续得戒法；相反，破见后善根断除，戒体亦随着消失。

在正见与果报神通，正见与戒法之间，欧阳渐显然倾向于前者，以正见为佛教的根本。正如他在《佛法非宗教非哲学而为今时所

---

① 王雷泉编选：《欧阳渐文选》，上海：上海远东出版社，2011年版。
② 同上。

必需》中提出佛法不同于宗教的四项理由。其中之一，佛教讲究"依法不依人"，法即正法、事理，虽是佛说，不合于法，亦不能从，不同于其他宗教迷信神或教主神圣、权威不可侵犯。其二，凡宗教都有信徒必须遵守的信条和戒约，倘若违犯，教乃不成。佛法，有究竟唯一的目的——大菩提，包括戒律在内的其他均是为方便。欲获得菩提智慧，必先定心，定心则需要戒律。戒律，外防干扰，内止邪念。"定以慧为目的，戒以定为目的，定者慧之方便，戒又方便之方便耳" ①。大乘菩萨利物济生，以菩提心为本根，虽十重律仪，权行不犯，退失菩提心则是犯戒。

由此可知，欧阳渐站在大乘佛教菩萨道的立场，以主智主义（intellectualism）为基本态度，反对传统佛教中的可带给佛教带来伤害的各种形式主义 ②，将正知正见（菩提心）作为佛教的根本。或者说，对于以住持、传播佛法为存在价值与意义的"师"，同样应当直达本源，以正知正见为体，舍弃各种不必要的形式主义。

二、辟谬

佛教群体，大致可以划分为出家众和在家众两大类。传统佛教体系架构中，出家众承担住持佛法的重任，是佛教三宝之一的"僧宝"，在佛教群体中占据主导地位。在家众，仅是佛法的接受者与佛教的护持者，附属于出家僧团，并不具备住持佛法的资格，不能参与僧团的日常事务，也就被排除在僧宝之外。

在某些佛教经典中，居士讲法被认为是末法时代的表征。道

---

① 王雷泉编选：《欧阳渐文选》，上海：上海远东出版社，2011 年版。
② 蓝吉富：《在家众可以住持正法吗？——比较太虚与欧阳渐对此一问题的不同见解》，《太虚全书》第 35 册，北京：宗教文化出版社，2005 年版。

世《法苑珠林》中引用的《大五浊经》，将白衣弘法视为乱事。

> 佛涅槃后当有五乱：一者，当来比丘从白衣学法，世之一乱。二者，白衣上坐，比丘处下，世之二乱。三者，比丘说法，不行承受；白衣说法，以为无上，世之三乱①。

由此可知，远自印度佛教开始，住持佛法似乎就被视作是出家众的专利，一旦有在家众试图逾越，即被视作"乱事"，当作末法时代的象征。

依据圣凯的研究，"僧伽以其'表象''中介''模范'的三大功能，成为佛教神圣性的最主要'表达'……对大众具有教化作用，基于出家众承担住持佛法的重任，具有修行解脱的优先性，由此形成佛教的僧尊俗卑、僧主俗从的伦理模式"②。大乘佛教兴起后，修行者以成佛为终极目标，以菩萨为实践佛法的宗教身份。菩萨涵盖出家、在家两大类，在家菩萨和出家菩萨均是以六度四摄等为基本修行方式。六度中，在般若波罗蜜的总领下，在家菩萨不仅具备"财施"的先天优势，而且获得法施、无畏施等权力。大乘佛教时期，在家菩萨由此具备了弘扬佛法，住持佛法、教团的权力与功能。《华严经》记载，善财童子参访的某些善知识，如弥伽大士、休舍优婆夷、毗目瞿沙仙人、慈行童女等就是弘法、领众的非出家人。又如《维摩诘所说经》中，维摩诘长者通达大乘教理，辩才无碍，善巧方便，以四摄六度法门摄受、利益声闻众、

---

① 《法苑珠林》，《大正藏》，第53卷，第1005页。
② 释圣凯：《印度佛教僧俗关系的基本模式》，《世界宗教研究》，2011年第3期。

菩萨众等，深受各界欢迎。另外，在家菩萨和出家菩萨，通过书写、读诵、供养等方便，实践六波罗蜜法门，依思维分别证入无分别智，均有可能获得无上正等正觉。也就是说，在修行的最高成就和修行的科目方面，在家众和出家众基本相同，没有本质区别。正是透过佛教的大乘化运动，原始佛教建构的"修行解脱的优先性"和"住持佛法的重任"双重优势被消解。大乘佛教以其超越性，实现了佛教徒宗教身份与宗教职能的平等性、一贯性，建构起"僧俗平等"的理想伦理模式。

佛教进入中国后，虽在南北朝时期基本确立以大乘作为中国佛教的主体，但形成了大小乘兼收并蓄的传统。大乘佛教理想上的僧俗平等，于中国佛教并未真正实现，现实中依然采用原始佛教的"出家僧团主持佛法"的定制。

明清以降，中国僧人素养普遍不高，却仍然依赖制度，坐拥各种既得利益，这对于近代佛教居士群体里的有识之士来说，显然是难以接受的。理想与现实之间的巨大张力，促使他们重新梳理问题，试图重现大乘佛教的"僧俗平等"理想宏图。

欧阳渐将传统以出家众为主导的教界，对在家佛教（徒）抵制与贬低的现象，归纳为十谬[①]：

1. 唯许声闻为僧。

2. 居士非僧类。

3. 居士全俗。

4. 居士非福田。

5. 在家无师范。

6. 白衣不当说法。

---

① 王雷泉编选：《欧阳渐文选》，上海：上海远东出版社，2011年版。

7. 在家不可阅戒。

8. 比丘不可就居士学。

9. 比丘绝对不礼拜。

10. 比丘不可与居士叙次。

欧阳渐对上述十种观点持完全否定态度，认为立教、制学、作师都是不得已而施设的种种方便，并不具备绝对的价值，不应该过分执着。正是因为上述"种种封畦，创为异议，执之不移，遂使大教日即式微陵夷，至于今日也"①。

对于第一条，唯许声闻为僧。欧阳竟无以《摩诃般若波罗蜜经》和《大智度论》为据，证明不只是声闻众可以为僧（声闻僧），在家菩萨也可以为僧（菩萨僧）。有佛说法，纯粹以菩萨为僧；又阿弥陀佛国，佛、声闻、菩萨杂而为僧。

对于第二条，居士非僧类。《法苑义林章》及其所引《十轮经》提道：成就别解脱戒，具足世间正见的真善异生，广为他人开示各种圣道法，可以名为下品示道沙门。窥基对《十轮经》的释评，认为在胜道、示道、命道、污道四种沙门中，唯胜道沙门为胜义僧，"圣道现前，断灭烦恼，内理无净，外事和合，可名僧宝。设非沙门，住圣道者，理无净故，皆名僧宝，与诸沙门种类同故"②。至于示道、命道二种，若非沙门者，虽持戒并具足正见，仅可为福田，不名为僧宝。欧阳渐认为，诸师意见基本一致——居士虽非正僧，然而可以视之为僧类，只是窥基主张必须是得果的居士，前者则认为正见居士即可；《涅槃经》明确诸佛重正见，以有漏趋向无漏。

对于第三条，居士全俗。欧阳渐认为与"俗"相对的是"乘"。

---

① 王雷泉编选：《欧阳渐文选》，上海：上海远东出版社，2011年版。

② 《大乘法苑义林章》，《大正藏》，第45卷，第344页。

《报恩经》里有居士不从师受，修道得果，名为独觉乘；《杂阿含经》《优婆塞戒经》《俱舍论》提到居士证得三果、四果；《大智度论》说四众尽漏通，名为声闻。因此，大小经论均同意声闻、独觉、菩萨允许有在家居士。

对于第四条，居士非福田。欧阳渐认为智者《梵网疏》死守戒条，不知权变，奠定居士绝对不田、不化缘的定制。然而，《首楞严经》《集一切福德三昧经》提到能十法行、法布施，是大福田。《法苑义林》说有戒见，能利物，是真福田。维摩诘居士食佛食，胜军居士食邑。由此可知，在家众发菩提心，有戒见，能弘法，可以成为福田，可以化缘。

对于第五条，在家无师范。欧阳渐认为智者大师为护比丘住持，注解《梵网经》无解作师戒、拣择受戒戒、为利作师戒，权说在家无师范，如果执为真实，有自教相违过，如《璎珞经》允许夫妇六亲相互为师。《华严经》《十地经论》《瑜伽师地论》均说菩萨可以为一切众生作师。《唯识述记》提到世亲时代的火辨，"形虽隐俗，而道高真侣"[1]，被称为论师，胜军居士亦是如此。因此，在家众可以作师。

对于第六条，白衣不当说法。欧阳渐认为，白衣高座，比丘站立于下，不合仪式。如果不高座，为何不可说法？释迦会上，众多在家众说法，时常被佛赞叹。《大智度论》等经论中飔陀婆罗、宝积王子、星得长者子等巧说因缘法，教导十方众生。智者《梵网疏》只是强调在家众说法止说一句一偈，不如法则犯戒，并没有说在家众不可说法。

对于第七条，在家不可阅戒。《瑜伽师地论》中戒律部分（《善

---

[1]　王雷泉编选：《欧阳渐文选》，上海：上海远东出版社，2011年版。

戒经》《地持经》同本）第二十五不许学小戒，规定菩萨应广泛听闻、受持声闻法教。第八戒，佛陀为护他故，于别解脱律仪中建立遮罪，制诸声闻令不造作，规定菩萨应当同等修学。众多戒典表明，在家众发菩提心，受菩萨戒后，可以阅读比丘戒律。

对于第八条，比丘不可就居士学。欧阳渐列举《华严经》中善财童子参访的有在家众、外道婆罗门等；舍利弗从文殊、维摩诘听闻不二法门；玄奘法师从胜军居士学唯识；表明比丘可以就学于居士。

对于第九条，比丘绝对不礼拜。《涅槃经》中佛告迦叶有志于学习大乘教法的菩萨，应当舍命供养知法者。《华严经·入法界品》中，善财童子不问僧俗，求得菩萨行后顶礼膜拜。相反，德光论师见弥勒菩萨非声闻相，不礼拜而不闻法。比丘不礼拜天子，合理；不礼拜善知识，非理。

对于第十条，比丘不可与居士叙次。《大智度论》提道：释迦会上，菩萨入声闻中坐。《梵网经》中"尊卑次第戒"，依受戒之先后次第而坐，义寂法师有三种解读，一是纯粹以菩萨戒为次第；一是如未受菩萨戒，比丘坐菩萨后，如已受，依戒腊；一是不分声闻、菩萨差别，一律按受戒先后顺序。《阿阇世王经》中，菩萨在声闻前。经论所争论的是谁前谁后，而不是比丘是否可以与居士叙次。

传统以出家众为绝对主导的佛教界，为维护"僧尊俗卑"的伦理结构，逐渐形成了上述定制，进而将教界控制权牢系手中。欧阳渐认为，十谬的本质，不仅仅是在剥脱居士固有的主持弘扬佛法的基本权力，甚至还是出家众对在家众的一种欺压。"但应奉事唯谨，一如奴仆之事主人，压迫不平等，乃至波及慧命。而为居士者，谦退又退，无所容于天地。嗟乎悲哉"①！

纵观欧阳渐对十谬的批驳，其核心是透过论证居士属于僧宝，进而明确居士拥有一系列属于僧宝的权力，其中最为关键的是住持佛法的资格。欧阳渐挑战传统出家众主导的佛教格局，之所以能产生如此振聋发聩的效应，一方面是时代背景及社会现状所决定。其本人作为一个虔诚的信徒，对明清以来佛教的衰微，尤其是对当时教界佛法的弘扬与传承现状感到痛心疾首，代表了有识之士的群体声音。比丘"不广就学，不拜善知识，不与人同群，间有参访，如不得已，忍而求求，行将速去，外顺同行，中怀慢志。……佛法封于一隅，一隅又复自愚，颟慢日炽，知识日微，又乌能续法王事，作诸功德，尽未来际！迫不得已，发沉痛语，应呕醒迷，幡然易趣，不应生误，谓虐谓鄙"②。"今也不然，师不必贤，弟不必学，唯衣食住以续以嗣，养父假子云礽百世。大厦已倾，言亦曷济，悠悠苍天，奈之何哉"③！另一方面，欧阳渐视野开阔，富有胆识，敢于向传统与权威发起异议；同时，佛学功底深厚，对于议题能够高屋建瓴，就经论文本和逻辑进行较为严谨的论证，使得"居士佛教"的说法，有理有据，有血有肉，而不是流于空洞的运动口号，呼唤起时代的共鸣。吕澂评价其师："揭在家众堪以住持正法之说，教证凿然，居士道场乃坚确不可动。"④

---

① 王雷泉编选：《欧阳渐文选》，上海：上海远东出版社，2011 年版。
② 王雷泉编选：《欧阳渐文选》，上海：上海远东出版社，2011 年版。
③ 同上。
④ 同上。

第二节 太虚"志在整兴佛教僧会"

民国肇兴的前夕，太虚辞别宁波远赴南京，进入金陵刻经处的祗洹精舍，师从杨仁山居士研修佛法，同学者尚有梅光羲、仁山、智光、欧阳渐、开悟等人。此时，欧阳渐已入学两年，是杨文会极为欣赏的弟子。太虚于祗洹精舍学佛虽仅半年时光，但进益颇多，对杨文会评价也颇高，"居士潜心佛理，数十年如一日，所造甚邃，尤殷殷以流通教典，奖进后学为心"①。未曾预想，此后近代中国佛教的改革运动，始终离不开欧阳渐与太虚两人的身影，一者领导居士教团发展，一者领导佛教教界革新。

一、僧为主，俗为辅

欧阳渐和太虚虽先后成为杨仁山居士的学生，同窗之谊却没有丝毫限制二人思想朝着不同的方向发展，乃至日后产生交锋。他们一为在家居士，一为出家比丘，宗教身份的差异，深刻影响了二者对僧俗关系，尤其是中国佛教界的住持佛法权力的认知。相较于欧阳渐的观念改革运动，太虚更愿意通过一系列的宗教改革实践，维护"出家为主、在家为辅"的僧俗关系模式，透过二众的合作，重振中国佛教。

太虚对僧俗关系的基本定位，正如1924年春发表的《志行自述》所言，"昔仲尼志在春秋，行在孝经；余则：'志在整兴佛教僧（住持僧）会（正信会），行在瑜伽菩萨戒本'，斯志斯行，

---

① 释太虚：《幻住室随笔》，《佛教月报》，1923年第4期。

余盖决定于民四之冬，而迄今持之弗渝者也。"① 早在二十五岁的时候，太虚便已经确定了人生志趣与宗教实践。行在瑜伽菩萨戒本，指的是以瑜伽菩萨戒作为佛教徒的基本行为轨范。佛教三学中，戒为初始，唯有清净的戒行，方能成就定与慧。依太虚的看法，定、慧需要戒辅助，定是使有"凝固之力"从而或行或止，慧是使有"决断之力"从而或行或止；定慧二者之思维与判断需转化为具体的行动实践，而这正好是戒所诠释的范畴——止与行，即止恶与行善②。相较于比丘具足戒，大乘菩萨戒以三聚净戒为纲领，即摄律仪、摄善法和摄众生，或止或行的道德实践，无非是落实为自觉觉他的菩萨行。无论是个人还是团体，都应当遵循这一基本原则。对于佛教菩萨行的理论梳理，太虚以瑜伽菩萨戒行来概括，对于佛法实践的主体，太虚寄希望于两大组织，即出家僧团与在家居士组织。出家僧团承担着住持佛法的重任，在家居士组织——正信会，起着外护作用。也就是说，太虚有志于整顿和复兴佛教僧团与居士组织，贯彻菩萨行，建设人生佛教，利益众生。

欧阳渐承继其师杨文会的佛教振兴计划，企图独立于出家僧团，以居士佛教为主体，确立近代佛教不同于历史传统的演进方向。作为探索与实践这一主张的重要战场，支那内学院可谓任重道远。筹备之初，即对外刊布《支那内学院简章》一文，声明内学院的基本办学章程。总章第一条宣称："本内学院以阐扬佛教、养成弘法利世之才，非养成出家自利之士为宗旨。"③ 依据字面所

---

①　释太虚：《志行自述》，《海潮音》，第五卷第一期。

②　同上。

③　《支那内学院简章》转引自《关于支那内学院文件之摘疑》，《海潮音》，第一卷第一期。

述，似乎包含两层含义：其一，内学院的办学宗旨是阐明佛教，培养专业弘法人才；其二，并非只限于培养出家人，且把出家人贬称为只求自利。依章太炎所言，降及清代，"佛法不在缁衣，而流入居士长者间"①。内学院简章，显然暗含着对出家僧众在弘法利生所做所行的不满，"确有讥嫌之意"②，仿佛出家人都是自私自利之徒。太虚在读到"缘起叙及简章"后，对此一条颇有异议。随即于《海潮音》发表《关于支那内学院文件之摘疑》一文，一连四问——"阐扬佛教，果无须出家之士乎？弘法利世，果有不可出家之意乎？出家之究竟果唯自利乎？出家人中果不能有弘法利世之才以阐扬佛教乎"③，予以质疑。在太虚看来，犹如国家的主权、领土和公民，佛法僧对于佛教来说不可或缺，而作为住持三宝之一的僧宝，概指出家众。出家者，无家人的羁绊而可以不为谋生而奔波，专注于阐扬佛教，弘法利生。当然，因与世俗社会、制度保持一定的距离，或有难以通假便宜之处。居士虽身处世俗有弘法利人之利益，然而为生计、家事所累，难以专心致志于佛法。长短相较，不具优势。况且，居士壮年时期利世，晚年修己，僧人早期自度，尔后度人，各有其担当。因而，太虚极为赞同章太炎《建立宗教论》中的观点，"宏传佛教，于沙门、居士二者不可偏废"④，应当平允对待，切勿隔别僧俗。即使如章太炎所言之清代以降的佛教状况，僧人中也不乏大量禅、净实修之士。何况，居士说法，容易掺杂外道思想，致人误入旁门左道。

---

① 章太炎：《支那内学院缘起》，《中国哲学第 6 辑》，1981 年。

② 温金玉：《欧阳渐与〈辨方便与僧制〉》，《佛学研究》，2013 年第 1 期。

③ 《关于支那内学院文件之摘疑》，《海潮音》，第一卷第一期。

④ 同上。

　　面对太虚的诘问，支那内学院也感觉用词欠妥当，或许亦部分认同太虚的观点，由丘檗（晞明）致函太虚，改为"非养成趣寂自利之士"，不是要简别所有出家人，仅指其中唯知自私部分①。

　　显而易见，太虚虽然认为僧团和居士在弘法方面，各有利弊，应当集结二者，为传播佛教共同努力。但实际上更倾向于以出家众来住持佛法，因其志业所向，故能心无旁骛。何况，佛教住持三宝之僧宝，历来都是指的出家众②。因而，太虚撰文提出质疑，名义上希望僧俗二众精诚合作，给予居士弘扬佛法的肯定（非住持佛法），实质上仍是为出家众辩护，企图维护僧人住持佛法的核心权力。

　　正是秉承着一贯理念，太虚对于欧阳渐主张的"居士在僧数，可以住持佛法，为出家者之师，得受出家者礼拜"等言论不予认同，直言住持佛法是出家众的职责，非在家众。

　　太虚将佛教徒分为两大类——信众和僧众，认为世尊说五乘佛法，戒律仪轨方面却重在声闻乘。汉传佛教教理上推崇大乘，律仪上则随同声闻，即所谓外现声闻相，内密菩萨行。他方世界纯一大乘，菩萨出家为僧，以菩萨戒为规范。汉地佛教，既然依据声闻律仪，则菩萨舍俗入僧必然依声闻律仪住，如曹溪惠能，先受得大乘佛法，后于法性寺出家受具足戒。在家菩萨概属于居士众，无论在形式上还是仪制上都随俗，因而不具备住持佛法的资格。倘若出家为僧，菩萨概属于出家众，以波罗提木叉为师，

---

　　①　释印顺：《太虚大师年谱》，《印顺法师佛学著作全集第六卷》，北京：中华书局，2009 年版。

　　②　《关于支那内学院文件之摘疑》，《海潮音》，第一卷第一期。

依毗奈耶处住，则能够住持佛法。三宝之同体三宝、别相三宝非通常情况所及，不具备普遍参考价值①。太虚强调，于现世、大众而言，应当以住持三宝为中心。僧宝作为落实佛宝、法宝效力的核心，是信众的信奉对象，"势不能不择善根具足者而度"②。拣择正信具足的出家僧，建立僧为主，俗为辅的模式，最为可行。

另一方面，太虚从戒律方面考量，勘定住持佛法的重任只能由出家僧团担当。太虚引述经典认为，《梵网经》是"法身金刚心地之善根"，非释迦牟尼为人间教团安立的戒律。佛在人间安立的律仪戒，唯有在家、出家等七种。《瑜伽师地论》以摄律仪戒摄持三聚净戒，使令众和合；善能守护律仪者，方能护持摄善法戒、摄众生戒，反之亦然；"是故若有毁律仪戒，名毁一切菩萨律仪"③。就在家居士二众而言，戒法的纳受虽不必如出家众一样先于戒堂学习，然后登坛受戒。但必须从出家二众（比丘、比丘尼）受得④。这种在佛像前从师受戒的方式，是为名字受菩萨戒⑤。太虚认为，受菩萨戒的方式即使有多种，为维护僧制，出家

---

① 太虚认为："若据同体三宝，此为即心自性功德，生佛平等；若论别相三宝，此为果圣因贤教证，圣凡差别。"同体三宝，指向体性（真如），不涉及具体事相。别相三宝之僧宝——声闻、缘觉、菩萨等圣人，于末法时期的婆婆世界显然太过高远。因而，太虚无疑是以住持三宝之僧宝为近代佛教的探讨、建设、规范之对象。僧制改革，即围绕住持三宝之出家僧团展开。

② 释太虚：《佛法救世主义》。

③ 《瑜伽师地论》，《大正藏》，第30卷，第711页。

④ 《梵网经》规定，若千里内无能授戒师，在佛菩萨形像前自誓受戒，需要得见好相；或者依凭已受菩萨戒的法师受戒，即得戒。然而，太虚提倡"行在瑜伽菩萨戒本"，显然在理论与实践方面都是以瑜伽菩萨戒为根据。

⑤ 尚有冥资受菩萨戒：若为鬼畜神天等说菩萨戒，大悲冥益，资熏善根；实义受菩萨戒：一切众生，无论僧俗，凡悟实相，了知甚深菩萨戒义，或佛经

菩萨必须从比丘菩萨受戒。世尊灭后，以戒为师，戒律的存在与否，关涉佛教能否相续不断。因而，在俗居士秉持一戒乃至五戒，出家众严格奉守沙弥乃至比丘戒。出家僧团要想成为合格的僧宝，"必须依众和合学处修习"①。即使如曹溪惠能等大乘佛法人，仍纳受比丘戒，即菩萨比丘，"所谓情悲末法，有志住持者也"②。

　　在太虚的解读与诠释中，是否能够承担住持佛法的重任，不仅关涉佛教义理的传承，而且与佛教戒律息息相关。《大般涅槃经后分·遗教品》中阿难问世尊灭后，以何为师，世尊回答："尸波罗戒，是汝大师；依之修行，能得出世甚深定慧。"③佛教东传初期，戒律的翻译与传承远远落后于教义与实修，于是道安率先垂制规范，整顿僧团，其后始有诸部广律的翻译与传播。以魏嘉平年间行至洛阳的昙柯迦罗所见，当时汉地虽有佛法而道风讹替，虽有僧众而无归戒，只是"剪落殊俗，设复斋忏，事法祠祀"④，稍异于俗众，显得尤为混乱和衰敝。戒律的缺失，意味着佛教存在的不完整性，信徒也无法藉由戒定慧三学获得觉悟和解脱。佛教在形制与事法上也无法与传统儒道中斋醮、祭祀等区分开来。如此，佛教则不足以在对内和对外两个向度中同时实现求同与存异，凸显自身的独立性，维持法脉传承。正是基于这种思虑，太虚于以大乘佛教为主导的中国，面对"智悲为首，随宜变化，大

前依法自求受之，或从曾受善知持净菩萨戒法师——不拘僧俗——依法求授受之。

① 　释太虚：《佛法救世主义》。
② 　同上。
③ 　《大般涅槃经后分》，《大正藏》第12卷，901页。
④ 　《高僧传》，《大正藏》，第50卷，第324页。

用现前，不存轨则"①的菩萨戒，依然强调七众律仪乃佛教戒律的根基，进而将戒律视作维持佛教存在的重要保障。相对于佛教义理传承与发展的相对开放性，戒律的流传从世尊入灭后即开始趋向保守，鲜有突破性发展与革新。并且戒律的传承需要遵循较为严格的规制，僧俗之间的互动较之义理的传授更具单向性，即一般情况下均是在家信众从出家众受戒②。换而言之，一方面，戒律关乎佛灭后佛教能否继续存在，是佛教教团（包含僧俗二众）的根本制度性保障。另一方面，戒律的授受是以出家众为主导的单向性关系，僧团具有绝对的权威，极少例外。基于上述原因，在太虚的认知与建构中，出家众显然因具有传戒的资格与权力，从而对在家信众具备支配权，承担着住持佛法的重任。于僧俗关系中，形成僧主俗辅的基本权力架构。

二、驳欧阳渐"居士可以住持正法"

1927年太虚发表《告徒众书》，指出当时佛教界存在两大危机，即俗之僧夺与僧之俗变。其中，俗之僧夺概指，自元、明以来佛教开始衰微，僧团"律仪隳弛，教义淹晦，宗门亦漓为大话欺人之口头禅"③；晚清门户洞开，有识之士远赴海外学习、寻求经典，康、谭、章、严、梁等士夫学子倾心佛学，渐有居士团体形成，致使佛学流行社会，习之者日盛；于是，居士对僧人的腐败无能日趋不满，住持佛教之僧位，渐为居士侵夺。

---

① 释太虚：《佛法救世主义》。
② 居士在佛像前自誓受戒虽然被经律所允许，但条件苛刻，如千里无师得、见好相等。它的存在只是对法师授戒的补充，而非与之并行。
③ 释太虚：《告徒众书》，《海潮音》，第八卷第二期。

欧阳渐通过《释师》一文，论证居士属于佛教三宝之一的僧宝，进而明确居士拥有一系列属于僧宝的权力，其核心是主持、弘扬佛法的资格。对于欧阳渐的主张，太虚不以为然，撰《与竟无居士论作师》，予以反驳，直言住持佛法是出家人的责任。

首先，太虚认为佛教承认菩萨僧的存在，但不意味着在家众（不出家）可以归属于僧类④。菩萨不共戒不分僧俗，有两种缘故。其一，佛国净土世界，众生皆为化生化食，纯僧无俗，无所谓在家出家之分，依德行的广狭不同而有一乘或二乘的区别。欧阳渐在"辟谬"之"唯许声闻为僧"所举种种况例概属于此种。其二，娑婆秽土世界，众生深陷家狱，痛彻苦难者，遂出家修道，于是有僧有俗。秽土中必有声闻僧及声闻律仪，以区别僧俗。"菩萨从同，不须别立"⑤，在家菩萨概属于居士，依居士律仪而住，如维摩诘等。出家菩萨依声闻律仪而住，如此方世界，声闻为僧，无别菩萨僧，弥勒、文殊等入于声闻众中。当然，根据乘的功德大小，弥勒等因大乘广行故名菩萨，因出家故属于苾刍，合称菩萨比丘。因而，太虚认为此方世界，世尊设立律仪戒重在声闻乘。佛陀在净土、秽土中均允许有菩萨僧的存在，但并非表明娑婆秽土中在家（大小乘）居士可以成为"僧"，"故今此人间安立佛教教团之住持僧宝，仍非出家不许称僧也"⑥。

其次，太虚认为僧宝可以通凡夫，但不能是居士。有在家居士是圣人而非凡夫者，如维摩诘；有出家僧非圣人者，如广大凡夫僧。《法苑义林章》引述《十轮经》凡夫具足比丘戒及正见，

---

④ 释太虚：《佛法救世主义》。

⑤ 同上。

⑥ 同上。

名为示道沙门之僧宝，自是无误。但解读为非出家沙门而住圣道，理无净故得名僧宝者，这不是南赡部洲相应住持三宝所应许的。而在别相三宝的理念中，一切证得圣果或者内凡具足正见的修行者，无论曾否出家，在家证得阿罗汉果后，自然呈现出家相。登地菩萨没有这样限制，但成佛时亦现出家相，概称为僧。如果从敬重有德的角度看，太虚认为欧阳渐辟谬第二、三、四条有合理的地方，但南赡部洲安立教团所制定的制度，应当框定在住持三宝范围之内，换而言之，居士非僧类，居士全俗。

再者，关于戒律，按照《菩萨璎珞本业经》的说法，在家菩萨可以作师，传授在家菩萨戒①。授受出家菩萨戒以及七众律仪戒，则归属于出家僧。至于《华严经》《瑜伽师地论》中说"发心为师为尊"犹如发心成佛一样，造论者称为论师，精通因明者称为因明师，精某经者称为某经师，当然在自身专业领域成为授业师。然而与出家苾刍之剃度师、传律仪戒之师在"师"的内涵上有本质区别②。历史上，须达长者为新学苾刍说法，先礼僧足，然后为说。不高座，或者立于佛高座前，可为当今居士说法的仪范。至于在家阅戒，太虚认为乃是古德圆通之说，没什么可挑剔的。于此遮忌中，大菩萨智悲为首，化度众生，故可为开许。然而，在家居士并非都是大菩萨，为护持多数在家众，不应当倡导在家众人人阅戒。关于比丘就居士学法，只要有一技之长（内外学），比丘均可就学。然则，居士不适宜担当出家众的"亲生法身之师"，和尚古代译作"力生"——亲从其力生法身③。关于比丘礼拜在家

---

① 　《菩萨璎珞本业经》，《大正藏》，第24卷，第1021页。
② 　释太虚：《佛法救世主义》。
③ 　同上。

众，在七众律仪上，是犯戒的。出家礼拜在家，只为大乘者，不为声闻众说。菩萨在智慧方便上可自行达权通变，声闻遵循通常的法则。因而，基于护持七众律仪及普通在家众的缘故，不倡导僧众礼拜俗众。关于叙次的问题，文殊属出家菩萨，属于僧宝。《阿阇世王经》推崇文殊率在家菩萨前于迦叶等五百比丘，太虚厘定为两种原因，其一因尊崇文殊，所以推及在家众；其二，迦叶等初发菩提心，因而特此而行。"若论世之常仪，则出家菩萨当自为叙次，出家与在家，当如七众律仪为次也"①。

总的来看，太虚对欧阳渐"辟谬"一文的回应，无论是逻辑方法还是立论理由均没有什么新意，基本侧重于具体问题具体分析，强调将落脚点置于此方娑婆世界、普通大众。如对"十谬"第一条，太虚就以欧阳渐所举例证乃是佛国净土为由，给予驳斥，强调二分法，即净土世界与秽土世界不应等量齐观，应当分别视之。佛国净土纯僧无俗故，有所谓菩萨僧和声闻僧。及至娑婆秽土，有僧有俗，出家以声闻为代表，在家以居士为代表，菩萨不别立，从于僧或俗。顺势，太虚得出秽土（此人间）无在家可以称僧的结论。又如第二条，欧阳渐根据经论厘定，居士若具足正见，内理无诤，外事和合，虽非正僧，但得许为僧类。太虚则相应的指出，原经论所指的是异生类，非指生异（出家与在家之别），也不符合南赡部洲对住持三宝（与别相三宝相对）的定义，因而认为居士全俗，非僧宝。除了强调区分净秽世界的不同，太虚还将所有的理论与实践着眼于此方世界的凡俗大众，与菩萨等圣人保持一定的距离。如居士阅戒问题，太虚认为大菩萨②智慧甚深、悲心广大，善知权变，

---

① 释太虚：《佛法救世主义》。
② 依据上下文的逻辑推断，这里的大菩萨，应当是指在家菩萨。

基于化度众生的需要，可以开禁，阅读一切戒律。但是，太虚以
在家众并非都是大善知识的缘故，否决了欧阳渐的提议。又如有
经论提到比丘可以礼拜在家大菩萨，太虚以维护声闻众律仪为由，
不提倡令僧拜俗。

　　探究太虚一系列言论的内在逻辑，重在将制度建设的标准限
定在普通的佛教信众，即"律仪为众立，不为非常人设"①。在太
虚的意识中，古代的维摩诘、傅翕，近代的杨仁山等，作为圣人
或高贤，世所罕见，无须外在制度规范而能泰然自若，达权通变。
相对的，佛教需要关怀和教导的是更为普通的信众。因而，佛教
日常的规范的制定，不能以圣贤为标准，即不能将他们的日用伦
常当作定制，"仍护惜七众律仪常制者，以知佛律以大悲心为护
庸众方便施设"②。太虚显然认为欧阳渐没有正确认识到这一点，
故试图将超越常情行为下贯到普罗大众层面。藉此，必然导致"凭
我见法执而立异，令众不和"，因而"终不昌言破常律也"。同时，
如前所述，亦如太虚人间佛教理论所倡导，是以团结一切力量将
当下世界建设为佛国净土，将佛教世界人间化。当下五浊世间，
众生为烦恼、欲爱缠缚，已然沉沦难以自觉。由此，要想改变现状，
必然要求浊世中长存净相，以为明灯。由此，在太虚看来，就有
必要严格区分在家、出家，男性、女性等。如此般行事，无非是
维护业已存在的佛教僧俗基本格局，保持出家众的相对独立性与
优越性，从而成为追寻解脱的标杆，更好地承担建设人间佛教的
重任。

　　综上所述，太虚对欧阳渐的驳斥，极力反对在出家众外另立

---

①　释太虚：《佛法救世主义》。
②　同上。

菩萨僧，进而将居士纳入僧宝范畴中，是以契理契机为基本原则，以实现人间佛教为目的。他对"僧主俗辅"的维护与建设，乃因深刻认识到更为广泛的在家大众根基有限，难以从俗务中摆脱，有力地担负起弘扬佛法的重任，于五浊恶世中，延续佛法的慧命。由此看来，所谓的契机，既包含契合于众生的根基，也指向当下的时机与实际。

三、整兴僧会的改革实践

太虚对僧俗的关系的理解与把握，不只是停留在佛教义理的梳理与诠解层面，更透过一系列制度建设，力图在现实社会实现他的理想构架，集中体现于"志在整兴佛教僧会"。

太虚将佛教徒分为两大类，即出家众与在家众。在佛教组织构建中，前者名为"佛教住持僧"，属于僧伽组织；后者名为"佛教正信会"，属于居士组织。僧俗二系，承当不同的职责，如舍俗为僧者证法身、延慧命、住持化仪，信僧居俗者资道业、利民生。

太虚在《整理僧伽制度论》中，详细的规划了住持僧与正信会的基本建制。按照当时的国家行政区划，佛教组织分为四个层级，分别为县、道、省、国。各级均设立相应的佛教教所，教所属于常设机构，涵盖僧俗两众，如佛教八宗寺院、行教院等僧团组织，佛教医院、慈儿院等慈善组织①。

对于佛教团体的具体设置及其各自隶属关系，太虚规划如下：

---

① 如县一级设立行教院、法苑、尼寺、莲社、宣教院。道一级设立八宗寺院、佛教医病院、佛教仁婴院。省一级设立持教院和佛教慈儿院。在国度设立佛法僧园。

佛教团体	建立团体	佛教住持僧	总团体	佛法僧团	中国本部 银行 工厂	持教院 仁婴院 医病院 慈儿院	行教院 宣教院
					全国各地	持教院	行教院
			别团体	八宗	本寺 —— 授学处 支寺 尼寺 —— 修行处 法苑 —— 莲社		
		佛教正信会	总团体	总会		总分会	分会
			别团体	佛教通俗宣讲团 佛教救世慈济团 研究佛学社 拥护佛学社			
			非建立团体				

从佛教组织成员的来源与转换过程可以明显地发现，佛教主持僧与佛教正信会，二者既区别明显，又相互关联，正信会作为外围性佛教团体①，接受住持僧的领导，一定程度上提供了住持僧储备资源。

佛教仁婴院，隶属于佛教住持僧，主要负责收养六岁以下的

---

① 张雪梅：《民国太虚的居士佛教思想》，《西安文理学院学报》，2016年第1期。

孤儿，及至七岁，仍无家庭领养，则进入佛教慈儿院，同时展开社会文化教育及初步佛学教育。女性年十五岁，听令择院长或抚教师为皈依师，受优婆夷戒，加入佛教正信会。及至年岁十五或已满十八岁，"犹无人领娶者，若彼自有志愿求入僧伽，资格符合，则或为代觅或听自择一得度和尚，领往尼寺"①。相应的，男性年满十四岁从慈儿院毕业，十五岁经由院长或者教员授予优婆塞戒，加入佛教正信会。"若自愿求入僧伽者，资格符合，由所择得度和尚，领入行教院"②。其他不愿舍俗为僧的，或嫁娶，或从事农工商职业等，或进入中、高等学校继续深造。

其次，因生理问题不再适合于僧团中和合共住的僧人，或者因其他不可抗拒的因素自行脱离出家众，但又尚有意愿保留与佛教关联的僧人，也可以归到正信会。太虚将佛教正信会预设为僧团的候补机构，以及僧团与社会的缓冲区。《整理僧伽制度论》中，对于不幸身患传染病、残疾、神经疾病的僧人，倘若医治一年以上仍无法痊愈的，将被请离僧团，还俗为居士。对于不能够维持自身基本生活的，"则由佛教正信会收养矜全残废所。后若愈者，随其自愿，重得入僧"③。另一方面，太虚以为除却毁佛、谤三宝等极端情况，退出僧团并不意味着完全断离佛教关系。其一，自愿退出僧团，舍僧还俗的，仍可加入佛教正信会，只需择一皈依师受持优婆塞（夷）戒即可。其二，被摈弃退出僧团而加入正信会的，若非全犯四根本戒，以及毁谤三宝，则同于第一种情况。倘若全犯四根本戒，以及毁谤三宝，如果回心入正信会，需要礼

---

① 释太虚：《整理僧伽制度论》，《海潮音》，第二十八卷第九期。
② 同上。
③ 同上。

拜一皈依师诚心忏悔，求受若干优婆塞（夷）戒，方得入会。其三，退出僧伽后，也可以不加入正信会，而是进入正信会所属的各种救世慈济团体，或者佛学社等。其四，尚有部分信仰者，既不加入正信会，亦不进入所属各种机构，依然深信佛法，求受各种菩萨戒，自行修行佛法。

再者，佛教住持僧与佛教正信会作为僧俗二众体系中不同的组织，各自领导和主管的相应的机构。从组织结构的设立，以及核心职员的选任条件考察，僧主俗辅的职权构架十分明显。作为整个佛教团体的内部核心组织，上至中国境内最高佛教领导机关的佛法僧园，以及相应各省佛教团体机关的持教院，下至道一级的宗寺院、仁婴院、医病院，县一级的行教院、法苑、宣教院，一律由出家僧人担任要职，且相应资历要求较高。统管全国佛教教团事务的统教大师须为二十五戒腊之比丘，年龄不超过六十五岁，具有一定任职经历；分管一省教务的持教院主，戒腊不得低于二十夏，曾为论议法师或各首要职员；慈儿苑、施医苑等主管不仅要求十五夏戒腊，还应当具备相应的专业技能（教育、医学）等。行教院主，主持一县教务，戒腊十五夏以上；莲社以在家信众为主，专修念佛三昧，社长却由出家十五年以上比丘担任；宣教院主由行教院主委任，同样限定在出家众内。① 相对于佛教住持僧的详细规划，太虚对各级正信会并没有做出细致的设计，只是大概做出总会、总分会、分会的层级划分，以及佛教通俗宣讲团、佛教救世慈济团、研究佛学社、拥护佛学社等专门团体的规划。各级正信会与专门团体的人员产生、任职资历等一概没有论及。对比太虚对佛教主持僧与正信会的内外规划，明显可以感知太虚

① 释太虚：《整理僧伽制度论》，《海潮音》，第二十八卷第九期。

对二者的重视程度不一样。佛教住持僧位于组织架构的核心，因而具有优先级，在家信徒虽重要，但属于第二层级，暂时的缺席并不影响基本运行。由此，折射出太虚的佛教组织运行理念中，僧俗二众处于"僧主俗辅"的基本模式。

此外，佛教住持僧与佛教正信会，承担不同工作职能，同样反映出太虚将二者以"主从"关系处理。日常行政方面，佛法僧园、持教院、行教院作为佛教内部职能机关，全面主管相应的国家、省、县一级佛教内部事务，督率教职员各行其常务，统筹、协调佛教发展。宗教专门事务方面，莲社主要组织信众念佛，法苑负责经忏法事，宣教院主导乡镇弘法。佛教人才培育方面，八大宗寺分别主导各宗派人才的教育与养成，佛法僧园下设的广文精舍，负责各种语言（梵文、中文、欧洲语言）的教育和互通翻译，以及佛教史志、传记的编纂；众艺精舍以佛教"五明"为指导思想，进行数学、逻辑学、理学、工学、哲学、经济学、政治学、美学、心理学等教育与研究。医疗慈善方面，住持僧团下设有专门的医病院、孤儿院、仁婴院等。相对于出家僧团职能与基本活动，太虚设立佛教正信会设置的初衷，除却作为信徒所期许的特定宗教意涵①，另一个显而易见的目的则是辅助出家僧团，"今佛教正信会之设，都摄正信佛教之在俗士女，期与出家众相辅而行者也"②。太虚以为出家众为主持三宝之本，由来已久，但佛教的生存、佛法的弘化普及，仅依靠数量相对微薄的出家众显然行不通，必须

---

① 《佛教正信会缘起》：忍令佛顶之心宝，垢蔽情尘；愿燃心底之佛灯，光吞宇宙，此佛教正信会第一义之缘起也。……窃期大心上智，同探怀中之珠！此佛教正信会第二义之缘起也。……自非禀严明之教法，建清净之教会，以为任持宏护之具，则慧日不蔽于魔云者几希？此佛教正信会第三义之缘起也。

② 释太虚：《佛教正信会缘起》，《正信》，第三卷第二期。

综合广大在俗信众。正是基于这种指导思想，佛教正信会下设的
机构较为有限。拥护佛教社，基于拥护政法、社会、法律、言论
等目的而设立，为佛教住持僧的重要外护组织。佛学研究社，对
佛学思想、历史、佛学与其他学科作学理上的研究，出版佛学书报，
"以解说一般人对于佛教上之疑谤，而缘起高尚正真之信仰"①。
佛教通俗宣讲团，随宜于各场所宣扬佛教人乘正法，劝导大众止
恶行善，提升道德，辅隆国治。佛教救世慈济团，主要参与救灾、
济贫、扶困、利便等工作，推广佛教慈善事业。太虚将佛教正信
会基本职能总结如下：

> 杜异道之凌乱，持正信之系统，一也。广佛教之徒众，
> 大佛化之事业，二也。互相资助以收研究、切磋、发明
> 光大之益，三也。拥卫僧仪，护持佛宇，辅进净德，屏
> 蔽凶邪，四也。和光同尘，遍住于种种流俗之内，宣传
> 正法，讲演真理，以醒世人之迷梦而减人世之恶业，五也。
> 合群策之力，藉众擎之势，以之体正觉之慈悲，行大士
> 之方便，世间现苦，广为救济，六也②。

对比住持僧与正信会的工作范畴，于广义佛教教团体系内，
佛教僧团覆盖行政、宗教修持、文化教育、医疗卫生等诸多领域，
其中某些部分已跨越传统佛教涉及的范围，取代了在家信众的基
本职能。正信会下设的组织大多在住持僧机构内存在相应或相似
的组织，例如佛学研究社与广文精舍、众艺精舍，救世慈济团与
慈儿院、医病院、仁婴院，通俗宣讲团与宣教院。宣教院，"若

---

① 释太虚：《整理僧伽制度论》，《海潮音》，第二十八卷第九期。
② 释太虚：《佛教正信会缘起》，《正信》，第三卷第二期。

因特别事缘，当会同佛教通俗宣讲团，前往各种方所宣讲"①。另一方面，正信会作为佛教僧团与外界世俗社会沟通的重要桥梁。太虚信奉政教分离的现代政治主张，但现实中，出家僧团各级机构、组织的成立和运转，又不得不与国家政治发生交集，于是佛教正信会的世俗特质之优势随之显现。"政府与佛教住持僧交涉，则以佛教正信会为过度关键"②。这一要求，成为佛教团体的基本规则，"除犯民法刑法及财产纳税外，凡有交涉二者之间，须永远以佛教正信会为间接关键，以住持僧为佛教之正干，实行政教分离"③。此外，佛教正信会还担当为住持僧募集资金的职能。佛教住持僧下辖庞大的寺院群体及慈善机构（慈儿、仁婴、医病院等），费用不足时，正信会需要协助寺院共同募化；县域的莲社，主要供善男信女修持念佛三昧，所需经费由佛教正信会负责筹集。此外，从正信会各机关、团体的隶属关系上，同样可以发现居士组织相对僧伽团体的附属性。正信会及其团体一般设立在僧伽组织内，佛教正信会总会、拥护佛教社、研究佛学社设立在全国最高佛教机关"佛法僧园"中；各省佛教正信总分会、佛教救世慈济团设立于慈儿院中；总分会的研究佛学社，及拥护佛教社附设于持教院中；佛教正信分会、佛教救世慈济团设于各县法苑，分会研究佛学社、拥护佛教社、佛教通俗宣讲团设于行教院中。因而，我们可以明确感知，佛教正信会及其二级团体的建立、日常活动并非独立展开，与佛教住持僧及其下设组织有着强烈的附属、协同关系，主要是辅助住持僧展开佛教活动，同时承担部分不适

① 释太虚：《整理僧伽制度论》，《海潮音》，第二十八卷第九期。
② 释太虚：《整理僧伽制度论》，《海潮音》，第二十八卷第九期。
③ 同上。

合出家僧人直接参与的社会活动。

综上可知，太虚的佛教团体设计中，居士组织始终从属于出家僧团，预设为"出家为主、在家为辅"的基本模式，与欧阳渐的观点截然不同，某种程度上也异于传统历史佛教的固定模式。正如蓝吉富先生所言，"太虚重视在家佛教徒，认为中国佛教的振兴工作，需要在家众参与和分担，只不过主持其事的必须是专业的出家众而已……与传统佛教界相较，在家众参与佛教工作的程度更高，身份也更受尊重，略异于欧阳渐所述的'一如奴仆（居士）之事主人（僧侣）'之历史境遇"①。太虚对僧俗模式的修证，与欧阳渐的改革相似，都不只是停留在理论层面，而是大胆付诸实践。一者创立中国佛教会与成立佛教正信会，展开"教理革命""教制革命""教产革命"；一者创办支那内学院，展开教理研究，培养新型居士；虽最终命运不同，但对传统模式的反省与批判，无疑振聋发聩，于当代佛教的发展与僧俗关系的构建，仍然具备高屋建瓴之指导意义。

第三节　印顺推崇在家佛教

1931 年，印顺进入闽南佛学院求学，师从太虚，开始一生的佛学研修。不同于太虚"志在整兴僧会"的雄心壮志，印顺的努力与贡献主要在于理论整理。其对僧俗关系的探讨，基本遵循历史脉络，始于印度佛教典籍的爬疏，经由近代佛教的评判，展开

---

①　蓝吉富：《在家众可以住持正法吗？——比较太虚与欧阳渐对此一问题的不同见解》，《太虚全书》第 35 册，北京：宗教文化出版社，2005 年版。

对人间佛教的期望。

一、印度佛教僧俗关系梳理

太虚和欧阳渐曾大篇幅地讨论在家与出家的区别，印顺根据早期佛教经典，对二者进行了一番细致的学理考察。世尊开始教化，倡导皈依三宝——佛法僧，佛指佛法的创觉者，佛教的领导者；法指行证的常道；僧指奉行佛法的大众。通俗而言，僧指向集团。皈依三宝，意味着自愿参加宗教活动，或者作为出家众，或者作为在家众 ①。佛教传播的早期，只是依据负担任务（出家僧伽重于正法久住、弘法利生，在家重于财施）、根性习尚、生活方式（出家需托钵乞食修行，在家重家庭生活）等不同而有在家与出家的两分，其后逐渐才有戒律差别、信解行证等种种外在标签的诞生 ②。

印顺认为，从皈依、信仰佛法的角度考量，在家人和出家人基本相同。从修证角度看，差距也并不大。有佛教典籍传言，在家人最高只能证到三果（阿那含果），而出家人则可以证到四果（阿罗汉果）。这一理论，在解脱神圣性意义上，常常被用来论证出家众相较于在家众具有"解脱优先性"。加之出家众承担了"住持佛法的重任"，因而成为早期佛教"僧尊俗卑"伦理模式最为有力的支撑原因。《增一阿含经》记载，有像舍利弗者，出家修道，后又舍戒还俗，习白衣行，与五欲相娱乐，不久又舍俗出家，乞食度日，招致梵志对阿罗汉的讥毁。佛陀终告大众："夫阿罗

---

① 释印顺：《佛法概论》，《印顺法师佛学著作全集》第四卷，北京：中华书局，2009 年版。

② 同上。

汉者，终不还舍法服，习白衣行"①。根据此经的理论，证得阿罗汉之人，不可能还过在家生活，行五欲乐，甚至舍戒还俗。当然，对于阿罗汉不可能过在家生活，论典有不同的说法。《阿毗达磨大毗婆沙论》提道："问：若满七有，无佛出世，彼在家得阿罗汉耶？有说不得，彼要出家，受余法服，得阿罗汉。有说彼在家得阿罗汉已，后必出家，受余法服。"②一者认为，必须舍俗出家修行，才能证得阿罗汉果。一者认为，在家也能证得阿罗汉果，只是证果后必然出家，受戒修行。印顺认为在家众不离世务，被家庭生计所羁绊，不容易达到究竟的境界，"但也不是绝对不能的，不过得了四果，会出家而已"③。委婉表达，一般情况下，在修证上出家众胜过在家众，具有优越性。

关于僧俗关系，亦即在家与出家的分别，或者说新旧理论的论争，印顺在《初期大乘佛教之起源与开展》进行了系统的梳理。

（一）关于北道派的见解

北道派（Uttarapathaka）"在家者也可以成阿罗汉，与出家者平等"④的见解，来源于经论的例证。如族姓子耶舍、居士郁低迦、婆罗门青年斯特等都是在家时证得阿罗汉，因而阿罗汉不限于出家众，应当存在在家阿罗汉。铜鍱部《论事》反驳认为，在家可以证得阿罗汉，但阿罗汉不会贪著世俗生活，因而不会再过在家生活。《弥兰陀问经》解说，在家证得阿罗汉果后，要么即日出

---

① 《增一阿含经》，《大正藏》，第 2 卷，第 796 页。

② 《阿毗达磨大毗婆沙论》，《大正藏》，第 27 卷，第 241 页。

③ 释印顺：《佛法概论》，《印顺法师佛学著作全集》第四卷，北京：中华书局，2009 年版。

④ 释印顺：《初期大乘佛教之起源与开展》，北京：中华书局，2011 年版。

家，要么涅槃。印顺认为，北道派的见解和《弥兰陀问经》都有较强的事实依据，根据吴支谦的《惟日杂难经》可知，在家阿罗汉说法很早就传到了中国；北道派的宗义与案达罗派有较多的相同之处，可能出于大众部①。综合经论推测，"北道派的见解，可能是：某一地区的在家佛弟子，在精进修行中，自觉不下于出家者，不能同意出家者优越的旧说。这才发见在家者得阿罗汉果的事实，而作出在家阿罗汉的结论"②。但是，这并不意味着有完全意义上的"在家阿罗汉"存在，因为没有传说的历史事实可以证明。

北道派的"在家阿罗汉说"在近代开始被热切关注，主要是源于居士佛教的兴起。传统僧俗关系中，出家人因承担主持佛法的重任，以及修行解脱的优越性，在僧俗关系中成为主导的一方，居士职能屈居附属和外围的地位。"在家阿罗汉"如果能够成立，意味着在家众和出家众的究竟解脱是平等一致的，出家众的优越性无疑被消解，传统"僧尊俗卑"也就难以为继。

（二）关于"胜义僧"的说法

一般意义上，佛教中"僧伽"的定义，主要依据律制而来——舍俗离家持戒，过修道的集团生活。然而，在经论中关于僧的说法相对更自由，与律制存在一定出入，即有所谓的"胜义僧"。巴利《论事》中，方广部承认依胜义唯获道果的为僧伽，道果以外不名为僧伽③。汉传《杂阿含经》也有相似表述：

---

① 释印顺：《初期大乘佛教之起源与开展》，北京：中华书局，2011年版。
② 同上。
③ 《论事》，《大正藏》，第62卷，第288页。释圣凯：《印度佛教僧俗关系的基本模式》，《世界宗教研究》，2011年第3期。

> 世尊弟子，善向、正向、直向、诚向，行随顺法，
> 有向须陀洹、得须陀洹、向斯陀含、得斯陀含、向阿那
> 含、得阿那含、向阿罗汉、得阿罗汉：此是四双八辈贤
> 圣，是名世尊弟子僧。净戒具足、三昧具足、智慧俱足、
> 解脱具足、解脱知见具足；所应奉迎、承事、供养，为
> 良福田①。

经论中有所谓"念僧"，此僧指上述四双八辈的贤圣僧，是成就戒、定、慧、解脱、解脱知见的无漏圣人，也就是"胜义僧"。由此可知，某些经论对"僧"的定义与传统律制并不是采用的同一个标准。依据"胜义僧"的内在意涵，如果在家弟子虽没有获得究竟解脱，但证入"向须陀洹"，也属于念僧所承认的"胜义僧"范畴。相反的，如果出家却没有达到"向须陀洹"，则不在念僧之内。换而言之，"在世俗的律制中，出了家就有崇高的地位，而在实质上，在家贤圣胜过了凡庸的出家者。这是法义与律制间的异义"②。不过，传统中国佛教明面上对律制一直十分强调（真实的事实可能并非如此，存在大量的变通），皈依僧似乎就是指皈依出家者了，构建起僧伽中心主义。不过，随着近代佛教对"胜义僧"的关注，传统佛教"僧尊俗卑"伦理模式，再一次受到在家众的质疑与挑战。

（三）关于早期僧俗关系的真实状况

原始佛教中，在家居士与僧伽的关系相当密切。如戒经中的"二不定法"："可信优婆夷"见到比丘和女人在"屏处坐"或者单独显露处坐，可以向僧团举报，僧团依据证词，对比丘进行

---

① 《杂阿含经》，《大正藏》，第 2 卷，第 238 页。
② 释印顺：《初期大乘佛教之起源与开展》，北京：中华书局，2011 年版。

诘问、处分。"可信优婆夷",是"见四真谛、不问身、不为人、不为利而作妄语"的圣者①。二不定法,表明早期僧团为维护僧伽清净,坦诚接受在家居士的协助。又如,早期佛教僧团发生净执,上座部强调"僧事僧决",保持僧团权力的独立性而不受干扰,不允许在家众参与。相反,大众部认为,如果僧团内部自行无法解决净论的话,可以请求长者、国王、大臣协助解决。此外,如果比丘不合理地得罪了在家居士,依据律制应当作"发喜羯磨",向居士忏悔谢罪。以上事实均表明,早期佛教僧俗二众关系是十分融洽的,"自出家优越性的一再强化,原始佛教那种四众融合的精神,渐渐地消失了"②。

二、近代佛教反思

自原始佛教开始,僧俗二众处于教团和谐的互动中,其后伴随菩萨思想的出现,一定程度上反映出居士群体对自身佛学成就的信心有所增强,对某些固守的僧伽群体存在不满。时间转换至近代,以在家众为主导的居士佛教蔚然兴起,印顺较为中立、客观地分析了其中的种种原委。

近代佛教僧俗关系净论之所以出现,其中一个重要的原因即是传统处于绝对强势地位的僧团素质③出现了较大的整体滑坡,难以担负起领导解脱的神圣职能。当然,僧团素质问题的形成,有深厚的历史原因。

---

① 《五分律》,《大正藏》,第22卷,第23页。
② 释印顺:《初期大乘佛教之起源与开展》,北京:中华书局,2011年版。
③ 释印顺:"出家弟子众,是以慈和严肃、朴质清净的形象,经常的出现于人间,负起启发、激励人心,向上向解脱的义务,称为'法施'(依现代说,是广义的社会教育)",《契理契机之人间佛教》。

> 至近代之僧流猥杂，非一朝一夕之故。唐、宋禅兴
> 而义学衰，元代蓄僧至而僧格堕；明、清以来，政治压迫，
> 久已奄奄无生气。承国族衰弱之会，受欧风美雨之侵蚀，
> 乃日以不支耳①。

印顺对佛教的反思与太虚基本相同。佛教发展到近代的衰弱境地，佛教自身历史原因值得深思。禅宗建立后，逐步将中国佛教推向高潮，专重直观，轻视义学，佛教开始由平淡而贫乏，贫乏而衰落起来。另一方面，教制本土化的重要成果——禅宗丛林制，变成了寺院家庭化。寺院不再遵循十方选贤的规制，而是采取祖孙相传。住持的资格不再是德学兼备，而是应酬与攀缘。同时，丰富的寺院经济，成为社会觊觎的目标，也造成了寺院本身的腐败，家庭宗法制度深深影响了中国佛教。

此外，中国佛教的衰落与国家的遭遇相吻合。西方列强的侵略直接导致国家和佛教开始急剧困难，尤其是西方宗教的传布令国人信心遭到严重打击。在近代西方文明的对比下，传统儒家文化与佛教被当作封建迷信思想，而被根本否定。这一外部原因，无疑促进了佛教的进一步"积贫积弱"。

归纳而言，自唐代禅宗博兴，佛教义学整体衰落，经过元代藏传佛教的冲击，及明清以来国家政治对佛教的打压，佛教生命力已奄奄一息，及至近代西学东渐、外来宗教的冲击，佛教基本已经丧失了不断推陈出新的能力，自我修复机制几近停摆。

《僧装改革评议》中，印顺指出东初法师对僧装改革的建议

---

① 释印顺：《华雨香云》，《印顺法师佛学著作全集》第十卷，北京：中华书局，2009 年版。

是虚心和有胆识的，但对其中的原因之考量是错误的，并不是僧装腐败的样子导致人们对僧众的冷视和讥笑，而是自身的素质的问题遭到质疑而"连累了"僧装。

印顺认为，近代僧众的遭遇正是"由于僧众心理上或行为上的弱点暴露，僧众知识能力不够……近代的中国僧众，道德、知识与能力，普遍的低落。在社会的群众心目中，不断的印上恶劣印象，这才渐渐地从信仰而怀疑，从尊敬而轻视"[1]。

僧伽的究极目的，在于住持正法，进而化导社会、教化信众。信众遍布各个阶层，适宜将佛法普及社会，实践佛法，改造社会[2]。这是印顺认可的僧俗二众之分工与合作。近代僧伽佛教面临的问题，恰恰在于不能够明确自身的地位，意识到自身的职责，而企图从事信众的社会事业，这就是所谓"化僧为俗"，最终将取消自身的存在。当然，如果立志于从事社会事业，则应当退出僧团而改为在家的立场。另外，近代僧伽佛教对信众号召力减弱的另一个原因，"是出家者误解住持佛法的意义，不能以方便摄化信众，使他们从净治身心中，表现佛法的大用"[3]。相反，不能使人净治身心，所谓的弘法也就徒有形式，毫无裨益。同时，民众对近代佛教也有许多认识论上的错误：或者认为弘法是出家人的专利，在家众只是护法；或者认为佛法是出家人的，或出家众是特别重要的；或者认为学佛就要出家[4]。这是因为近代佛教因

---

① 释印顺：《教制教典与教学》，《印顺法师佛学著作全集》第九卷，北京：中华书局，2009 年版。

② 同上。

③ 同上。

④ 释印顺：《胜鬘经讲记》，《印顺法师佛学著作全集》第九卷，北京：中华书局，2009 年版。

袭了传统佛教的路数，引发许多误解。其实，从大乘平等义说，学佛、弘法、度众，在家与出家是平等的。历史上的佛教，过分偏重出家，致使许多不符合少欲知足、不染着名利的出家性格之人进入僧团，造成僧格的低落 ①。顺此逻辑，印顺不倡导出家，学佛也不一定要出家，出家仅是根性适宜之人的选择 ②。换而言之，我们可以发现，印顺潜意识中认为僧伽集团不应当强调出家众对在家众的优越性，二者是平等的，只有各司其职，精诚合作，方是佛教在当代继续存在的适宜之道。

三、建设在家佛教

面对近代中国佛教的破败不堪，印顺认为要想复兴佛教，应当重视"青年的佛教、知识界的佛教、在家的佛教"③，改变过去衰老的、欠缺知识水准的、特重出家的格局。其中，建设在家佛教尤为重要。

如前所述，社会大众普遍存在错觉，以为佛教是出家人的，学佛等于出家。长期如此，佛教将不断被边缘化、小众化，不断衰落，不断与社会脱节，误会也就不断加深，终究逐渐淡出人们的视野。因而，近代佛教的首要任务，一方面，通过广泛宣传，明确"学佛并非出家，学佛不必出家"④。另一方面，僧众不要随意劝人出

---

① 释印顺：《成佛之道》，《印顺法师佛学著作全集》第五卷，北京：中华书局，2009 年版。

② 释印顺：《我之宗教观》，《印顺法师佛学著作全集》第八卷，北京：中华书局，2009 年版。

③ 释印顺：《教制教典与教学》，《印顺法师佛学著作全集》第九卷，北京：中华书局，2009 年版。

④ 同上。

家，摄受无信仰者，将寺院当作衰老病废的救济所。印顺以为，唯有发展在家的佛教，才能避免社会的误解，接触近代佛教面临的重重危机，迎来正常而光明的前途。

建设在家佛教，涵盖两方面的内容。一、建立佛化家庭；二、由在家众住持弘扬。

（一）建立佛化家庭

声闻佛教时期，出家众在修行解脱上占据绝对优势，具有解脱的优先性，但同样有基数广大的在家信众。大乘佛教时期，随着菩萨思想的出现，解脱的优先性不复存在，在家菩萨相对出家菩萨占据更为重要的地位。也就是说，近代佛教中，在家与出家应当是完全平等的，建设在家佛教并不意味着佛教的衰落[1]。建设在家佛教，最重要的方式是由正信佛教徒，从自己家庭推动，逐步扩大，即从佛化家庭开始。居士通过净化自己的身心，表现佛教精神，进而摄受家庭成员，领纳佛法的利益，不仅完成了自己，也度化了众人，实践了佛弟子的价值。需要注意的是，印顺认为"带有隐遁、独善特质的小乘佛教，对佛化家庭是并不妥当的，在家佛教不能不是人乘的佛教，从人乘而直接菩萨乘的佛教"[2]。

（二）由在家众住持弘扬

传统佛教一直不认可在家众具备住持佛法的资格，相较之，印顺法师肯定在家众的这一权力。原始佛典《阿含经》中有质多长者，大乘佛教时期有净名居士、胜军论师、胜鬘夫人等，近代

---

[1]　传统思想中，白衣说法被当作是末法时期的重要标志。

[2]　释印顺：《教制教典与教学》，《印顺法师佛学著作全集》第九卷，北京：中华书局，2009年版。

中国佛教有杨仁山、欧阳渐，斯里兰卡有达磨波罗长者等，表明在家众是可以担负起弘扬佛法的重任的。当然并不是任何一个在家众都适合，应当从信念、愿力、见解、实行等方面考量是否具备相应能力。

建设由在家众所主持的佛教，必须是有组织，入世的。"建设在家佛教，一方面从各人自身做起，做到佛化家庭。一方面在同见、同行、同愿的基础上，相互联系而组成在家的佛教团，来推行宣化、修持、慈济等工作"①。

其次，建设在家佛教，需要辨明两个误区。误区之一，"白衣说法，比丘下坐"是末法时代的象征。印顺认为这个问题应当分别解说。白衣说法，不妨看作末法时代的现象。但是，并非由于白衣说法而导致末法，乃是因为僧伽佛教的衰落，才有白衣说法。对一知半解的居士颠倒说法的，应当加以纠正。对具有正信正见的大居士，出家众不应反对。当然，在家众住持佛法教化，并不是说一切都由居士垄断。如若出家众自身健全，完全可以与在家众（优婆菩萨僧集团）携手并进，自然居于领导地位。误区之二，在家佛教（佛化家庭）以日本佛教为蓝本。印顺认为"日本式的佛教不是佛教化的家庭，是家庭化的佛教；不是在家佛教，是变了质的出家佛教"②。日本佛教家庭化，基于家天下的政治理念，是适应私有制、继承制社会的，既不是纯正的出家佛教（放弃了出家生活），也不是纯粹的在家佛教（不曾回到在家本位）③。印

---

① 释印顺：《教制教典与教学》，《印顺法师佛学著作全集》第九卷，北京：中华书局，2009 年版。

② 同上。

③ 同上。

顺寄予中国发展的在家佛教，是民主而公有的教团，不是少数人的私物。

　　总的来看，印顺虽不及太虚那般含藏巨大勇气和魄力，敢于整顿僧制，改革中国佛教，但对中国佛教仍然有着巨大的悲心、愿力和见地。透过对佛教经律论三藏的细致梳理，揭示隐而未显的事实；同情而批判地审视中国佛教的发展史，直示教团的种种问题与不足；总结以往的经验与教训，基于近代社会的特征，大胆承认在家众住持佛法的权力。毫无疑问，印顺对中国佛教的贡献，始于思想层面，影响却不局限于此。

第五章　政教关系与儒佛关系中的居士佛教

第一节　从道安的"不依国主则法事难立"
到居士的护法运动

　　佛教是由印度传入中国的外来宗教。许多在印度社会背景下自然而然的事情，试图融入另一种异质环境中时，不免引发异化。佛教在中国的漫长发展过程中，始终面临如何处理其与国家政权之间关系的问题，即所谓的政教关系。在印度，由于国家长期处于分裂状态，没有形成一个强大的中央集权国家，政权对佛教的发展没有给予强烈的控制和导向。佛教的成长并未受到国家政权的过多干预，佛教与国家政权在社会中并行，分别扮演出世和入世的角色，承担着不同的使命。然而，随着佛教传入汉地，这一生存法则不断受到挑战，最终形成了所谓王权高于教权的格局，佛教的一切发展始终无法脱离这一基本框架。

一、佛图澄与道安之政教关系论

　　正如部分学者的研究所示，初传汉地时期，沙门与国家政权的高层基本没什么交集[①]。汉哀帝时，佛法透过大月氏王使传入；

---

　　①　夏德美：《东晋政教关系论战起因、性质与影响》，《世界宗教研究》，2017 年第 2 期。

汉明帝遣使求法，也未接触沙门；汉桓帝于宫中祭祀浮屠，同样没有出现僧人的身影。直到安世高、支娄迦谶等大量翻译大小乘经典时，佛教才开始系统得以传播。当时的国家政权，并不准许汉人出家，但存在极少数私自剃度者，真正如法的出家要从三国时期的朱士行起算。总体来看，这一时期的佛教无论发展规模还是沙门数量都十分有限。对于国家政权而言，佛教还算不上一个具有影响力的异质文化集团。对社会而言，佛教尚未进入大众阶层，存在感微乎其微。

及至东晋，通过高僧们的经律论三藏经典翻译，佛教得到进一步发展。此时佛教不再是简单地依附于神仙方术，而是采用格义等诸般形式逐步彰显自身的宗教文化性质，僧人与政权的交集日渐增多。因藉福祸报应等传统思想，佛教因果报应、生死轮回等教义学说开始向民间大众传播，收获一定的信众。佛教得到迅速发展的另一个原因是和国家政权保持了较为友好的政教关系，直接或间接得到王公贵族的支持。

东晋十六国时期，将佛教与国家政权紧密维系的典型是佛图澄。佛图澄深知石勒"不达深理，正可以道术为征"，用种种神通折服石勒，参与政事，为石勒出谋划策，被尊奉为"大和尚"。佛图澄被石氏政权看重的另一个原因，则是基于文化抗衡的需要①。部分士大夫认为佛教是外来宗教，不主张拜外国神，更不应该祠奉，"佛出西域，外国之神，功不施民，非天子诸华所应祠奉"②。正是出于这种所谓夷夏之争的考量，继位后的石虎，直接

---

① 何蓉：《国家规制与宗教组织的发展——中国佛教的政教关系史的制度分析》，《社会》，2008 年第 6 期。

② 《高僧传》，《大正藏》，第 50 卷，第 385 页。

透过国家政权，推广佛教。

> 朕生自边壤，忝当期运，君临诸夏。至于饗祀，应
> 兼从本俗。佛是戎神，正所应奉。夫制由上行，永世作则。
> 苟事无亏，何拘前代。其夷赵百蛮，有舍其淫祀乐事佛者，
> 悉听为道①。

石虎试图通过推广外来的佛教（戎神），对抗所谓的华夏正统。佛图澄也正是明晓其中的缘由，先后藉借石勒、石虎手中的国家权力大力发展佛教，"愿陛下省欲兴慈，广及一切，则佛教永隆，福祚方远"②。自此之后，禁止汉人出家的禁令被解除，沙门数量开始急剧增长。

当然，沙门与帝王紧密联系，透过国家政权发展佛教，某些方面不得不做出变通，甚至一定程度的牺牲，损害佛教原有之义。石虎曾向佛图澄提出疑惑，如何协调佛教的戒杀与"肃清海内"的"刑杀"。佛图澄认为，帝王的佛教信仰重在内心恭敬三宝，不残暴虐害无辜，至于那些不能够驯服的凶愚无赖，应当按照国家法律予以治罪，可刑可杀。应当说，大乘佛教精神允许出现金刚怒目之相，但据史料记载，石勒、石虎两兄弟均是极其残暴的君主，帝王的杀伐涉及大量排除异己的政治迫害等，佛图澄的回答可谓避重就轻，难逃谄媚之嫌。同时，借助王权的膨胀式发展方式，也给佛教留下了较大的隐患。当时佛教戒律尚未完全传译过来，戒律的不彰，导致僧团素质良莠不齐，鱼龙混杂，"于是

---

① 《高僧传》，《大正藏》，第 50 卷，第 385 页。
② 同上。

慢戒之徒因之以厉"①。我们完全可以认为，佛图澄主动接近石氏政权，一方面是"悯念苍生欲以道化勒"，另一方面是出于传播佛教的目的。相对的，从石氏政权看中佛图澄的神通、智谋，并将佛教作为文化认同的重要手段，因而佛图澄及佛教都受到极大的尊重②。即是说，佛教与石氏政权极其亲密，"互惠互利"，但还在处于起步阶段。

东晋以降，五胡十六国时常与晋王朝发生交战，北方社会动荡不安，佛教亦随同大势，举步维艰。继承和发展佛图澄佛教事业的是道安。道安于石赵的邺都偶遇佛图澄，并侍奉至圆寂。此后，他辗转北方各地游方、参禅、学道。晋哀帝兴宁年间，前燕军队攻打洛阳，中原地区陷入连绵战乱。道安率领徒众400余人从河南陆浑出发，准备避难襄阳。依据《高僧传·道安传》记载，在队伍行至新野时，进行了一次人员分解。命法汰领众数十人前往扬州，遣法和等人西投巴蜀，余下人则继续南下襄阳。分别的时候，道安对徒众训诫说道："今遭凶年，不依国主则法事难立。"③这番话，也就被看作是道安处理佛教与政权关系的基本准则。

以道安师事佛图澄的经历，他或多或少会受到其师的影响，将如何处理佛教与国家政权的方式继承下来。尤其是身处社会动荡时期，依靠国主是佛教得以生存下去的方便策略，"依国主"的目的，则是借助王公大臣等政治力量弘扬佛教，即所谓"教化

---

① 《高僧传》，《大正藏》，第50卷，第385页。

② 《高僧传·佛图澄传》："和上国之大宝，荣爵不加，高禄不受，荣禄匪及，何以旌德？从此已往，宜衣以绫锦，乘以雕辇。朝会之日，和上昇殿，常侍以下，悉助举舆。太子诸公，扶翼而上。主者唱大和尚至，众坐皆起，以彰其尊。又敕司空李农，旦夕亲问，太子、诸公五日一朝，表朕敬焉。"

③ 《高僧传》，《大正藏》，第50卷，第352页。

之体，宜令广布"①。从道安与权贵的交往事例，可以佐证这一观点。道安选择襄阳作为落脚点，除看中其地理、文化位置外，还因为受到曾为朝臣的名士习凿齿邀请②。旅居襄阳十五年，道安与桓朗子、朱序、杨弘忠、郗超等将军、刺史等保持了良好的关系。东晋孝武帝太元四年（379），苻坚攻克襄阳，将道安胁往长安。住五重寺后，苻坚"敕学士，内外有疑，皆师于安"③，道安某种程度上扮演者顾问的角色，参与国家政事，深受尊重。就此来看，道安无论与晋朝，还是前秦政权都保持了十分友好的联系，并进而借各种关系弘传佛教。

道安时代，佛教虽得到了较大发展，但依然面临戒律缺失的问题。道安一方面搜集、整理、翻译戒律相关内容；一方面亲自制定"僧尼规范"，统一沙门姓氏，并且以身作则，保持良好的僧团风气。外依国主，内整僧制，无疑是道安对佛教的极大贡献。但是在道安的心中，外依国主的处理方式只是一种方便之制，仍需以僧团自身素养为内核。

二、沙门礼敬王者之争与居士护法

当僧团发展到一定规模，佛教逐步进入大众视野，世俗政权不得不加以防范的时候，沙门是否应该礼敬王侯的问题就凸显出来。东晋咸康年间，辅佐朝政的庾冰提出沙门应当礼敬王者。他认为礼教由来已久，是国家治理的大纲，沙门"矫形骸，违常务，

---

① 王雷泉：《涌泉犹注，寔赖伊人：道安之"动"与慧远之"静"》。
② 参见《弘明集·与释道安书》中，习凿齿对道安所抒之意。
③ 《高僧传》，《大正藏》，第 50 卷，第 353 页。

易礼典，弃名教"①，不符合国家的纲常名教。不能因为沙门自居世外，就可以枉顾、违背。尚书令何充、凭怀、谢广及仆射褚翌、诸葛恢等人不赞同庾冰的观点，认为自汉魏以来，佛教的传播并没有造成纲常名教混乱，"不闻异议，尊卑宪章，无或暂亏也"②；并且佛教宣扬的教义"实助王化"③。庾冰与何充的辩论基本围绕佛教是否与封建政权一致而来，庾冰看到了佛教与纲常名教的分离，何充看到了佛教对王权统治利益。这场限于朝内的论战，基本事实是他们从未将佛教视作可以独立于国家之外的存在，关键在于是否有利于王权政治。

晋安帝元兴年间，桓玄有感于大量出现为逃避徭役而入沙门，部分名僧干预政治等情况，颁布《料简沙门书》，欲沙汰僧尼，整顿佛教。慧远上书桓玄，写下《与桓太尉论料简沙门书》，表示认同。翌月，桓玄致书八座《论道人敬事》，评判庾冰和何充的讨论不够深刻，一者缺乏论据，一者偏信佛教。他认为沙门应当礼敬王者，其一，佛之教化，虽在视听之外，仍以"敬"为本，王侯如同道、天、地一般，具有资生通运的大德，沙门同样受到王侯的恩惠，故应该礼敬王者④。其二，沙门不能厚此薄彼，以心存礼敬为由，放弃形体上的礼敬，却笃敬佛事上的忏悔礼拜⑤。其

---

① 《弘明集·尚书令何充奏沙门不应尽敬》，《大正藏》，第 52 卷，第 79 页。

② 《弘明集·尚书令何充仆射褚翌等三奏不应敬事》，《大正藏》，第 52 卷，第 80 页。

③ 同上。

④ 《弘明集·桓玄与八座书论道人敬事》，《大正藏》，第 52 卷，第 80 页。

⑤ 《弘明集·桓难》，《大正藏》，第 52 卷，第 81 页。

三，沙门"功高者不赏，惠深者忘谢"①的理由不成立。如果释迦牟尼德浅，那就不应当以小道乱大伦；如果释迦牟尼德深，那就应该一视同仁地做到"功高者不赏，惠深者忘谢"，"岂得彼肃其恭而此绝其敬哉"！

对于桓玄重提沙门礼敬王者的议题，慧远收到书信后，立即回信《答桓玄书沙门不应敬王者书》，阐释了自己的观点。论辩之后，又专门撰写《沙门不敬王者论》，进行系统的总结和诠释。首先，慧远认为佛教徒不能一概而论，应当分为两大类：在家居士与出家僧侣。在家居士，虽信仰佛教，但"情未变俗，迹同方内"②，生活在世俗社会中，与俗人没有本质上的不同，都是奉守法典的顺化之民，蒙受恩德，应当顺从教化，礼敬王者。出家沙门，是"方外之宾"，不贵厚生之益。因为佛教认为正是人身带来种种患累，要想解脱，则必须反其道而行之，不追求禀受阴阳二气以存身，而是寂灭常了的涅槃。因而沙门不承受王侯所谓"资生通运"之德，故而无须礼敬王者。其次，慧远认为沙门能够协助王侯教化，护佑民生。佛教重在化导世俗，拔出苦难，引导大众追求更为高远的目标（人天、三乘）；如若沙门成就全德，则会泽被六亲、大众。"外阙奉主之恭而不失其敬"③。再者，慧远认为沙门追求的理想超越世俗智慧，必须以佛理探寻；并且，佛教的目标是使人们脱离六道轮回，绝寂人生苦难，远远高于天地王侯的恩德。

慧远与桓玄的辩论，如同六十年前一般，最终以沙门无须礼敬王者而终结。纵观两次辩论的实质，是佛教教权与国家王权何

---

① 《弘明集·桓难》，《大正藏》，第52卷，第81页。
② 《弘明集·沙门不敬王者论》，《大正藏》，第52卷，第30页。
③ 同上。

者处于第一的问题。沙门一旦礼拜王者，即意味着王权至上，即使方外之宾也归属在王权管辖范围之内，应当接受管制。慧远透过自己一系列努力，诸如佛教义理的诠释，庐山僧团的以身垂范，自身的人格魅力，为佛教争取到了无须礼拜的权力。表面上赢得了这场政教关系辩论的最终胜利，实际上只是为佛教争取到了最大自治权。慧远虽然与道安一般，极其注重健全佛教的律制，实现僧团的清净修行，但是慧远对桓玄以国家权力沙汰、整顿沙门的行为予以认同，而不是依靠佛教戒律加以内部整治，实际上意味着慧远承认了国家政权对佛教内部事务具有干预的权力。佛教向世俗权力让渡部分自治权，实质表明"僧界是臣属于世俗政权的"④。

实际上，慧远生活中的晋代，国家已经开始将佛教事务纳入国家管理体系，并进行一定的干预。北魏道武帝皇始年间（396-398），率先建立僧官制度——道人统，以及管理僧籍的度牒制度。稍后，后秦政权建立管理僧团的国家机构，并设立僧正。东晋政权设立僧司机构，管理国家佛教事务。僧官制度、度牒制度的建立，说明国家已经将佛教事务纳入日常行政体系中，僧团的独立地位丧失。此外，敕封赐紫行为的出现，意味着佛教领袖最后的独立精神基本消亡，形成事实上的君臣关系。

自佛图澄，经道安，至慧远的历史进程，佛教逐渐丧失独立性，由教权与政权的相互依托、利用，转变为从属关系。政教关系格局中，教权从属于政权，接受政权领导成为确切不移的规制。此后，中国佛教所有的活动都以此为基本框架。

---

④　王公伟：《政教关系与佛教的中国化历程》，《佛学研究》，2003年。

三、政教关系中的居士护法运动

自佛教传入汉地，教权与政权互动关系即已形成。两汉及三国早期，沙门均系胡僧，没有形成系统的集团，影响力有限，政教关系未入国家王权视野。及至佛图澄时代，汉人被正式允许出家，沙门集团勃然兴盛。史料记载，石勒皈依佛图澄，石虎亦对佛法产生信仰。沙门僧团在石氏政权的崛起，与佛图澄恰当处理政教关系息息相关。作为信徒的石勒、石虎兄弟，促进沙门集团最早期的发展。

道安所处的晋代，佛教已经取得了较大发展，沙门人数不断扩大。在佛法戒律未全的情况下，道安挺身而出，做出了一系列杰出的贡献，确立了处理政教关系的基本原则。在政教相互依托、利用的格局中，众多官宦居士的努力功不可没，如荥阳太守的习凿齿、高平郗超、刺史杨弘忠、将军桓朗子、将军朱序、前秦苻坚等。他们或布施物资，或以王侯官宦身份推崇道安，客观上都护持、推动了佛教发展。

随着佛教的进一步弘传，其影响力日渐扩大。统治者既看到了佛教有助于王权的一面，又认识到佛教与国家不一致处。于是，何者居于统治地位的问题被提出。代表王权的庚冰试图借助沙门礼敬王者一事，将佛教置于国家政权之下。奋起辩驳的正是以尚书令何充，散骑常侍褚翌、诸葛恢，尚书冯怀、谢广等当朝居士。透过他们的努力，庚冰的主张未能实行，佛教保留了基本的独立性。第二次沙门礼敬之净，经过慧远等人的争辩，佛教在政权关系格局中保留了形式上的独立。此中，慧远居功至伟，但同样有居士的参与，如王谧、桓谦等。

自晋以降，佛教从属国家政权的政教关系形成，佛教的发展受制于国家权力。居士对佛教、沙门的护持，基本维系在这种格局下。"三武一宗"灭佛，标志着国家对佛教事务的极度干预与整顿，表明政权绝对至上。特殊时期，居士的护法运动，为佛教维系与发展提供了帮助，如北魏太子拓跋晃、北周大冢宰宇文护等。同时，佛教发展的兴盛时期，也离不开笃信佛教的王侯将相、名士的大力辅助，如梁武帝、北魏文成帝、隋炀帝、唐皇武则天、刘勰、张说、裴休等①。

总体而言，历史上关于佛教政教关系的确立，国家王权占据着绝对的主动，主导着政教关系走向，佛教界的努力实质上只是在争取一定的自治权。在僧尊俗卑的伦理模式下，佛教界的事务始终是以僧团为核心，居士的作用较为有限，仅仅起着护持佛教生存与发展的作用。

第二节 "议政而不干治"
——从太虚与欧阳渐之争谈佛教与政治的关系

政教分离观念，在西方社会中由来已久，宗教学家追溯至《圣经·新约》的"凯撒的当归给凯撒，上帝的当归给上帝"②。中世纪，教会控制西方社会，政权的合法性，需要教会予以认可。经过宗教改革与启蒙思想运动，人们逐渐意识到政教分离的重要性，主张国家权力与宗教权力两相分离（separation of church and state），

---

① 明初岱宗心泰编著《佛法金汤编》，为佛教史上的有名居士作传，开创居士传风气。但对居士的界定存在较大的问题。参看段玉明：《呼唤居士：〈佛法金汤编〉研究》，《四川大学学报》，2011年第5期。

② 《圣经·新约》。

教权退出世俗领域，不得干预国家的社会治理。

一、民国政府与政教分离

《民国临时约法》规定，人民享有信仰宗教的自由。临时大总统孙中山在处理中国佛教会的立案文中，对于近代西方社会的政教分离原则表达了认同和赞扬，"查近世世界各国政教分离甚严，佛教徒苦心修持，绝不干预政治，而在国家尽力保护，不稍吝惜。此种美风，最可效法。"[①] 临时政府虽认可宗教信仰自由，但同时强调，国家对宗教事务并非放任不管，相反，对于宗教范围内的事务保有监管权力[②]。然而，坚守政教分离，明确教会不干预政府事务，并不意味着宗教信仰人士不能参与政治，即有关的社会管理事宜。民国时期，对于佛教是否应当参与政治活动，欧阳渐与太虚曾展开了深入讨论，对于理清佛教与政治的关系具有非常重要的意义。

佛教与传统中国封建君主专制政权，处于既相互一致又相互冲突的矛盾关系格局中。冲突是指佛教与儒家忠孝思想、传统宗法社会制度存在显著差异，成为政治统治中的不确定性因素，常常引发各种夷夏之辨、宗教迫害、宗教起义等。一致是指佛教能够以独特教理思想为现实社会辩护，成为帝王手中的思想统治工具。

随着近代社会的世俗化趋势，一般认为宗教会从社会政治、

---

① 孙中山：《令教育部准佛教会立案文》，《国父全集》第六册，台北：中国国民党文传会党史馆印制，1973 年版。

② "非谓宗教范围以内举非政令之所及也。"《中华民国史档案资料汇编（第三辑）教育》，南京：江苏古籍出版社，1991 年版。

经济等层面逐步退出，收缩到相对独立的精神领域。及至民国，封建制度被推翻，国家进入相对民主的发展时期。不过，这种既冲突又一致的现象并未消失。佛教要想在新的时局中维护自己的权益，促进发展，必然要求对新时期的政治理念、制度做出恰当的理解和回应。尤其是建立自己的团体组织，以表达佛教的合理诉求，维护自身权利。

晚清民国先后发生两次庙产兴学运动，佛教寺产遭受严重损失。究其原因，一方面是国家政策在制定过程中，完全基于国家本位，忽视、牺牲宗教团体的合法利益。另一方面，近代佛教极度衰微，难以在社会中发出声音，产生足够影响。太虚有鉴于此，认为如果在民主法治下，佛教界产生一定的民意代表参与国民大会，应当可以制定更符合佛教利益的政策。1936 年太虚在《僧尼应参加国民大会代表选举》一文中发出"僧伽参政"的倡议，以现代民主理念为框架，主张僧伽作为人民的一员，理应享有国民的基本权利和义务，既然《组织法》和《选举法》未剥夺僧尼的选举与被选举权，广大僧尼应当积极参与国民大会的代表选举。随后国民政府公布代表名额，未将佛教计算在内。中国佛教会向国民党党代会请愿，要求允许和确定佛教界名额，后获得许可。太虚和中国佛教会的僧尼参政、议政倡议一经提出，随即引发轩然大波，以太虚为首的开明派遭到部分保守派僧人和居士反对。

二、欧阳渐"出家人不应参与世事"

对于僧尼参政、议政的主张，欧阳渐表示强烈反对。他上书陈立夫，明确反对僧尼参加国民代表大会选举，认为若要参加选举，应当先还俗，这样才不违佛制①。此后，欧阳渐又撰写《因僧尼参加国选辨方便与僧制》一文，以佛教僧制为理论依据，从方便与僧制两个方面诠释自己的观点，提出僧尼不应当参与国家政事。

（一）从方便角度而言

首先，欧阳渐认为佛教团体组织的创建，是一种方便。方便不是指毫无原则行事，是极其高深的佛法，非证果之人，不足以谈论方便。依据《法华经》的文义，"佛之知见为方便，一切智智为方便"②。释迦牟尼观此土众生根器下劣，将佛法安置于声闻僧，佛法住持于声闻，是团体方便。因而，唯有佛陀能够从团体层面施展方便。欧阳渐厘定出家僧人请预参加国选，并非仅关涉个人的权宜行为，而是涉及到佛教团体的变制举动。涉及全体变制，却没有先让佛教四众参与讨论、研究、抉择，便突然载报呼吁、请求，是极其不合适的。故而欧阳渐反对，"古德以个人方便益以团体，今人乃以团体方便益以个人，是之谓以劫夺之手段，行变制之妄为"③，难以称之为方便。

其次，他认为中国僧尼人数过百万，大多数游手好闲，难以堪任住持佛法，化导世俗的大任，需要整理、沙汰。如果真具方便之心以利国利民，当即之举应当是精选数百人，专注住持、弘扬佛法，成为楷模、示范。其余则令还俗，回归士农工商等行业，减轻国家负担，增加劳动人数。相反，轻率参与国选，"在国家，未受公民之实，仍为弃民；在教团，骤受公民之名，翻碍规法；

---

① 陈金龙：《中国佛教界对民国政治的参与》，《党史研究与教学》，2010 年第 3 期。

② 王雷泉编选：《欧阳渐文选》，上海：上海远东出版社，2011 年版。

③ 同上。

进既不能补于国，退复不能安于团"①。

再者，欧阳渐指出，僧人和白衣应当明确各自的本分，不可混淆。出家即披袈裟、独身、不参与俗事，专务佛法，谓之比丘；白衣婚宦、务俗，谓之公民。如果真具方便之心，或从高层面考量，宜舍比丘还俗，从事各种事务；或从低层面审视，检视自身不足以堪任比丘，还俗为公民。出家意味着舍弃世俗，复又行白衣之事，身兼两重身份，不伦不类。

最后，他认为佛教以"四摄法"利世度人，四摄法是"由世间之外摄之入佛教之内"②，比丘参与国选，是由舍出世而入世间。前者，引外入内是方便，后者，由内入外是慕膻，不应误解何谓方便。

（二）从佛法僧制方面考量

第一，"出家者应行头陀，居兰若"③。欧阳渐爬疏经论，认为行头陀、住阿兰若是出家者的应有之义。因为出家目的在于精勤学习佛法，然后度化众生，因而龙树提出"行戒在头陀"，寂天主张"修定在兰若"。龙树反复重申这是佛教的根本行，释迦牟尼亦身体力行，诚为师范。出家菩萨虽为利益众生，广受布施，甚至入众化生，但不能废弃头陀兰若根本行。欧阳渐批评，后世僧制日坏，养尊处优，习惯喧杂，视根本行、不共行为遗世绝俗，忘本乖制。

第二，"出家者不应参与世事，又不应为名利亲近国王宰官"④。出家者不同于在家者，摆脱了家庭生活的缠缚，没有资生产业的

---

① 王雷泉编选：《欧阳渐文选》，上海：上海远东出版社，2011年版。
② 同上。
③ 同上。
④ 同上。

困扰。僧人一旦参与俗事，六根难以清净，容易生起烦恼、名利之心，不能自制，轻则舍戒还俗，重则沉沦生死。《大涅槃经》有鉴于此，告诫"比丘不应畜财奴役、种植市易、谈说俗事，又不应亲近国王大臣。此等经律所制，皆是如来所说（经卷七）。又说息世讥嫌戒，不作贩卖田宅种植，不畜财物，不观军阵，不作王家使命，乃至菩萨坚持是戒与重戒等（经卷十一）。又说声闻弟子如修集在家世俗之事，又以称誉亲近国王王子，受使邻国通致信命，如是之人，皆魔眷属，非佛弟子（经卷二十六）"①。欧阳渐认为，出家菩萨亦当效仿。出家众参与俗务，即妨碍专著修道，又招来讥嫌，绝非自度度人之道，亦非住持佛法的机要。他评价鸠摩罗什、玄奘和帝王过分亲近，反被王权拖累、限制，失去独立自主性。

第三，"出家者不应服官，不应与考"②。出家沙门以弘道利物为志业，敝屣王侯，所以能抗礼万乘，保持独立性。六代以降，沙门坚持不礼拜王者，不是吝惜跪拜，乃因重视佛法、保护僧制。南北朝设立僧官制度，沙门接受官职，实如臣民。宋代官方译场，俯首称臣，僧格尽失。甚者如慧琳，人称"黑衣宰相"，不伦不类。欧阳渐对释子竞相逐官绝不认同。至于国家考试制度，是专门为选取国家公职人员设立，僧徒不应赴考。古代出家受戒，简别严净，依据佛教律制，乃为僧团自主之事，不会假借世俗官吏。欧阳渐考察近代僧徒淆杂浮滥的原因——不依佛教律制。

第四，"出家参政，大违戒律，亦有碍世法"③。出家离俗，

---

① 王雷泉编选：《欧阳渐文选》，上海：上海远东出版社，2011 年版。
② 同上。
③ 同上。

依据佛教律制，受戒之行，亦依照古法，因此僧众行持同样以古人为榜样，不能借口时代，丧失信守。按照经论所言，僧徒参与政治违背佛教初衷，违背佛教戒律。僧俗两界本来平等无碍，相互尊重，国家不宜过分干预佛教内部事务，僧众也不应参与国家政事，妨碍世俗。

同年《佛教与佛学》第十期刊登两篇文章——《国选中之僧徒问题》和《该骂的和尚们》，指责僧尼参选有违佛制、佛教精神，理应恪守佛门教训[①]。部分保守派僧人同样反对僧尼参加国选，或基于因循守旧思想，或为反对革新派僧侣，维护自身利益。

三、太虚"议政而不干治"

太虚对佛教与政治的关系有过大量的讨论。基于契理契机的佛教本位，他既反对标奇立胜，不顾现实，全盘接受西方社会的现代性，消亡在世俗潮流中；又反对极端保守主义的故步自封，拒斥现代性，演化为死的佛教[②]。依据佛法的契机原则，人类生存在一定的区域和时代，应当以佛法去适应现代社会思潮和将来的趋势，剔除佛教中不符合时代性的色彩，才能发挥佛法的教化功能，也就是所谓的"世界悉檀"。然而，对于佛教与现代性的融会，太虚强调应当是以佛教为中心，"是抱定以佛教为中心的观念，去观察现代的一切新的经济、政治、教育、文艺及科学、哲学诸文化，无一不可为佛法所批评的对象或发扬的工具"[③]。

---

① 陈金龙：《中国佛教界对民国政治的参与》，《党史研究与教学》，2010 年第 3 期。

② 龚隽：《略论佛教与近代中国社会政治关系》，《第四届印顺导师思想之理论与实践论文集》，2003 年版。

③ 释太虚：《新与融贯》，《海潮音》，第十八卷第十九期。

　　关于政治的历史进程，太虚认为分为三个阶段：人权主义——民治主义——自治主义。人权主义，旨在争取国家元首等代表人民；民治主义，旨在让人民能够管治国民代表。自治主义，则是当为代表进行民主自治。太虚认为，近代社会不同于封建帝王专制，是以自由平等为内在精神，然而近代民主政治纷扰两三百年，归根结底是因为缺失"达到真正自由平等的真信仰以为根据"①。相对的，佛陀正觉世界万法的真相，获得真正的平等与自由，"故近代文明当以佛法为根据"②。进而，成就自由、平等的途径，也必须在佛法"六度"中实现。

　　对于古代中国政治制度和西方政治制度，太虚早年曾做出一番评论。仇亦山认为，中国政治不及西方精粹，应当借鉴采纳。太虚反驳，中国未尝没有精美的政治，比如专制政权，"在中国可谓发达到于极点，不过晚近百弊丛生，又与时龃龉，不合于用"③。考究中国专制政体持续几千年，乃因善于调剂明清，令社会民众契合中道。相反，太虚评价西方政治，不体察民情，往往采取强制的法律手段约束人民，缺乏自由。以法律限制自由，并不能从根本上解决人性的丑陋，治标不治本。太虚以为，佛法不仅能救济人心，还能调剂人情；佛教人乘正法，远胜西洋强制政治；更有大乘佛法，融通世间出世间，使人民离苦得乐，成就完满。

　　对于孙中山倡导的三民主义，太虚给予了高度评价④。他认为社会政治的演化，有三种本位主义：国家、社会和个人。国家本

---

①　释太虚：《帝主于神民主于佛之据根》，《海潮音》，第八卷第十二期。

②　同上。

③　释太虚：《谈东西学术及政治》，《海潮音》，第五卷第四期。

④　释太虚：《人群政制与佛教僧制》，《时代精神》，第九卷第二期和第三期。

位主义中，或偏于国，或偏于家，应当去其弊而取其利，讲民族主义。三民主义的民族主义，首先以宗族主义扩大为国族，以宗族中亲爱精神作为联合纽带，成为中华国族，既成为强大的国族，又不失忠孝亲亲仁爱。其次，民族主义平等对待各少数民族，合成大华大族；进而可以联合世界各民族，共同奋斗，实现民族平等，人类大同。民族主义，是国家本位政治的进化。

个人本位政治在极端情况下或成无政府主义，或成个人资本主义。三民主义中的民权主义，恰恰能对个人自由政治扬长避短。第一，民权主义提倡个人平等，打破人为的阶级障碍，使人人获得自由发展的机会。同时，又扶助一般低能平民，使获得基本的自由生活权利，进而向上发展，名副其实"进化的自由平等"。第二，民权主义注重民权意识和行为的养成训练，使人民具备民主政治的基本能力。第三，个人本位政治组成的政府，常因松散缺乏权能。民权主义，组织训练民众，行使选举、罢免、创制、复决的四种政权，加上国民政府，成为五权政府，能够高效应变。民权主义成为个人本位政治的进化。

社会本位政治中的国家保育社会主义，造成经济实力集中在国家，引发武力侵略行为。阶级革命社会主义，采取阶级对立斗争，混乱不堪。三民主义中的民生主义，能够去粗取精。首先，实施遗产税，一方面使得家庭财产有所节制，另一方面保持了家族的连续性。其次，国家产业中既减少垄断，又能兼顾国家大局。再者，设计民生的产业规划为国营，使得人民生活平均安享，富有保障。民生主义是社会本位政治之进化。

太虚评价，三民主义相互连接、依靠，因而能够防止帝国主义、虚伪的资产阶级的民主政治和阶级斗争。同时，三民主义作为一种特殊精神，专注于为人民利益服务，这种利他主义精神与佛教的自利利他精神吻合①。

在太虚的理解中，近代民主政治以自由平等为思想内核，与佛教精神十分契合。尤其是孙中山主张的三民主义，更被认定为理想的现代性国家制度。对于僧尼参政一事，早期太虚表达了极大的热情。1930 年，发表《建设适应时代之中国佛教》，认为古代出家人不参与政治，专务佛教事务，不是僧众的本怀，而是政治环境不允许。民国建立后政治环境发生改变，僧众就应当觉醒，"改变其旧来之处世方法以图生存发达"②。民国国民有参与政治的权利，佛教界应当积极行动，组成教团代表佛教。在家居士则以佛教正信会为机构，出家僧众则以佛教住持僧为组织，两相联合，经由县、省、国家而成佛教团体。1936 年，国民代表大会选举前，太虚发表《僧尼应参加国民大会代表选举》的倡议，呼吁具备选举和被选举权的僧尼积极参与③。1946 年，国民党和共产党以及民主同盟等商议举办政治协商会议。太虚感觉必然有一番改革，认为僧伽应当配合政治革命运动，有组织知识青年僧结成"佛教政党"的想法④。随后遭到僧俗二界反对，于是太虚在《僧伽与政治》一文中提出了"问政而不干治"的策略。从信徒现实方面看，组成佛教政党，少壮佛教徒较为积极，长老缁素大多不认可，认为违反比丘戒律，保持沉默。从锡兰、缅甸佛教的佛教政党命运看，参政则佛教容易随着政治或兴或衰；超然政治之上的策略，也会

① 释太虚：《人群政制与佛教僧制》，《时代精神》，第九卷第二期和第三期。

② 释太虚：《建设适应时代之中国佛教》，《太虚大师全集》。

③ 释太虚：《僧尼应参加国民大会代表选举》，《海潮音》，第十七卷第八期。

④ 释印顺：《太虚大师年谱》，《印顺法师佛学著作全集》第六卷，北京：中华书局，2009 年版。

随佛教遭到政府与社会的摧残而破灭。从政、超政二者各有利弊，"况今中国无论在政府在社会，尚无在家佛徒集团，足以拥护佛教，则僧伽处此殊堪考虑"[1]，于是，"问政而不干治"的想法跃然纸上。太虚承认，这一想法受到孙中山的启发。"政"是众人之事，"治"是管理，合起来即是"众人之事之管理"。又政权是人民有权议定政法，治权是政府有权治理国民，僧伽作为国民，应当参加各级政府的合法议会，积极寻求为国人除苦得乐的方法。但佛教徒仅限参与各级议会，而不实际干预各地政府机关管理工作，即所谓"做议员而不做官"，参政而不干治[2]。翌年，太虚否认了组织佛教政党的说法，但主张僧人以国民立场的公民资格竞选各级议会议员[3]。究其缘由，一是如若组成佛教政党，僧人或者居士住持都不合适，前者将面临僧伽与官吏身份的两难困境，后者则有违僧主俗辅的伦理格局。二是部分佛教徒已加入各种党派，"既不能请他们改入佛教党，而佛教党已另成一党，便与他们各别疏隔了"[4]。因而，太虚认同梵波的说法，基于"佛法的圆融、广大、慈悲、平等的教义，以发挥其福国利民的效用，但僧伽本身是立于超然地位的"[5]。

综合比较参政与否定参政的各种言论，欧阳渐为了确保佛教的纯正性，对僧尼参政给予坚决反对，拒斥政治带给佛教的可能染污。太虚早年活动时期，对于僧尼参政表达了极大的热情，试图通过僧尼参政议政维护佛教的合法权益，甚至企图组织佛教政

---

① 释太虚：《僧伽与政治》，《觉群周报》，第一卷第一期。
② 同上。
③ 释太虚：《佛教不要组政党》，《觉群周报》第三十期。
④ 同上。
⑤ 同上。

党。晚年，基于各种现实、佛制等因素考量，对僧尼参政议政表达了更多的顾虑，谨慎提出"问政而不干治"，但本身保持超然姿态。正如印顺对欧阳渐的评价："欧阳治佛书三十年，偏宗深究，宜其得之专而失之通"①。无论从历史还是现实考量，佛教从来不是，也绝无可能独立于政治之外。佛教义理虽然具有世界性、超越民族、国家等特征，但佛教团体作为一种现实存在，必然要求适应各国社会政治，并与之发生各种关系。一味地拒斥政治，实际上是一种逃避、无能的表现，思考怎样化导政治而不是被政治化导，或许才是正确的道路。对于太虚的抉择，其初衷和目的是美好的，但"人间佛教的思想倾向就是即世间而离世间，在世与出世间获得超越性。这在理上可以讲得很圆融，问题是，一落到世间经验的面向上，情况要困难得多，理则上的不二，必须对世间法有更充分的准备和分析，单提'佛法不离世间'一句调和的话头，还不足以应对复杂的社会政治困局"②。当一个虔诚的佛教徒面对现代性与世俗化的两难时，常常因为对世间法缺少足够的考量和分析，不可避免地遭受种种困境、批判和失败。

第三节　从历史上的三教一致到当代佛教对国学的弘扬

作为中国传统文化的主流，儒释道三教的会通与融合是贯穿中国思想文化史的一股重要思潮，对中国社会的变迁以及中国传

---

　　①　释印顺：《太虚大师年谱》，《印顺法师佛学著作全集》第六卷，北京：中华书局，2009 年版。
　　②　龚隽：《略论佛教与近代中国社会政治关系》，《第四届印顺导师思想之理论与实践论文集》，2003 年。

统文化，乃至当代国学的发展都产生了巨大的影响。有学者对这种现象的产生加以研究，并多以三教合一统而论之。然而，从"三教"①的初现、并立，到"三教合一"，经历了一个漫长的历史发展与演变过程，其中讨论最多的是佛教中以蕅益智旭为代表的明末四大高僧（紫柏真可、憨山德清、蕅益智旭、莲池袾宏）以及道教中的王重阳。而儒家中三教合一的集大成者宋明理学，因为其作为"新儒家比道家佛家更为一贯地坚持道家、佛家的基本观念。他们比道家还要道家，比佛家还要佛家"②。尤其是最为突出的阳明心学，其所折射出的儒释道关系，尽显三教之间理上的会通与事上的融合，其深远影响一直延续到当代。

一、历史上的三教合一

探究三教合一的起源，可以追溯到三教之初立，其历程关涉佛教在中国传播的发展和演变。三教合一的概念，经历了魏晋南北朝、隋唐、宋元明清这三个时期。如宗教史学家陈垣所述，"其

---

①　有关儒家是否为宗教，一直存在争议。存仁先《中国思想里天上和人间理想的构思》一文云："唐代以来的所谓三教，这个教指的是教化的意思，不一定要把儒家看作是宗教。"（《道教史探源》，北京大学出版社 2000 年版，第 137 页）。任继愈在《论儒教的形成》（中国社会科学，1980 年第 1 期）一文中说："由儒家发展为儒教是伴随封建统一大帝国的建立和巩固逐渐进行的。……孔子学说共经历了两次大的改造。第一次改造在汉代……第二次改造在宋代。"他又在《儒家与儒教》（中国哲学第三辑，三联书店，1980 年版）中说，"宋明理学的建立，也就是中国的儒教的完成。宗教的教主是孔子，其教义和崇奉的对象为'天、地、君、亲、师'，其经典为儒家六经，教派及教法世系，即儒学的道统论，有所谓十六字真传，其宗教组织即中央的国学及地方的州学、府学、县学，学官即儒教的专职神职人员。"本文采用后者的观点，认为儒家是一种宗教。

②　冯友兰：《中国哲学史新编》（下），北京：人民出版社，1999 年版。

始由一二儒生参究教乘，以禅学讲心学，其继禅门宗匠，亦间以释典附会书传，冀衍宗风，于是《中庸直解》《老子解》《周易禅解》《漆园指通》等书，纷然杂出。国变既亟，遗臣又多遁空寂，老庄儒释，遂并为一谈"①。此一言以概之，最切中史情。

三教概念在中国传统思想界的初现，可以追溯到三国时期。康僧会曾论述："儒典之格言，即佛教之明训。"②而《广宏明集》中有《吴主孙权论儒佛道三宗》一篇，提到了释道儒三家。此外，道安以老子语解佛典《般若经》，牟子也于《理惑论》中论及佛儒思想的一致性。上述文字记载，可以说是有关三教一致的最初观念。在这一最初的阶段，学人在三教两两之间（佛儒、佛道、儒道）的互补共通之处，分别做了很多的建议和论述，三教虽有连称，但彼此却是独立的。这一时期，作为一种新意识形态的佛教，备受一些帝王的尊崇，并展现出其特有的生机。梁武帝曾述其一生："少时学周孔，弱冠穷六经；中复观道书，有名与无名；晚年开释卷，犹月映众星"③。按照诗中说，梁武帝的思想由儒入道，最终归向佛教，非常形象地凸显了该时期三教关系以佛教为核心的特点。

隋唐时期的三教关系是一个过渡的阶段，三教鼎立的局面全面形成，三教理念的会通与融合，彼此内在意识上的流通也空前频繁，并达到一个高潮。这一时期，"三教之间关系成了政治上的一个热门话题，隋唐宋诸朝间屡屡举行的三教辩论大会"④，看似呈现出了激烈的区分和对立，但实质上，这样的客观存在却为

---

① 陈垣：《明季滇黔佛教考》，石家庄：河北教育出版社，2000 年版。
② 《梁高僧传》，《大正藏》，第 50 卷，第 325 页。
③ 《广弘明集》，《大正藏》，第 52 卷，第 352 页。
④ 严耀中：《论"三教"到"三教合一"》，《历史教学》，2002 年第 11 期。

三教的交融流通提供了绝佳条件，如唐"贞元十二年四月，德宗诞日，御麟德殿，召给事中徐岱、兵部郎中赵需、礼部郎中许孟容与渠牟及道士万参成、沙门谭延等十二人，讲论儒、道、释三教"[①]；可以看出当时的政治需求对三教整合的迫切意愿。在这样的社会的背景下，三教关系在内质上更加深了互解和认同，如陈寅恪所说："南北朝时，即有儒释道三教之目，至李唐之世，遂成固定之制度。"[②] 而隋唐以来三教合一趋势的推动者，是以不断本土化的佛教禅宗为核心。自中唐以来，禅宗以"明心见性"之道，秉承中国传统文化之灵慧，兼容印度佛学之精要，借以不拘一格的灵动方式、通俗的语言表达，呈现出了鲜活而强大的生命力，一度风靡当时的世俗社会，对儒、道二教产生了深刻的影响。如对后世影响深远的陆九渊、王阳明的心学，主要是儒学吸收禅宗而建立。太虚《论王阳明》谓其"故向禅宗悟得，却向儒中行取也"[③]。

　　隋唐时期的三教，虽然"各自保持着独立的形态，但却相互间在思想观念和行为方式上，不断地进行着交流和融合，一定程度上从外在功能上的融合、互补，加深到内在思想上的会通。这其中，由于南北朝玄学的消退，和经学的东山再起，尤其是韩愈、王通等人对新儒学的发展，直接影响着宋朝程朱理学的兴起，自此以后，儒学主导社会意识的功能日益强大，促使三教在隋唐之后朝儒家倾向的势头也愈来愈明显"[④]。

---

① 　《旧唐书·韦集卓传》。

② 　陈寅恪：《冯友兰〈中国哲学史〉下册审查报告》，《金明馆丛稿二编》，上海：上海古籍出版社，1980 年版。

③ 　释太虚：《太虚大师全书》第 22 册，北京：宗教文化出版社，2005 年版。

④ 　严耀中：《论"三教"到"三教合一"》，《历史教学》，2002 年第 11 期。

宋元明清，是出现真正宗教形态上的三教合一时期。"三教合一思想是宋元时期社会思想发展的主流，重点表现为佛道归儒局面的出现。儒道互补又是在三教合一的大潮流中存在和发展的"①。对于三教合一中的"一"，最核心的要义是心性，这是宋元以来三教学说的重心。《中和集》卷四云："释云'如如不动，了了常知'；《易系》云'寂然不动，感而遂通'；丹书云'身心不动，以后复有无极真机'，言太极之妙本也。是知三教所尚者静定也，周子所谓主于静者是也。盖人心静定未感物时湛然天理，即太极之妙也"②。意为佛教之"圆觉"、理学之"太极"、道教之"金丹"，都是指同一真性，名虽是三而体是一，亦即人一念不生之际的"本来一灵"。

到了明清时期，三教合一思想达到了一个新的高度。明代的王守仁在《传习录》中提出"道即是良知"，建立以"良知"为中心的哲学体系。清代的王夫之用"气"解"道"，认为："器有成毁；而不可象者寓于器以起用，未尝成，亦不可毁，器敝而道未尝息也"③。"合一"思想在各流派的理论中逐步凸显。儒释道三家正通过各种途径，"大大增强自身的生命力，三教合一成为中国传统文化发展的必然趋势"④。

---

① 李华华：《从"道"的演变看三教融合》，《安徽大学学报》，2005 年第 6 期。

② 李道纯：《中和集》，《正统道藏》，台北：新文丰出版公司，1977 年版。

③ 王夫之：《张子正蒙注》，北京：中华书局，1975 年版。

④ 李华华：《从"道"的演变看三教融合》，《安徽大学学报》，2005 年第 6 期。

二、会通与融合——阳明心学中的三教合一

始于唐宋的三教合一思潮，在明末时达到了高峰。而在三教融合之外，更多展现的是儒佛之间的交锋。阳明心学吸收了佛道思想，尤其是大量吸取禅宗的心性论及修养方法，建立起带有浓厚佛教色彩的心学体系，在晚明士大夫中盛极一时，对明末思想界的冲击极强，乃至影响到佛教界和社会层面。

在王阳明的家学渊源中，除了以儒为业的传统以外，还有佛教、道教背景。根据王纪所述，"为学三变"的第三变乃是"究心于老佛之学"。如果说第二变在阳明十五、六岁时，那么第三变开始的年代应是在此之后，然而有关阳明从事佛老之学的各种记载却非常混乱，就结论而言，阳明"出入佛老"可能是横跨"学凡三变"的整个阶段 ①。

阳明心学深受佛教思想影响是学界的定论，而受禅宗的影响最大。四句教中，"无善无恶心之体"的意义，是指向一种"无的境界"，这个思想实际上是来自禅宗的影响。只有禅宗才一再说性体"无善无恶"，如在《坛经》中惠能开示慧明"不思善，不思恶，正与么时，那个是明上座本来面目"。在严滩的告别，阳明再次与钱德洪、王畿讨论了"四句教"的问题，他说"有心俱是实，无心俱是幻；无心俱是实，有心俱是幻"②。这句极似禅宗偈语的话头更让人疑阳明学为禅学。

可以说，王阳明的"良知本体"的实质，就是佛家所讲的"心性"。他自己也承认："良知者，心之本体；心之本体即性也。"③佛教中

---

① 吴震：《〈传习录〉精读》，上海：复旦大学出版社，2011年版。
② 王阳明：《王阳明全集》，上海：上海文艺出版社，2000年版。
③ 同上。

的天台、华严、禅宗等宗派，都有"心性本觉"的思想。"中国佛学持'性觉'说，有别于印度佛学的'性寂'说。性觉说由《大乘起信论》首创，天台宗、华严宗和禅宗都深受其浸润"①。可以说，阳明的良知近乎六祖惠能所讲的"心"，抑或是宗密大师所讲的"真心"。

　　阳明心学是禅还是非禅一直是学术界争论的话题。"非禅"说的代表是黄宗羲，他在《明儒学案》中做了详细论述。当代学者杜维明认为，"宋明理学汲取了许多佛教和道教的价值，但它仍是一个对古典儒学思想的创造性改进，而不是三教合一的思想高峰"②。

　　而"是禅"学说之代表人物是明代的罗钦顺，相关论述记录在《与王阳明书》。圣严法师也认为，"所谓良知学……扬弃了宋儒的程朱色彩，重新归综于禅宗的如来藏思想，与儒教理念相结合的一种新思潮。致良知……阳明学说便进一步接纳佛教的真如心，乃至如来藏的真常心"③。"而就学术史而言与圣严同调者代不乏其人，所以在持'是禅说'的学者中，所谓的'阳儒阴佛'或'三教合一'之论，也就不难理解了"④。

　　王阳明对佛老的态度究竟是悟之为非还是会之于心，不妨回到他自身的言语中寻找答案。他说："因求诸老、释，欣然有会于心，以为圣人之学在此矣。然于孔子之教间相出入，而措之日用，往往阙漏无归。依违往返，且信且疑。"⑤由此可知，"依违往返，

---

　　① 吕澂：《试论中国佛学有关心性的基本思想》，《吕澂佛学论著选集》三，济南：齐鲁书社，1991年版。

　　② 杜维明：《杜维明文集》第四卷，武汉：武汉出版社，2002年版。

　　③ 释圣严：《明末中国佛教之研究》，台北：台湾学生书局，1988年版。

　　④ 葛兆光：《禅宗与中国文化》，上海：上海人民出版社，1986年版。

　　⑤ 王阳明：《王阳明全集》，上海：上海文艺出版社，2000年版。

且信且疑"是王阳明对佛老之态度，也就是采取了"和而不同"式的有所取、有所否的批判继承态度。

　　源于佛道思想，尤其是受佛学启发而产生的阳明心学，"对个人良知的召唤，不但攀上了儒学思想史上的又一巅峰，还冲破了儒家历来强调的共同体（家族、宗族、国家）对个人的压抑，成为儒学思想史上的转折点，并与俗儒、陋儒口口声声共同体至上，其决定性的准则却是实用主义——唯个人'地位'是求"①，形成了鲜明对比。如果把是否孔孟学说或是否依照佛经在做派别判断的话，阳明学无疑是明代"儒学中的'新'派，而且达到了古代儒佛交融进程的巅峰"②。

三、当今佛教对国学的弘扬

　　当今佛教延续了民国时期太虚提出的"人间佛教"的发展轨迹，把对鬼神的崇拜和对升天的渴望，转化为对人生的关怀和对社会的反思。太虚提出："现在讲佛法，应当观察民族心理特点在何处，世界人类的心理如何，把这两种看清，才能够把人心所流行的、活的佛教显扬出来。现在世界人心注重人生问题……应当在这个基础上昌明佛学，建设佛学，引人到佛学光明之路，由人生发达到佛。小乘佛法，离开世间，否定人生，是不相宜的。"③

　　儒以修齐治平为目标，佛以解脱生死为目的，二者可互相补益配合。正如莲池所说："治世，则自应如大学格致诚正修齐治

---

　　①　韦伯：《中国的宗教》，桂林：广西师大出版社，2004 年版。

　　②　孙建安、邓子美：《高山之巅 深海之渊——论阳明良知说在儒佛交融史中的客观地位》，《佛学研究》，2010 年总第 19 期。

　　③　释太虚：《佛陀学纲》，《海潮音》第九卷第九、十期。

平足矣。而过于高深，则纲常伦理不成安立。出世，则自应穷高极深方成解脱，而于家国天下不无稍疏。盖理势自然，无足怪者，若定谓儒即是佛，则六经论孟诸典粲然俱备，何俟释迦降诞，达摩西来。定谓佛即是儒，则何不以楞严法华理天下，而必假羲农尧舜创制于其上，孔孟诸贤明道于其下。"①

时下国学热兴起，以儒释道三教为背景的各种书院勃然兴起。精深的佛学思想作为中国传统文化中重要的组成部分，在国学弘扬的热浪中逐渐为民众所认识。以儒学为背景的书院对于佛学的弘扬虽有涉及，但微乎其微。以佛学为背景，由居士兴办的各色书院，虽然以佛学思想、禅定实践为主要内容，但也不是专宗佛学，而是大量兼顾儒学、道学，基本以佛学作为陶冶性情、寻求觉悟向上的核心路径，以儒学作为治世的思想，以道学修身炼体。然而，正如许多学者、教界人士指出的一样，佛学与世间伦理道德却有共同之处，但不能混淆二者，将传统文化作为佛学的基础。佛教作为以出世成佛为终极追求的宗教，发心、观智、修学体系与世俗伦理道德有本质的区别。人间佛教倡导的契理契机，首要是契合佛教思想，其次才是契合世人根基、时机，不能但为契合根基而舍本逐末，弃佛教义理于不顾，意欲假借世间法宣扬佛教，却泯没于世间法。正如太虚所坚持，当今佛学对国学的弘扬，需坚持佛教本位予以批判性理解，以菩提心、大悲心、空性智为内在依据，以五乘佛法为方便法门，坚持佛教立场，兼即世俗法。此中，居士的行为需要教界人士谨慎对待，必要时加以适当引导。

---

① 《云栖法汇》，《大正藏》，第33卷，第52页。

第六章　世俗化与佛教新发展

第一节　世俗化与佛教的因应

宗教世俗化作为近现代社会发展的基本特征，其理论的提出，是欧美宗教社会学家用来思考、处理宗教与现代化关系的重要议题。世俗化理论一经出现，随即引发了一系列思想热潮，研判宗教的发展与未来，必然以世俗化为理论工具。然而，随着宗教社会学家将视野从欧洲拓展到世界各地，世俗化理论遭受诸般质疑与挑战，去世俗化理论开始备受讨论和追捧，处理宗教与现代化关系的新理论模式陆续被提出。近现代中国社会的发展基本因应现代化与世俗化的主流趋势，以此为生存背景的中国佛教既受到世俗化的影响，又与世俗化预判的趋势相逆，透过理论创新与实践而寻求复兴。

一、世俗化理论基本内涵

"世俗化"最初是一个法律方面的专用术语，《威斯特伐利亚和平条约》中概指教会拥有的财产被国家强制没收，转移到国家或个人手中。此后世俗化概念的内涵不断扩大，不再局限于物质资产，而是表示教会在社会中的重要性逐渐衰退，原先深受神学、教会影响政治、经济、文化、思想等领域，摆脱宗教的控制，转而交由世俗社会直接负责①。宗教由构建整个社会的合法性及神学解释来源，退缩到有限的精神领域。

世俗化作为社会发展不可逆转的时代倾向，始自西方社会由传统向现代的转型。从词源学上考察，世俗化（secularization）指向与宗教积极追寻的永恒真理之精神世界，相对而存在的历经时空变化的物质世界②。正如彼得·贝格尔在《神圣的帷幕》所说，宗教犹如一块神圣的帷幕，起着论证社会合理性的作用，世俗化使得这块帷幕支离破碎，难以再为社会提供共同的意义③。贝格尔指出："世俗化意指这样一个过程，通过这种过程，社会和文化的一部分摆脱了宗教制度和宗教象征的控制。"④世俗化，意味着整个社会努力采取"去精神性""去宗教性"，试图将整个社会的价值建基于人文主义之上，经历由神圣化向非神圣化的蜕变。

关于社会的现代化过程，马克斯·韦伯将它描述成祛魅和理性化、理智化，"我们的时代，是一个理性化、理智化的时代，总之是世界祛除巫魅的时代；这个时代的命运，是一切终极而最崇高的价值从公众生活中隐退——或者遁入神秘生活的超越领域，或者流于直接人际关系的博爱"⑤。早期的世俗化理论一般认为世

---

① 马晓军：《宗教世俗化的表现及其社会意义》，《前言》，2009年第3期。

② 吴云贵、Weller、范丽珠、郑筱筠：《对话宗教与世俗化》，《世界宗教文化》，2013年第2期。

③ 高师宁：《世俗化与宗教的未来》，《中国人民大学学报》，2002年第5期。

④ 高师宁译，何广沪校，彼得·贝格尔著：《神圣的帷幕》，上海：上海人民出版社，1991年版。

⑤ 同上。

俗化意味着宗教从现代社会各个领域退出，人类的社会生活在现代性中被理性化，这就意味着宗教赖以生存的基础——为社会提供神圣性资源，失去了存在的价值，宗教在社会中的立足之地被替换，宗教自身将跟随世俗化浪潮而衰落。相对于韦伯的宗教衰落说，宗教在现代社会消亡的预判业已存在，孔德即是宗教消失论的倡导者，他的实证主义哲学将人类社会的发展分为三个时期：神学时期、哲学时期和科学时期，随着第三个时期的到来，宗教将会被科学所取代，消失在历史的长河中①。

关于世俗化过程中宗教必然衰落的境遇判断，其核心支撑论据无非是宗教再也不被需要为现代国家的合理性做出说明，宗教为现代社会提供意义、价值的功能被消解。究其深层原因，与现代社会所经历的几轮革命息息相关。文艺复兴高扬人文主义精神，崇尚理性和知识，提倡反封建、反神学，抨击宗教神权对人性的禁锢，要求解放人性，重视现世生活，提出以人为中心而非神。随后的启蒙运动宣扬自由、民主和平等，对天主教会展开猛烈抨击，试图通过经验和理性思考构建独立于宗教的知识系统，进而建立一个以"理性"为基础的社会。工业革命、科技革命的兴起与成功，充分显示了科学理性的张力，赋予人以无限创造力，神学传统不断遭受挑战，在与科学的论战中溃败连连。面对现代性的多重威胁，一位60年代的意大利学者将宗教的未来描述成窥不见尽头的漫长黑夜，在这里，神圣概念和神圣意识似乎已经无处容身②。

宗教的"漫长黑夜"似乎是说宗教将面临不断的衰退。英国

---

① 吕大吉主编：《宗教学概论》，北京：高等教育出版社，2003年版。
② 高师宁：《世俗化与宗教的未来》，《中国人民大学学报》，2002年第5期。

学者布赖恩·威尔逊认为世俗化现象包括教会财产的转移，公众参与宗教活动时间的减少，宗教捐献减少，宗教组织萎缩，科技理性取代神学思想①。威尔逊以世俗化为理论依据，倡导宗教衰退论，厘定宗教的衰退大致归纳为三个方面：第一，宗教私人化，即宗教成为个体或私人事务，从公共领域中隐退；第二，思想世俗化，社会整体和宗教内部追求来生幸福、注重超越世界的思想观念逐渐衰微，取而代之的是重视现世生活、自然科学理论等。第三，宗教活力减退，信徒数量减少，参加宗教活动的热情降低②。

美国宗教社会学家拉里·席纳尔认为世俗化具有六种含义："第一，表示宗教的衰退，即指宗教思想、宗教行为、宗教组织失去了他们的社会意义；第二，表示宗教团体的价值取向从彼世向此世的变化，即从内容到形式都变得适合现代社会的市场经济；第三，表示宗教与现实社会关系的分离，宗教失去了其公共性与社会职能，变成了纯私人的事务；第四，表示信仰和行为的转变，即在世俗化过程中，各种主义发挥了过去由宗教团体承担的职能，扮演了宗教代理人的角色；第五，表示世界渐渐摆脱了其神圣特征，即社会的超自然成分减少，神秘性减退；第六，表示'神圣'社会向'世俗'社会的变化等"③。

关于世俗化理论，英国宗教社会学家史蒂夫·布鲁斯不赞同世俗化即意味着宗教衰落乃至消亡，认为世俗化是一个多重向度

---

① 关启文:《宗教在现代社会必然衰退吗？——世俗化理论的再思考》，《道风汉语神学学刊》，1998 年第 9 期。

② 同上。

③ 戴康生、彭耀:《宗教社会学》，北京：社会科学文献出版社，2000 年版。

的概念，表明宗教在社会中角色扮演的演变，宗教重要性的降低，意味着宗教对社会制度与组织、社会角色、个人行动与信念、信仰普及等方面的影响力减退①。有国内学者认为，世俗化就是非神圣化，这一漫长的社会变化过程涵涉两个方面内容，"一是社会的变化，即人类社会各个领域逐渐摆脱宗教的羁绊，社会各种制度日益理性化；二是宗教本身的变化，即宗教不断调节自身以适应社会向世俗的变化"②，世俗化带来了社会和宗教的双重变化。

二、世俗化理论的批判

透过大量学者的研究，世俗化理论面临诸多批判，尤其是世俗化进程中宗教必然衰落乃至消亡的极端命题，早已被大多数学者抛弃。美国社会学家格瑞勒认为，宗教会能够满足人与生俱来的某些需求，必然持久存在；如果将研究视角从欧洲扩散到全球，基督教在欧洲的衰落只是个例，而并非标准情况③。也就是说，格瑞勒质疑欧洲学者以欧洲基督教发展状况为依据，提出的世俗化理论之宗教衰亡说是否具有普遍有效性。

20世纪80年代，杰弗里·哈登严厉抨击世俗化理论，"首先，世俗化理论是松散运用的观点大杂烩，而非一个系统的理论；其次，既有的经验数据难以支持这样一个理论，进一步说，各类新兴宗教运动和宗教与政治在全球层面上的复杂关联，都与世俗化理论

---

① 郭宏珍：《现代性与多元化——史蒂夫·布鲁斯世俗化范式简析考》，《世界宗教文化》，2017年第4期。

② 高师宁：《关于世俗化问题》，《世界宗教文化》，1995年第12期。

③ ［美］A.Greeley：《The Religious Change in America》，Harvard University Press，1989年版。

相悖"①。有趣的是，早期世俗化理论坚实拥护者的贝格尔抛弃了世俗化理论，承认世俗化世界的理论是错误的。他认为略过欧洲等几个宗教衰落的特殊案例，全球范围内宗教一如既往的狂热，甚至程度更甚；世俗化理论的思想内核来自于启蒙运动，即社会的现代化进程必然导致宗教的衰退；然而，这一观点被不断证明是错误的②。

给予世俗化理论最为猛烈批判的是"理性选择"理论。部分宗教研究者深受美国社会学理性选择理论的影响，认为它为宗教社会学的研究提供了新的范式模型。罗德尼·斯达克认为，宗教社会学的研究应当超越传统的社会学理论预设，采取经济学中经济理性方式作为研究方法。斯达克将宗教经济定义为："是由一个社会中所有宗教活动构成，包括一个现在和潜在的信徒的'市场'，一个或多个寻求吸引或维持信徒组织以及这些组织所提供的宗教文化。"③宗教理性选择理论将宗教视为一个庞大的经济市场，由供应方——宗教提供者和需求方——信徒两大主体构成，宗教产品提供者为了吸引信徒而采取各种营销手段，信徒在多元化的宗教商品市场中做出理性的选择，供需两方的目的均是为实现利益的最大化。

基于理性选择理论，部分宗教社会学家认为世俗化的核心命题即宗教的衰落是错误的，宗教不会消亡，而是随着社会的变化

---

① 张文杰：《从世俗化论战到多元宗教现代性——世俗化议题的当代进展》，《世界宗教文化》，2014 年第 3 期。

② 孙尚扬：《世俗化与去世俗化的对立与并存》，《哲学研究》，2008 年第 7 期。

③ 斯达克、芬克著，杨凤岗译：《信仰的法则》，北京：中国人民大学出版社，2004 年版。

而变化，"宗教的历史不是宗教衰落的过程，更是宗教新生和成长的过程，世俗化使得宗教在现代社会有了新的变化，并出现了两个互为补充的现象，即宗教的复兴和宗教的革新"①。

斯达克的理性选择理论，强调宗教产品的供应方是推动宗教变化的主要动力，相对的，传统理论范式认为需求方主导了宗教的变化。也就是说，传统世俗化理论坚持宗教必然衰落和消亡，乃是因为整个社会对宗教的需求不断降低，大众的宗教需求决定了宗教未来的命运。宗教理性选择理论将宗教供应方置换为宗教市场的主导者，无疑避免了衰亡论的理论困境。多元化、开放的市场中，任何宗教都可以进入，为争夺信众，不可避免地展开相互竞争，从而使得宗教在全球范围呈现繁荣景象。同时，随着现代性的不断推进，传统宗教组织推陈出现，新兴宗教崛起，以满足信众的需求多样化、个性化等特征。当主流宗教表现某种程度的世俗化时，宗教自身会引发自我抗拒，产生各种新的教派运动。在理性选择理论学者眼中，世俗化进程中宗教的衰亡是伪命题，世俗化、宗教复兴与宗教创新，三个基本要素构成一个有机联结的体系，并且"无尽循环"②。

对宗教世俗化的另一个挑战来源于学者对欧洲范围外宗教的研究。有学者指出，美国是全世界最具现代化的国家，然而美国的宗教信仰需求十分旺盛。"86.5% 的人信仰基督教，40% 的人每周参加礼拜活动，59% 的人认可宗教非常重要，75% 的人每周

---

① 范丽珠：《现代宗教是理性选择的吗？——质疑宗教的理性选择研究范式》，《社会》，2008 年第 6 期。

② 高师宁：《世俗化与宗教的未来》，《中国人民大学学报》，2002 年第 5 期。

至少一次祈祷。只有不到 12% 的人认为宗教不太重要，以及 0.7% 的不可知论者和 0.02% 的人文主义者"①。此外，菲律宾、印尼、马来西亚、缅甸等东南亚国家，中国、韩国等东亚国家，拉丁美洲等地区，宗教均呈现出蓬勃发展的态势。社会学家的调查数据似乎表明，即使现代化是社会发展不可逆转的潮流，但并不意味世俗化同样会导致宗教衰退。恰恰相反，整体上宗教在全球表现出极强的生命力和活力。

三、世俗化与中国佛教的因应

关于世俗化与去世俗化之间的争论虽然持续了几十年，但恐怕不会有一个最终的结论产生。或者说，论战的意义并不在于谁最终取得了胜利，而是透过彼此的争辩，使得我们能够更清楚分析近代以来宗教发展状况，其背后的原因与内在逻辑。

20 世纪开始，尽管大量学者批驳世俗化理论，但不得不承认，处理各种复杂的宗教现象问题时，仍然在一定程度上与世俗化理论紧密联系。正如有学者指出："现代社会从根本上摆脱宗教制度和宗教象征控制的确是一个不争的事实，而在各地出现的宗教复兴和宗教革新现象互为表里，也不外是由于世俗化与宗教之间互动在现代社会出现的新变化"②。

绝大多数学者早已抛弃世俗化导致宗教衰亡的这一预判，更多的是关注现实社会中宗教与现代性的互动关系，以及宗教的具

① 关启文：《宗教在现代社会必然衰退吗？——世俗化理论的再思考》，《道风汉语神学学刊》，1998 年第 9 期。

② 吴云贵、Weller、范丽珠、郑筱筠：《对话宗教与世俗化》，《世界宗教文化》，2013 年第 2 期。

体存在样态。值得注意的是，尽管某些学者将世俗化理论描述成"观点的大杂烩"，但是某些核心的概念例如"分化""理性化"和"现世化"等，却被诸多宗教社会学家（卢克曼、威尔、马丁、布鲁斯等）认可。

布鲁斯将社会的现代化分为三个基本维度：分化、社会化和理性化。分化指某些兼顾多重功能的架构，被多个专门化的架构取代。社会化指社会中小规模的社群向集约化大都市过渡。理性化指工具理性日益成为主宰社会运行的基本法则，目的是实现现世利益的最大化。现代化的三个基本范式，于世俗化中同样有着显著的脉络。就分化而言，传统宗教有如一个庞大的系统工程，覆盖社会的方方面面，为政治、经济、教育、文化、思想、医学等诸多领域树立规则，论证合理性。随着现代化进程的推进和完善，宗教曾经渗透的各个领域和承担的社会功能被消解，取而代之的是承担专业分工的相应社会机制。就社会化而言，指宗教在传统社群的角色和功用逐渐在都市化中变得不适宜，而丧失价值。就理性化而言，自然科学、社会科学等知识的发展，显示理性的极度张力与活力，诉诸信仰、神秘性、超越性的宗教思维备受质疑，二者共同建构宗教的现世性特征。

近代以来，中国佛教的发展毫无疑问同样受到现代性的影响，世俗化成为佛教复兴的重要背景和不得不面对的重要议题。当然，现代性与世俗化对佛教的影响是多方面的，这里重点关注一内一外两个方面。

（一）政教分化概念

启蒙运动使人们认识到国家权力与宗教权力分离的重要性，现实性的政教分离大致滥觞于 18 世纪末的法国和美国革命，尔后成为席卷全球的政治运动。1911年辛亥革命爆发，翌年取得胜利，中华民国成立。清王朝的灭亡标志着以宗法性传统宗教实现王权统领教权的合一模式的结束。就传统制度性宗教而言，透过第五章的研究，我们已经清晰地发现，中国历史上王权始终高于教权，无论是外来佛教，还是道教等本土宗教，从未达到教权凌驾于王权之上的高度，宗教事务始终受到国家管控，如佛教的僧官制度、度牒制度等。民国时期政教分离政策的确立，一方面使得大众的生活脱离宗法性传统宗教；另一方面，佛教等传统制度性宗教用来处理政教关系的方式的有效性被终结。政教分离使得宗教和国家权力各安其位，界限清晰。

政教分离和宗教信仰自由等制度的实现，对于近代以来佛教的发展，充满机遇和挑战。首先，佛教事务脱离了国家权力的肆意干预，获得了独立自主发展和被平等对待的权利，理论上国家权力刻意打压或三武一宗式的灭佛事件应当不会重现。其次，宗教信仰作为个人的私事从公共领域中退出，政府不再扶持任何宗教，佛教的发展必须依赖信众的共同努力。再者，宗教市场多元化意味着佛教面临多宗教的竞争，如何在多元化、开放的市场中维护自身的权益，需要佛教做出积极的因应。但是，政教分离并不意味着佛教与国家政治的完全割裂。现代国家治理遵循宪法和特定的政治制度，信徒要维护佛教的合法权益，需要遵循现代国家机制。太虚大师早年游历欧洲，对现代政治和国家制度有一定的认知。他认为民国时期的庙产兴学运动中佛教遭受破坏，部分原因在于国家政策制定过程中，宗教团体未能发出自己的声音，故而积极呼吁僧尼参政、议政。同时认为，宪法和选举法等明确国民有选举权，僧尼积极行使自身的权利，参与国家政治，尽可能地维护自身权益。佛教由过去依附国家权力的生存方式，转变为现代政治制度中的参政、议政。此外，太虚在《僧伽与政治》中提出"问政而不干治"。"问政"使得佛教保持积极主动，"不干治"能保障佛教独立自主，不跟随国家权力而兴衰。遗憾的是，中华民国自成立之后一直处于风雨飘摇之中，随着第二次世界大战的爆发，国家政治又即处于混乱之中，"议政而不干治"的理念未能取得预期效果。

1949年中华人民共和国成立，人民代表大会制度和政治协商制度正式确立，僧尼作为人民的一员，被赋予参政、议政的权利。人大制度规定，各级人大代表由选举产生，集体行使职权；各国家机关由人大产生，受人大监督；人大具有立法权、任免权、监督权和重大事项决定权等职能。政治协商制度作为一项基本政治制度，规定了人民政治协商、民主监督、参政议政的职能。回顾历届人大和政协中，僧尼积极履行参政、议政的职能，当选人大和政协代表的佛教界人士广泛提交了涉及环保、慈善、文化、国际交流和宗教建设等各个方面的提案，一定程度上实践了太虚倡导的"参政而不干治"。

（二）人间佛教思想的出现，涉及理性、现世性等元素

人间佛教思想始自太虚，经印顺梳理而成为当代中国佛教的主流。人间佛教的特质是关注现世社会。近代佛教衰败不堪，太虚总结当时存在四种"末流之陋习"，其中之一为"忏焰流"，专门从事拜忏诵经，放焰设斋，超度荐亡等法事，因而被称为"死的佛教""鬼的佛教"。太虚认为，要转变世人对佛教的看法，就必须摒弃传统佛教中的种种弊端，将佛教拉回到现实人间，他积极倡导的教理革命主要目的就是将佛学与现实人生结合。

"关于教理的革命，当时的《佛学从报》曾加反对。我认为

今后佛教应多注意现生的问题，不应专向死后的问题上探讨。过去佛教曾被帝王以鬼神祸福作愚民的工具，今后则应该用为研究宇宙人生真相以指导世界人类向上发达而进步。总之，佛教的教理，是应该有适合现阶段思潮底新形态，不能执死方以医变症"①。

从教理革命的定位上能明显感受到现代性对太虚思想的影响：中国佛教意欲因应时代诉求，重振现代人对佛教的理解与认同，必然要求不断调整自身，与现代化相契合。契合时代的佛学，太虚将其概括为以"求人类生存发达"为中心，"当暂置天、鬼等于不论。且从人生求其完成以至于发达为超人生、超超人生，洗除一切近于天教、鬼教等迷信；依现代的人生化、群众化、科学化为基，于此基础上建设趋向无上正遍觉之圆渐的大乘佛学"②。在此，太虚明确论及促使人生佛教的诞生的几个因素：现代、人生、科学。人生佛教不仅要摒弃天教、鬼教等迷信，契合理性；而且要以现实社会、人生为着眼点和目的。故而，人生佛教的重点在于，从现实当下开始佛教实践，在完善人格的过程中实现佛教的终极目标，这就是"仰止唯佛陀，完成在人格，人圆佛即成，是名真现实"③。佛教从重在彼世的他方国土，回归此世的人间，进而由日常的道德行为实践完善悲与智，将入世修行与超越终极目标相结合。延续太虚的人生佛教思路，印顺提出人间佛教思想。对于太虚针对重鬼、重死的近代佛教倾向提而出人生佛教，印顺强调他是在太虚的基础，针对的是佛教的天神化倾向，"我以为印度佛教的天（神）化，情势非常严重，也严重影响到中国佛教，

---

① 释太虚：《我的佛教改进运动略史》，《海潮音》第二十一卷第十一期。

② 释太虚：《人生佛学的说明》。

③ 释太虚：《即人成佛的真现实论》，《海潮音》第十九卷第三期。

所以我不说'人生'而说'人间'。希望中国佛教，能脱落神化，回到现实人间"①。太虚与印顺先后对死、鬼、天神的扬弃，无疑表明近代佛教的发展已经将现实社会、人生作为重点。人间佛教由"人"而"社会"，完善个体的同时，社会整体亦慢慢得到改良；人生与人间，实现双向度的进步。"人间佛教，是表明并非教人离开人类去做神做鬼，或皆出家到寺院山林里去做和尚的佛教，乃是以佛教的道理来改良社会，使人类进步，把世界改善的佛教"②。此外，太虚将佛学与现代西方各种学科知识进行会通研究，表明他已经能够接受科学理性③，而印顺对中国佛学的研究中体现出的历史理性和逻辑理性，更是毋庸置疑。

　　如果将世俗化理解为去神圣化、去教会的社会整合职能，那么，中国佛教从来都不具备这些职能，也就无从谈及现代性与世俗化。但如果理解为分化、理性和现世性，人间佛教的兴起无疑深受现代性与世俗化的影响。基于契理契机人间佛教思想，近代以来中国佛教经由太虚、印顺、赵朴初、星云、圣严、证严、净慧等僧俗一代代的努力，终于焕发出新的生命力。

第二节　当代佛教的困境与新发展

　　随着人间佛教思想的不断践行，中国佛教迎来了快速发展。

---

　　①　释印顺：《游心法海六十年》，《印顺法师佛学著作集·华雨集》第5册，北京：中华书局，2009年版。

　　②　释太虚：《怎样来建设人间佛教》，《海潮音》第十五卷第一期。

　　③　唐忠毛：《人间佛教发展过程中的世俗化问题辨析》，《华东师范大学学报》，2013年第6期。

根据美国普度大学中国宗教与社会研究中心 2010 年公布的调查数据显示,佛教信仰者大约占中国总人口数的18%,绝对数约1.85亿;佛教是中国近三十年来发展最快,也是信仰者人数最多的宗教①。现存佛教寺院约 3.3 万余座,出家僧尼约 20 万人,佛教院校 36 所②。从统计数据观察,相较于近代的发展状况,中国佛教在当代取得了长足的进步,故而有学者认为中国佛教进入了发展的黄金阶段。然而,透视一系列数据之后真实状况,中国佛教的发展远没有那么乐观。

一、佛教发展的当代困境

当前中国处于高速发展的社会转型时期,急剧的变革促使民众对佛教产生旺盛的需求,然而现存的国家体制依然存在一定的制度性障碍,由此形成巨大的张力,王雷泉先生将其称之为"围墙困境"③。

"围墙困境"的第一层含义,即从字面上讲,指集体性的宗教活动一般被要求在宗教场所内举行,也就是说,宗教活动被限定在有限的寺院围墙范围之内。2018 年起实施的《宗教事务条例》中第六款共九条,专门用来规范宗教活动④。如第四十条规定,集体性宗教活动须在宗教场所内,由宗教团体委派教职人员组织进

---

① 　数据来源于 2010 年在中国人民大学召开的"中国宗教的现状与未来:第七届宗教社会科学年会"上美国普度大学中国宗教与社会研究中心的研究报告。

② 　数据来源中国政府网和国家宗教事务局官网。

③ 　王雷泉:《中国佛教走出围墙困境及进入主流社会的路径》,《法音》,2013 年第 1 期。

④ 　具体详尽法律条文参看 2018 年 2 月 1 日起施行的《宗教事务条例》。

行。第四十一条规定，非宗教团体，不得在非宗教场所或非指定的临时活动地点举办宗教活动、开展培训等。第四十二条规定，超出宗教活动场所容纳规模的大型宗教活动，或宗教场所外的大型宗教活动，需要主办方向市级政府提出申请，接受管理与监督。第四十四条规定，不得在宗教院校以外的学校和教育机构举办涉及宗教的活动。

宗教的活力在于传播，佛教的使命在于化导世俗，弘法利生。僧尼因为出世追求，一般保持着独身、僧装、剃除须发等特征，外表与白衣俗人形成显著的区别。相较于其他世界性的大宗教，佛教在组织化和社会化程度上存在先天不足。大乘佛教虽然倡导积极入世，但与社会大众的联系仍然较为松散。国家政策将宗教活动限制在寺院范围之内，对佛教的传播具有极强限制性。基督教等虽同样由教职人员主导宗教活动，但因无显著特征，具备较强的"便利性"，举办宗教活动具备一定的隐蔽性，因而地下宗教活动十分活跃，显然超越官方三自教会规模。此外，基督教教会一般与社区紧密结合，深入社会的基本构成单元，受到的限制相对较小。当代大陆的伊斯兰教早已民族化，传教基本限定在特定的族群，因为有着深厚的民族、家庭基础，故信仰十分坚定，宗教传播不成问题。宗教活动的特定场所限制，无疑主要限制了佛教的传播，长此以往，在多元宗教竞争格局下，佛教能否保持以往的优势值得商榷。

"围墙困境"的第二层含义，即引申出另一个问题，就是寺庙被迫商业化。自20世纪90年代，"引导宗教与社会主义社会相适应"成为国家宗教工作的基本方针，"在具体操作层面，则提出要引导宗教为社会主义经济建设服务，很多地方把神圣的、清净的宗教引向了商业化、庸俗化的邪路"①。寺院被圈进景区内，收取高额门票，成为利益集团攫取财物的手段。这种人为的阻隔，一方面致使民众的正常宗教需求被抑制，供求关系遭破坏，在体制障碍基础上，进一步限制了佛教的发展；另一方面，不明真相的大众很难清晰地去辨别高额门票利益的实际受取者，容易形成佛教专注敛财的错误印象。被裹挟的商业化同样干扰了寺院为维持日常运营、展开公益事业而进行的正常、合理的经济活动。

当代佛教发展的另一个隐性问题是都市佛教寺院面临转型升级。佛教寺院由两大板块构成：山林寺院和都市寺院。一般而言，山林佛教因远离人群更适合清修，都市佛教因接近人群，更多承担对外弘法的责任。随着时代发展，山林佛教的环境变动不大，都市佛教则面临转型问题。

当前，我国加速实行新型城镇化措施，截至 2016 年，城镇常住人口为 7 亿 9296 万，城镇化率达到 57.53%。根据联合国的预估，2050 年城市化将上升到 71.2%，城市人口数量远超农村。社会的高速发展，城市的转型升级带来传统价值失范等问题，佛教本应成为都市丛林法则中的一缕精神慰藉之地，取得更大的宗教信仰市场份额。根据学者研究，当前都市佛教信众存在"信仰但不归属"的信仰方式，"认信方式私人化"，"宗教生活日益家庭化"②。可以说，现代化进程中，一方面是信仰需求趋于旺盛；另一方面，受现代性、世俗化影响，寺院在信仰生活中的重要性下降，家庭

---

① 王雷泉：《中国佛教走出围墙困境及进入主流社会的路径》，《法音》，2013 年第 1 期。

② 习五一：《当代中国都市佛教发展的趋势》，《中国宗教》，2005 年第 1 期。

化、私人化、社区化、社群化日益凸显，信仰生活个体色彩加重，多样性、随意性增强。"市民的佛教团体将走向以'信众为中心'，而逐渐脱离以'寺庙为中心'"①。

二、转型发展新途径

佛教发展过程中面临的体制性障碍，是当前佛教发展的最大外部限制性因素，也是较难解决问题。诚然，国家将宗教活动限制在宗教活动场所以内，是出于规范宗教活动的考虑，但客观上也抑制了宗教传播。佛教因为教义的特殊性和教制的限制，受影响最大。

被迫商业化，原是围墙困境的引申的老大难问题，利益的诱惑致使政商合作，为佛教界所诟病。透过僧俗二众参政议政、不断呼吁，这个问题终于有了解决的转机。新修订《宗教事务条例》，将遏制宗教商业化运作纳入治理中②，12部门联合下发《关于进一步治理佛教道教商业化问题的若干意见》，使得寺院抵制商业化有法可依。透过商业化抵制和解决路径表明，积极参政议政和呼吁，寺院的围墙困境存在解决的可能。

其二，随着信息技术的发展，网络日益成为大众获取信息，满足各种需求的途径。解决信仰私人化、多样化，以及围墙困境，

---

① 习五一：《当代中国都市佛教发展的趋势》，《中国宗教》，2005年第1期。

② 新《条例》第七款规定："第五十二条 宗教团体、宗教院校、宗教活动场所是非营利性组织，其财产和收入应当用于与其宗旨相符的活动以及公益慈善事业，不得用于分配。第五十三条 任何组织或者个人捐资修建宗教活动场所，不享有该宗教活动场所的所有权、使用权，不得从该宗教活动场所获得经济收益。禁止投资、承包经营宗教活动场所或者大型露天宗教造像，禁止以宗教名义进行商业宣传。"

网络佛教愈来愈凸显重要性。目前，国内涉及宗教的网站分为几大类。一是寺院的官方网站，如柏林寺、灵隐寺、玉佛寺等，主要提供寺院资讯、佛学书籍、影音试听等内容。二是综合性网站，如佛教在线、凤凰佛教频道、禅林网、佛教导航等，提供各种涉及佛教的信息，内容较为庞杂。三是论坛性网站，如净土论坛、佛音论坛等，主要供网络学习和互动交流。综合性和官网性佛教网站没有空间限制，使得更多人了解佛教，从而容受佛教。专业论坛网站满足信众宗派化的学习和交流需求。网络佛教一定程度上解决了围墙困境，促进佛教传播，普及大众佛教的认知，加强信众的联系，培育了认同感和归属感。不过，网络佛教也存在风险，即传播的内容具有不可控性，需要纳入到监管之下①。

其三，近年来开始有教界人士关注都市中的佛教，并展开研究。"都市佛教是指以都市寺院为主要活动场所，根据现代都市特点及要求由僧团为主对市民进行佛法弘扬和开展宗教活动的人间佛教"②。不同于以往都市中的寺院固守传统，都市佛教将当代都市或由都市引发的问题作为对治对象，并根据都市特点及信众问题从内容到形式上做出相应调试。如举办文化讲座、培训；与高等教育科研机构合作举行学术会议、高端论坛；展开慈善救济、教育捐助活动；居士心理文化诊疗等。

当然，都市佛教以化导信众的"都市问题"为己任，但不能

---

① 新《条例》第六款规定："第四十七条 从事互联网宗教信息服务，应当经省级以上人民政府宗教事务部门审核同意后，按照国家互联网信息服务管理有关规定办理。第四十八条 互联网宗教信息服务的内容应当符合有关法律、法规、规章和宗教事务管理的相关规定。互联网宗教信息服务的内容，不得违反本条例第四十五条第二款的规定。"

② 刘旭：《都市佛教辨析》，《学术月刊》，2012年第2期。

被都市所化，"陷入纷纭红尘的'市井气'"①。此外，都市中以居士为主导的书院、沙龙等新型模式的勃兴，成为佛教传播的又一途径，值得关注和研究。

---

① 王雷泉：《中国佛教走出围墙困境及进入主流社会的路径》，《法音》，2013 年第 1 期。

结语　返本与开新

　　研究人间佛教和近代居士运动，必须梳理明清佛教衰弱的时代背景和内在因素，由此穷源朔流，分析佛教在中国存败兴亡的至关重要的几个问题，乃至更上一步，研究佛教在印度初创、转播、灭亡的主要原因。

　　佛教具备普世性，获得政权支持，教义宽容度高，能方便地与本土宗教融合，是其初创后得以在印度迅速传播，继而成为主流宗教，并向世界各地蔓延的根本原因。但发展后期教义烦琐，戒律不一，派系分裂，密教盛行，加上遭到印度教的冲击，以及伊斯兰教徒征服东印度，这些因素导致了佛教在印度的灭亡。

　　论及中国，东晋以前，佛教一直附随主流思想，寻求自身的生存。东晋至南北朝时期，佛教褪去格义佛教的束缚与理论偏差，在思想上为精英阶层所熟识，信仰上为普通大众所接受，社会影响力取得较大发展。隋唐时期佛教占据主动优势，充分吸纳各种思想，成为发展史上的高峰。此后的宋元明清，佛教的生存空间受到严重挤压，思想上遭到宋明理学的压制，活力不再，人才凋零，同时历经法难、战乱，由此日渐衰微。

　　及至近代，佛教内外交困。教义学说停滞不前，僧团腐坏，僧人整体素质低下，同时受到晚清、民国政府的歧视，以及基督教、日本佛教的摧残，中国佛教举步维艰。佛教革新运动由此而兴起，其中以太虚倡导的教理、教制、教产三大革命最为突出。他试图全面改革，重建佛教的文化主体地位，使佛教契理契机，承担化世导俗的社会责任。

"人间佛教"思想是太虚改革思想的总概括，主要阐明佛教发达人生的理论，推行佛教利益人生的事业，改变畸重出世的传统和死人佛教的印象。它涵盖个人与社会两个层面：个人要从遵守五戒十善开始，进而修习四摄六度，经由信解行证完成人格而达佛果；同时，个人也要积极行菩萨行，参与现实社会，服务社会，建设人间净土①。

印顺继承太虚的思想，进一步地从印度佛教思想的演变过程中，探求契理契机的人间佛教的理论证明，从而积极地宣扬人菩萨行的人间佛教②。他们人间佛教思路差异的根源，在于佛身观和判教思想的差别。

以杨文会为代表的居士群体，在近代佛教复兴中起到了至关重要的作用。或可认为，近代中国佛教的发展，往往是居士身先士卒，大胆尝试，然后才有出家僧人跟进。

佛教具有严密的逻辑思辨性、强烈的社会批判意识、对客观世界的否定和救度众生的慈悲精神，恰好迎合了近代士大夫对社会的批判以及改造社会的救世精神。但这种由出入儒释、广纳西学思想的居士个人发起的佛法救世运动，缺乏组织性和联动性，极具空想色彩，所产生的效应有限，不足以给当时的社会带来振

---

①　邓子美、陈卫华、毛勤勇：《当代人间佛教思潮》，兰州：甘肃人民出版社，2009年版。

②　菩提：《读印顺导师之契理契机之人间佛教》，《法音》，1997年第9期。

聋发聩的声音。与此同时，活跃在佛教界的核心居士，采取联系较为紧密的社团化组织形式，发动联合行动，或侧重佛教改革，或侧重保护庙产，在各自的领域，都产生了一定的效用。

然而，凡是从居士层面出发，力图革新传统佛教的联合运动，只要一踩到僧俗二众主导权这个"红线"，都会遭到僧团的反对。如果一旦影响政权的稳定，也会遭到打压，最终失败。人间佛教思想的不同进路和居士佛教定位的争论，也是聚焦在神圣化与世俗化的张力。由此可以认为，僧俗关系、政教关系、儒佛关系是近代居士运动，乃至中国居士佛教中最为核心的问题。

为此，本书亦从居士的起源与作用、居士的条件与意义、大乘经典阐发的居士理论、中国居士佛教发展脉络、历史上居士团体的演变等方面，全面梳理、分析了上述三大关系的背景，试图解决近代佛教复兴运动中的关节点，得出相关结论。

在政教关系问题上，佛教在中国始终受到王权的压制，无法独立存在于体制之外。自佛教初传汉地，教权与政权互动关系即已形成。两汉及三国早期，沙门均系胡僧，没有形成系统的集团，影响力有限，政教关系未入国家王权视野。及至佛图澄时代，汉人被正式允许出家，沙门集团勃然兴盛。道安所处的晋代，佛教已经取得了较大发展，沙门人数不断扩大。在佛法戒律未全的情况下，道安挺身而出，做出了一系列杰出的贡献，确立了处理政教关系的基本原则。在政教相互依托、利用的格局中，众多官宦居士的努力功不可没，客观上都护持、推动了佛教发展。随着佛教的进一步弘传，其影响力日渐扩大。统治者既看到了佛教有助于王权的一面，又认识到佛教与国家不一致处。于是，何者居于统治地位的问题被提出。在前两次的沙门礼敬之净中，佛教在政权关系格局中保留了形式上的独立。自晋以降，佛教从属国家政权的政教关系形成，佛教的发展受制于国家权力。居士对佛教、沙门的护持，也基本维系在这种格局下。三武一宗灭佛，标志着国家对佛教事务的极度干预与整顿，表明政权绝对至上。佛教危难时期，居士的护法运动为佛教维系与发展提供了帮助；而兴盛时期，也离不开笃信佛教的王侯将相、名士的大力辅助。及至近代，太虚"出家人议政而不干治"和欧阳渐"出家人不应参与世事"的争论，可以看作是僧俗各自站在不同角度阐发观点，并不影响政教关系总体上的格局，即国家王权始终占据着绝对的主动，主导着政教关系走向，佛教界的努力实质上只是在争取一定的自治权。

在僧俗关系问题上，僧尊俗卑是在中国佛教史中的既定模式，佛教界的事务始终是以僧团为核心，居士的作用较为有限，仅起着护持佛教生存与发展的作用。然而，近代中国佛教日渐腐朽，义学的衰落是其明显的表征。僧人整体佛学素养下降，其独立性、神圣性、权威性日渐消亡。在这一特定历史条件下，居士运动蓬勃兴起，僧俗关系成为佛教界一个重大议题，由此形成了一场旷日持久的论争。欧阳渐承继其师杨文会的佛教振兴计划，企图独立于出家僧团，以居士佛教为主体，确立近代佛教不同于历史传统的演进方向。太虚则对此不予认同，认为住持佛法是出家众的职责，非在家众。印顺大胆承认在家众住持佛法的权力，潜意识中认为僧伽集团不应当强调出家众对在家众的优越性，二者是平等的，只有各司其职，精诚合作，方是佛教在当代继续存在的适宜之道。他提倡建设在家佛教，涵盖"建立佛化家庭"和"居士住持弘法"两方面的内容，由此又顺应、继承和发展了其师太虚创立的近代"人间佛教"思想。

近代以来，和西方宗教一样，中国佛教的发展也受到"现代性"

的影响，"世俗化"成为佛教复兴的重要背景和不得不面对的重要议题。世俗化并不会导致宗教衰亡，它更多的是关注现实社会中宗教与现代性的互动关系，以及宗教的具体存在样态。如果将世俗化理解为去神圣化、去教会的社会整合职能，那么，中国佛教从来都不具备这些职能，也就无从谈及现代性与世俗化。但如果理解为分化、理性和现世性，人间佛教的兴起无疑深受现代性与世俗化的影响。人间佛教思想始自太虚，经印顺梳理而成为当代中国佛教的主流，它的特质是关注现世社会。

　　近现代中国佛教所面对的问题，当代基本相同。政教分离和宗教信仰自由等制度的实现，对于近代以来佛教的发展，充满机遇和挑战。佛教发展过程中面临的体制性障碍，是当前佛教发展的最大外部限制性因素，也是较难解决的问题。一方面是"围墙困境"，另一方面是网络佛教和佛教网络的构建，打破了佛教传播的时空限制，"佛教的社会化和组织化程度发生了质上的变化，消解了原来的金字塔型的科层和等级制度，为信息的畅通，为事务的透明，为决策的民主，提供了坚实的社会基础和技术条件，使佛教可以在体制上做出重大的变化"①。以居士为主导，书院为载体的都市佛教的兴起，或将逐步打破以寺院为中心的传统。可以说，当代佛教延续着近现代佛教的症结和争论，围绕着本文重点探讨的问题，以"人间佛教"思想为基本皈依，以"世俗化"的居士运动为发展方向，在社会转型的趋势下，到达了一个蓄势待发的佛教复兴的临界点②。

---

　　①　王雷泉：《佛教文化与新媒体》。
　　②　王雷泉：《佛教教育的方法、目的及前瞻——以〈维摩经〉为例》，《佛学研究》，2006 年。

参考文献

一、原典

[1]（南北朝）慧皎撰：《高僧传》，《大正藏》，第 50 册．

[2]（宋）赞宁等撰：《宋高僧传》，《大正藏》，第 50 册。

[3]（宋）志磐撰：《佛祖统纪》，《大正藏》，第 49 册。

[4]（五代）文益著：《宗门十规论》，《续藏经》，第 63 册。

[5]（宋）延寿集：《宗镜录》，《大正藏》，第 48 册。

[6]（宋）宗晓编：《四明尊者教行录》，《大正藏》，第 46 册。

[7]（宋）赞宁撰：《大宋僧史略》，《大正藏》，第 54 册。

[8]（明）祩宏辑：《云栖法汇》，《续藏经》，第 84 册。

[9]（明）智旭著：《灵峰宗论》，《大藏经补编》，第 23 册。

[10] [日] 圆仁著：《入唐求法巡礼行记》，《大藏经补编》，第 18 册。

[11]《五分律》，《大正藏》，第 22 册。

[12]《修行本起经》，《大正藏》，第 3 册。

[13]《太子瑞应本起经》，《大正藏》，第 3 册。

[14]《过去现在因果经》，《大正藏》，第 3 册。

[15]《中本起经》，《大正藏》，第 4 册。

[16]《六祖大师法宝坛经》，《大正藏》，第 48 册。

[17]《阿毗达磨俱舍论略释记》，《大正藏》，第 41 册。

[18]《佛本行集经》，《大正藏》，第 3 册。

[19]《杂阿含经》，《大正藏》，第 2 册。

[20]《瑜伽师地论》，《大正藏》，第 30 册。

[21]《长阿含经》，《大正藏》，第 1 册。

[22]《中阿含经》，《大正藏》，第 1 册。

[23]《增一阿含经》，《大正藏》，第 2 册。

[24]《放光般若经》，《大正藏》，第 8 册。

[25]《大方广佛华严经》，《大正藏》，第 9 册。

[26]（南北朝）僧祐撰：《弘明集》，《大正藏》，第 52 册。

[27]（唐）智升撰：《开元释教录》，《大正藏》，第 55 册。

[28]（隋）慧远撰：《大乘义章》，《大正藏》，第 44 册。

[29]（唐）智顗说，湛然略：《维摩经略疏》，《大正藏》，第 38 册。

[30]《大智度论》，《大正藏》，第 25 册。

[31]《优婆塞戒经》，《大正藏》，第 24 册。

[32]（宋）智圆述：《维摩经略疏垂裕记》，《大正藏》，第 38 册。

[33]《维摩诘所说经》，《大正藏》，第 14 册。

[34]《贤愚经》，《大正藏》，第 4 册。

[35]《胜鬘师子吼一乘大方便方广经》，《大正藏》，第 12 册。

[36]（唐）道宣撰：《续高僧传》，《大正藏》，第 50 册。

[37]《佛说阿弥陀经》，大正藏》，第 12 册。

[38]《摄大乘论》，《大正藏》，第 31 册。

[39]（唐）道世撰：《法苑珠林》，《大正藏》，第 53 册。

[40]（唐）窥基撰：《大乘法苑义林章》，《大正藏》，第 45 册。

[41]《大般涅槃经后分》，《大正藏》，第 12 册。

[42]《菩萨璎珞本业经》，《大正藏》，第 24 册。

[43]《佛说阿阇世王经》，《大正藏》，第 15 册。

[44]《阿毗达磨大毗婆沙论》，《大正藏》，第 27 册。

二、专著

[1] 吕澂：《印度佛学源流略讲》，上海：上海人民出版社，2005 年版。

[2] 吕澂：《中国学源流略讲》，北京：中华书局，2004 年版。

[3] 吕大吉：《宗教学通论新编》，北京：中国社会科学出版社，2004 年版。

[4] 王雷泉、刘仲宇、葛壮：《二十世纪中国社会科学－宗教学卷》，上海：上海人民出版社，2005 年版。

[5] 释印顺：《契理契机之人间佛教之五"佛教思想的判摄准则"》，《人间佛教论集》，北京：中华书局，2012 年版。

[6]《太虚大师全集》，印顺文教基金会网络版。

[7] 释太虚：《佛学概论》，长春：吉林人民出版社，2013 年版。

[8]《印顺法师佛学著作全集》，北京：中华书局，2009 年版。

[9] 释印顺：《印度之佛教》，北京：中华书局，2011 年版。

[10] 平川彰著，显如法师、李凤媚、庄昆木译：《印度佛教史》，贵阳：贵州大学出版社，2013 年版。

[11] 刘梦溪主编：《中国现代学术经典·汤用彤卷》，石家庄：河北教育出版社，1996 年版。

[12] 彭自强：《佛教与儒道的冲突与融合》，成都：巴蜀书社，2000 年版。

[13]《旧唐书》，国学导航网络版。

[14]《旧五代书》，国学导航网络版。

[15] 周继旨校点：《杨仁山全集》，合肥：黄山书社，2000 年版。

[16] 肖平：《近代中国佛教的复兴》，广州：广东人民出版社，2003 年版。

[17] 陈兵：《佛法在世间》，北京：中国时代经济出版社，2008 年版。

[18] 王雷泉编选：《欧阳渐文选》，上海：上海远东出版社，2011 年版。

[19] 刘成有：《近现代居士佛学研究》，成都：巴蜀书社，2002 年版。

[20] 谢和耐著，耿昇译：《中国 5–10 世纪的寺院经济》，上海：上海古籍出版社，2004 年版。

[21] 陈兵、邓子美：《20 世纪中国佛教》，香港：喜宁投资有限公司，2013 年版。

[22]《孙中山全集》，北京：中华书局，1982 年版。

[23]《冯玉祥日记》，南京：江苏古籍出版社，1992 年版。

[24] 张之洞：《劝学篇》，长春：吉林出版集团有限责任公司，2010 年版。

[25] 牧田谛亮著，余万居译：《中国近世佛教史研究》，台北：华宇出版社，1985 年版。

[26] 释东初：《中国佛教近代史》，台北："中华佛教文化馆"，1974 年版。

[27] 费正清编：《剑桥中华民国史：1912–1949》，北京：中国社会科学出版社，1994 年版。

[28] 于可主编：《当代基督新教》，上海：东方出版社，1993 年版。

[29] 高西贤正：《东本愿寺上海开教六十年史》，东京：法藏

馆，1937 年版。

[30] 邓子美、陈卫华、毛勤勇：《当代人间佛教思潮》，兰州：甘肃人民出版社，2009 年版。

[31] 潘桂明：《中国居士佛教史》，北京：中国社会科学出版社，2000 年版。

[32] 黄志强、王光荣、曹春梅、容溶：《近现代居士佛学》，成都：巴蜀书社，2011 年版。

[33] 释圣严：《正信的佛教》，西安：陕西师范大学出版社，2008 年版。

[34]《建康实录》，国学导航网络版。

[35][日]平川彰著，庄崑木译：《印度佛教史》，台北：商周出版，2004 年版。

[36] 杨曾文：《唐五代禅宗史》，北京：中国社会科学出版社，1999 年版。

[37][日]平川彰：《初期大乘仏教の研究》，东京：春秋社，1968 年版。

[38] 释印顺：《初期大乘佛教之起源与开展》，北京：中华书局，2011 年版。

[39]《后汉书》，国学导航网络版。

[40]《旧唐书》，国学导航网络版。

[41] 林甘泉：《中国古代政治文化论稿》，合肥：安徽教育出版社，2004 年版。

[42] 方立天、华方田：《中国佛教简史》，北京：宗教文化出版社，2001 年版。

[43] 王青：《魏晋南北朝时期的佛教信仰与神话》，北京：中国社会科学出版社，2001 年版。

[44] 林克智：《通向极乐之路》，北京：宗教文化出版社，2004 年版。

[45][美] 霍姆斯·维慈著，王雷泉、包胜勇、林倩等译：《中国佛教的复兴》，上海：上海古籍出版社，2006 年版。

[46] 杨文会：《等不等观杂录》，北京：商务印书馆，2005 年版。

[47] 杨仁山：《杨仁山全集录》，合肥：黄山书社，2000 年版。

[48] 梁启超：《清代学术概论》，上海：上海古籍出版社，1998 年版。

[49] 梁启超：《大乘起信论考证》，太原：山西人民出版社，2014 年版。

[50] 陈荣捷著，廖世德译：《现代中国的宗教趋势》，台北：台北文殊出版社，1987 年版。

[51] 郭朋、廖自力、张新鹰：《中国近代佛学思想史稿》，成都：巴蜀书社，1989 年版。

[52] 麻天祥：《晚清佛学与近代社会思潮》，开封：河南大学出版社，2005 年版。

[53] 康有为：《康南海自编年谱》，北京：中华书局，2012 年版。

[54] 康有为：《大同书》，上海：上海古籍出版社，2009 年版。

[55] 龚隽：《觉悟与迷情》，上海：上海古籍出版社，2012 年版。

[56] 蔡尚思、方行编：《谭嗣同全集》，北京：中华书局，1981 年版。

[57] 高平叔编：《蔡元培全集》，北京：中华书局，1984 年版。

[58] 黄夏年主编：《民国佛教期刊文献集成》，北京：中国书店出版社，2008 年版。

[59]《孙中山全集第二卷》，北京，中华书局，1982 年版。

[60] 石峻、楼宇烈、方立天等著：《中国佛教思想资料选编》，

北京：中华书局，1981 年版。

[61] 梁启超：《佛学研究十八篇》，上海：上海古籍出版社，2012 年版。

[62]《章太炎全集》，上海：上海人民出版社，1985 年版。

[63] 释印顺：《初期大乘佛教之起源与开展》，北京：中华书局，2011 年版。

[64] 释清德：《印顺导师的律学思想》，台北：云龙出版社，2001 年版。

[65]《中华民国史档案资料汇编》，南京：江苏古籍出版社，1991 年版。

[66] 柳存仁：《道教史探源》，北京：北京大学出版社，2000 年版。

[67] 冯友兰：《中国哲学史新编》，北京：人民出版社，1999 年版。

[68] 陈垣：《明季滇黔佛教考》，石家庄：河北教育出版社，2000 年版。

[69]《正统道藏》，台北：新文丰出版公司，1977 年版。

[70] 王夫之：《张子正蒙注》，北京：中华书局，1975 年版。

[71] 吴震：《传习录精读》，上海：复旦大学出版社，2011 年版。

[72] 王阳明：《王阳明全集》，上海：上海文艺出版社，2000 年版。

[73] 郭齐勇、郑文龙编：《杜维明文集》，武汉：武汉出版社，2002 年版。

[74] 释圣严：《明末中国佛教之研究》，台湾：学生书局，1988 年版。

[75] 葛兆光：《禅宗与中国文化》，上海：上海人民出版社，

1986 年版。

[76] 韦伯：《中国的宗教化》，桂林：广西师大出版社，2004 年版。

[77] 高师宁译，何广沪校，彼得·贝格尔著：《神圣的帷幕》，上海：上海人民出版社，1991 年版。

[78] 吕大吉主编：《宗教学概论》，北京：高等教育出版社，2003 年版。

[79] 戴康生、彭耀：《宗教社会学》，北京：社会科学文献出版社，2000 年版。

[80] A.Greeley：《The Religious Change in America》，Cambridge: Havard University Press， 1989。

[81] 斯达克、芬克著，杨凤岗译：《信仰的法则》，北京：中国人民大学出版社，2004 年版。

[82] 斯达克、本布里奇著，高师宁、张晓梅、刘殿利译：《宗教的未来》，北京：中国人民大学出版社，2006 年版。

[83] 陈兵、邓子美：《二十世纪中国佛教》，北京：民族出版社，2000 年版。

[84] 汤用彤：《汉魏两晋南北朝佛教史》，武汉：武汉大学出版社，2008 年版。

[85] 汤用彤：《隋唐佛教史稿》，武汉：武汉大学出版社，2008 年版。

三、论文

[1] 邓子美：《二十世纪中国佛教智慧的结晶》，《法音》，1998 年第 7 期。

[2] 方立天：《论文字禅、看话禅、默照禅与念佛禅》，《中

国禅学》，中华书局，2002 年。

[3] 严耀中：《论"三教"到"三教合一"》，《历史教学》，
2002 年第 11 期。

[4] 南条文雄：《日本卍新纂续藏经序》。

[5] 大雷：《论今日中国佛教之十大病》，《现代佛教》，第
5 卷第 4 期。

[6] 王雷泉：《涌泉犹注，寔赖伊人：道安之"动"与慧远之"静"》，
《佛教观察》博客。

[7] 陈金龙：《冲突与调适：南京国民政府与佛教界互动关系
探微》，《宗教学研究》，2006 年第 3 期。

[8] 王雷泉：《对中国近代两次庙产兴学风潮的反思》，《法音》，
1994 年第 12 期。

[9] 吴耀宗：《控诉帝国主义在青年会利用改良主义侵略中国》，
《文汇报》，1951 年 7 月 2 日。

[10] 忻平：《近代日本佛教净土真宗东西本愿寺派在华传教述
论》，《近代史研究》，1999 年第 2 期。

[11] 江灿腾：《从"人生佛教"到"人间佛教"》，《台湾佛
教与现代社会》，台北：东大图书公司，1992 年版。

[12] 陈兵：《中国佛教的回顾与展望》，《法音》，2000 年第 2 期。

[13] 菩提：《读印顺导师之契理契机之人间佛教》，《法音》，
1997 年第 9 期。

[14] 江灿腾：《论印顺法师与太虚大师对"人间佛教"诠释各
异的原因》，《现代中国佛教思想论集（一）》，台湾：新文丰
出版公司，1990 年版。

[15] 何劲松：《中国佛教应走什么道路——关于居士佛教的思
考》，《世界宗教研究》，1998 年第 1 期。

[16] 释印顺：《建设在家佛教的方针》，《印顺法师佛学著作选集：为居士说居士法》，北京：中华书局，2010 年版。

[17] 林崇安：《谈谈〈增一阿含经〉的译出》，《法光杂志》，2010 年。

[18] 郝春文：《两晋南北朝时期的法社》，北京师范学院学报，1992 年第 1 期。

[19] 宁可师：《记晋当利里社碑》，《文物》，1979 年第 12 期。

[20] 颜尚文：《北朝佛教小区共同体的法华邑义组织与活动——以东魏〈李氏合邑造像碑〉为例》，《佛学研究中心学报》，1996 年第 1 期。

[21] 刘淑芬：《五至六世纪华北乡村的佛教信仰》，《中央研究院历史语言研究所集刊》，1993 年。

[22] 尚永琪：《3-6 世纪的佛教邑义与北方村落及地方政权之关系》，《1-6 世纪中国北方边疆·民族·社会国际学术研讨会论文集》，吉林，2006 年。

[23] 郝春文：《东晋南北朝时期的佛教结社》，《历史研究》，1992 年第 1 期。

[24] 马慧群、郑雯、马振友：《中国皮肤科学大事记》，《中国皮肤性病学杂志》，2010 年第 7 期。

[25] 张总：《义桥·义井·邑义——造像碑铭中所见到的建义桥、掘义井之佛事善举》，《世界宗教文化》，1997 年第 4 期。

[26] 杜继文：《从中国佛教看中国文化的走向》，《中国佛教学者文集：中国佛教与中国文化》，北京：宗教文化出版社，2003 年。

[27] 白固文：《明中后期的居士佛教初探》，《青海民族学院学报》，2007 年第 4 期。

[28] 冯贤亮、陈龙正：《晚明士绅社会生活的一个侧面》，《浙

江学刊》，2001 年第 6 期。

[29]李向平：《中国佛教传统的现代转换及其意义二题》，《佛学研究》，1995 年。

[30]《杨仁山居士事略》，《佛学丛报》，1912 年第 1 期。

[31]释广学：《中国近代佛学居士刻经讲学考略》，《鄂州大学学报》，2006 年第 1 期。

[32]王恩洋：《大乘起信论料简》，《学衡》，第十七期。

[33]吕澂：《〈起信〉与禅——对于〈大乘起信论〉来历的探讨》，《学术月刊》，1962 年第 4 期。

[34]高振农：《民国年间的上海佛学书局》，《法音》，1988 年第 11 期。

[35]唐忠毛：《作为民间慈善组织的近代居士佛教》，《上海师范大学学报》，2008 年第 6 期。

[36]葛兆光：《关于近十年中国近代佛教研究著作的一个评论》，《西潮又东风：晚清民初思想、宗教与学术十论》，上海：上海古籍出版社，2006 年版。

[37]梁启超：《谭嗣同传》，《清议报》，1901 年第 4 期。

[38]《佛教会大纲》，《佛学丛报》，1912 年第 2 期。

[39]《佛教会要求民国政府承认条件》，《佛学丛报》，1912 年第 2 期。

[40]书新：《开国时期的佛教与佛教徒》，《中国佛教史论集（民国佛教篇）》，台湾：大乘文化出版社，1976 年版。

[41]《佛教进行商榷书》，《佛学丛报》，1912 年第 1 期。

[42]黄夏年：《中国近代史最早的佛教居士组织——佛教会》，《世界宗教研究》，2011 年第 5 期。

[43]《佛化新青年对于世界人类同胞所负的八大使命》，《佛

化新青年创刊号》，1923 年。

[44] 葛兆光：《是非与真伪之间——关于〈大乘起信论〉争辩的随想》，《读书》，1992 年第 1 期。

[45] 章太炎：《论佛法与宗教、哲学及现实之关系》，《中国哲学第六辑》，上海：三联出版社，1981 年版。

[46] 周贵华：《中国二十世纪唯识学研究略析》，《佛学研究》，2010 年。

[47] 吕凯文：《论僧俗二众之宗教教育——从僧俗身份的区分与宗教职能的定位谈起》，《世界宗教学刊》，2005 年第 5 期。

[48] 蓝吉富：《在家众可以住持正法吗？——比较太虚与欧阳渐对此一问题的不同见解》，《太虚全书》第 35 册，北京：宗教文化出版社，2005 年版。

[49] 释圣凯：《印度佛教僧俗关系的基本模式》，《世界宗教研究》，2011 年第 3 期。

[50] 温金玉：《欧阳渐与〈辨方便与僧制〉》，《佛学研究》，2013 年第 1 期。

[51] 张雪梅：《民国太虚的居士佛教思想》，《西安文理学院学报》，2016 年第 1 期。

[52] 夏德美：《东晋政教关系论战起因、性质与影响》，《世界宗教研究》，2017 年第 2 期。

[53] 何蓉：《国家规制与宗教组织的发展——中国佛教的政教关系史的制度分析》，《社会》，2008 年第 6 期。

[54] 王公伟：《政教关系与佛教的中国化历程》，《佛学研究》，2003 年。

[55] 段玉明：《呼唤居士——佛法金汤编研究》，《四川大学学报》，2011 年第 5 期。

[56] 陈金龙：《中国佛教界对民国政治的参与》，《党史研究与教学》，2010 年第 3 期。

[57] 陈金龙：《从僧伽制度整理看民国时期政教关系——以 1927–1937 年为中心的考察》，《世界宗教研究》，2006 年第 2 期。

[58] 龚隽：《略论佛教与近代中国社会政治关系》，《第四届印顺导师思想之理论与实践论文集》，2003 年。

[59] 任继愈：《论儒教的形成》，《中国社会科学》，1980 年第 1 期。

[60] 陈寅恪：《冯友兰中国哲学史下册审查报告》，《金明馆丛稿二编》，上海：上海古籍出版社，1980 年版。

[61] 李华华：《从"道"的演变看三教融合》，《安徽大学学报》，2005 年第 6 期。

[62] 孙建安、邓子美：《高山之巅 深海之渊——论阳明良知说在儒佛交融史中的客观地位》，《佛学研究》，2010 年。

[63] 马晓军：《宗教世俗化的表现及其社会意义》，《前言》，2009 年第 3 期。

[64] 吴云贵、Weller、范丽珠、郑筱筠：《对话宗教与世俗化》，《世界宗教文化》，2013 年第 2 期。

[65] 高帅宁：《世俗化与宗教的未来》，中国人民大学学报，2002 年第 5 期。

[66] 关启文：《宗教在现代社会必然衰退吗？——世俗化理论的再思考》，《道风汉语神学学刊》，1998 年第 9 期。

[67] 郭宏珍：《现代性与多元化——史蒂夫·布鲁斯世俗化范式简析考》，《世界宗教文化》，2017 年第 4 期。

[68] 高师宁：《关于世俗化问题》，《世界宗教文化》，1995 年第 12 期。

[69] 张文杰：《从世俗化论战到多元宗教现代性——世俗化议题的当代进展》，《世界宗教文化》，2014 年第 3 期。

[70] 孙尚扬：《世俗化与去世俗化的对立与并存》，《哲学研究》，2008 年第 7 期。

[71] 范丽珠：《现代宗教是理性选择的吗？——质疑宗教的理性选择研究范式》，《社会》，2008 年第 6 期。

[72] 唐忠毛：《人间佛教发展过程中的世俗化问题辨析》，《华东师范大学学报》，2013 年第 6 期。

[73] 王雷泉:《中国佛教走出围墙困境及进入主流社会的路径》，《法音》，2013 年第 1 期。

[74] 习五一：《当代中国都市佛教发展的趋势》，《中国宗教》，2005 年第 1 期。

[75] 刘旭：《都市佛教辨析》，《学术月刊》，2012 年第 2 期。

[76] 方立天：《〈近现代居士佛学研究〉序》，《世界宗教研究》，2003 年第 1 期。

[77] 金易明：《都市佛教之特性及城市居士佛教考察》，《世界宗教文化》，2011 年第 3 期。

[78] 金易明：《近代汉传"居士佛教"现实成因分析》，《佛学研究》，2009 年。

[79] 黄夏年：《关于"人间佛教"的思考》，两岸四地佛教学术研讨会，2009 年。

[80] 黄夏年：《近代中国佛教教育》，《法音》，2007 年第 4 期。

[81] 黄夏年：《印顺的人间佛教思想》，《佛学研究》，2005 年。

[82] 黄夏年：《太虚大师与长沙佛教正信会的成立》，《佛学研究》，2010 年。

[83] 黄夏年：《〈大乘起信论〉》研究百年之路》，《普门学

报》第六期。

[84] 佛日：《近现代居士佛教》，《法音》，1998 年第 5 期。

[85] 汲喆：《居士佛教与现代教育》，《北京大学教育评论》，2009 年第 3 期。

[86] 陈星桥：《略论人间佛教》，《法音》，1997 年第 9 期。

[87] 严耀中：《述论中国佛教的居士戒律学》，《上海师范大学学报》，2007 年第 3 期。

[88] 张华：《杨仁山与近代佛教振兴》，《学海》，1998 年第 1 期。

[89] 正澄：《赵朴初居士和中国的人间佛教简论》，《佛学研究》，2005 年。

[90] 谭伟：《中国居士佛教略论》，《社会科学战线》，2002 年第 5 期。

[91] 钟琼宁：《民初上海居士佛教的发展》，《圆光佛学学报》第三期。

[92] 方立天：《慧远的政教离即论》，《文史哲》，1996 年第 5 期。

[93] 王雷泉：《佛教在新时代的社会化和组织化》，《法音》，2009 年第 12 期。

[94] 李孔楠：《明代僧人群体研究》，青海：青海师范大学，2009 年。

后 记

本书是我的博士论文修改而成。随着本书的完成，五年的学院生涯告一段落。与一直在象牙塔中的青年学生不同，身兼留学生、跨学科研究生、年届不惑的中年人，以及研究佛教的博士生，完成这篇论文的艰辛，个中滋味，一言难尽。

首先要感谢我的导师王雷泉教授。当初的慈悲一念，收于门下，否则我今时或已走上歧途。五年来每周聆听导师在复旦大学的课程，经常随导师会见学界、教界人士，参访庙堂院所，参考学习导师最新撰写的文章和课件，从而在此篇论文以及相关学业上得到了大量、精细且实时的指导，言传身教，受益无尽，对我学术思维和学术素养的形成影响深远。恩师在学术圈内外，以及教内教外的处事方式，尤其是"头脑要冷，心肠要热"的态度，令我钦佩，效仿终身。这五年参学经历，积淀下来的法理学问，自认基本不会再为邪师外道所惑，这是学问外的最大收获，也是最值得感谢恩师之处。

此文及相关学术研究中，本系的李天纲老师、王新生老师、郁喆隽老师也多次提供帮助，指出论文的不足之处，提供参考意见，在此深表感谢。

同门师兄心平法师、周湘雁翔同学，同系中哲专业的彭鹏同学，校友师兄刘峰涛教授，曾做佛教网络调研的黄耘波女士，以及齐越先生等众多学友，都曾为我提供资料，介绍论文写作经验，答疑解惑，寻师问道，对我帮助很大，一并致谢。

宗教类的研究，向来有 outsider（局外人）和 insider（局内人），observer（观察者）和 participant（参与者）之争。我倾向于后者。由于种种原因，未能深入了解当代佛教现状，并表诸文字，但做此论文期间，也进行了广泛的田野调查，考察了近百座寺庙、道观、书院、讲堂，接触了近千名宗教界人士和社会学佛人士，有了深度的参与式的体验。

慈光佛学院惠空法师对我的论文、佛教法理、个人禅修都进行了指导，在几个关键问题上给予点拨。常年保持联系的上海崇明无为寺方丈玄洪法师，持戒清净，为法忘躯，令我对当代人间佛教有了进一步的理解和感悟。另外接触过的佛门善知识，包括已往生的梦参法师、智敏法师，以及活跃在学术界、宗教界的很多法师，或在见地，或在行履，都对我完成此研究工作有着重要的启示，在此深表感恩。

由于学业压力偏大，2015 年冬，我心脏出了点状况，修养了一年。在此期间，众多师友给我巨大的帮助，或精神，或资讯，或物资。云居山真如寺首座见操法师教我去心火之禅病对治法；张煜先生、杨建妹女士、江群女士、谢红女士等朋友为我寻医，景菁小姐、倪玮先生等朋友为我送药，丁潮言先生、邵青锋先生等朋友前来探望并分享治疗经验，还有众多亲朋挚友以各种形式提供帮助，表达关心，使我病情得以迅速稳定，并缓慢好转，得以重拾学业。最后起决定性因素的是导师带我拜访，陈萧逸女士帮我联系的冯学成老师，通过几次电话长聊，为我这个晚辈后生"开方"，最后用一套《禅说庄子》的心药，解我心病，安我心神，纾我心胸。在此，对上述提及和未提及师友表示衷心的谢意。

　　必须要提到的是，我的香道善友们，你们长期以来的信任，也是我完成此书的重要基础。概而言之，至少能让我这五年中，大部分的时间和精力用于学业，小部分的精力用于养家糊口，而不是相反。

　　最后，感谢我的家人。父母身体安康，孩子们品学兼优，不出事，不找事，无疑是当代社会中年人能得到的最大的馈赠，与我，亦如是。我的太太，十多年来，承担了所有家务和孩子教育重任，包括照顾生活弱智的我，"无论富贵贫穷，健康疾病，无论人生的顺境逆境，一直不离不弃，陪伴身边"。我们没有婚礼，也从没说过这种西方婚礼誓词，却一直如说而行。谢谢你们，我的家人，我前世和今生的恩人。

2018 年 10 月于汉广堂